지킬 박사와 하이드

로버트 루이스 스티븐슨

지킬 박사와 하이드

지킬 박사와 하이드의 기이한 사례

박찬원 옮김

펭귄클래식코리아

지킬 박사와 하이드

초판 1쇄 발행 2015년 3월 5일
초판 6쇄 발행 2023년 4월 17일

지은이 | 로버트 루이스 스티븐슨 옮긴이 | 박찬원
발행인 | 이재진 단행본사업본부장 | 신동해
마케팅 | 최혜진 최지은 홍보 | 반여진 허지호 정지연
제작 | 정석훈 국제업무 | 김은정 김지민

브랜드 펭귄클래식 코리아
주소 경기도 파주시 회동길 20 웅진씽크빅 단행본사업본부 펭귄클래식코리아
문의전화 031-956-7066(편집) 031-956-7127(마케팅)
홈페이지 www.wjbooks.co.kr
인스타그램 www.instagram.com/woongjin_readers
페이스북 https://www.facebook.com/woongjinreaders
블로그 blog.naver.com/wj_booking

펭귄클래식 코리아는 유리장 에이전시를 통해 펭귄북스와 제휴한
(주) 웅진씽크빅 단행본사업본부의 브랜드입니다. 펭귄 및 관련 로고는
펭귄북스의 등록 상표입니다. 허가를 받아야만 사용할 수 있습니다.
Penguin Classics Korea is the Joint Venture with Penguin Books Ltd.
arranged through Yu Ri Jang Literary Agency. Penguin and the associated logo
are registered and/or unregistered trade marks of Penguin Books Limited.
Used with permission.

이 책은 저작권법에 따라 보호받는 저작물이므로 무단 전재와 무단 복제를 금지하며,
이 책 내용의 전부 또는 일부를 이용하려면 반드시 저작권자와 (주)웅진씽크빅의
서면 동의를 받아야 합니다.

한국어판 ⓒ 웅진씽크빅, 2015
작품해설 / 지킬 박사 분석 ⓒ 로버트 미갤, 2002/펭귄북스

ISBN 978-89-01-18103-5 04800
ISBN 978-89-01-18101-1 (세트)

• 잘못된 책은 구입하신 곳에서 바꾸어 드립니다.
• 책값은 뒤표지에 있습니다.

차례

서문 · 7
판본에 대하여 · 23

지킬 박사와 하이드

— 지킬 박사와 하이드의 기이한 사례 · 25

시체 도둑 · 131

오랄라 · 163

꿈에 관하여 · 235

지킬 박사 분석 — 지킬 박사의 실험과

하이드로의 변신에 관한 과학적 배경 문헌 · 246

서문

로버트 루이스 스티븐슨의 「지킬 박사와 하이드의 기이한 사례(The Strange Case of Dr Jekyll and Mr Hyde)」(1886)는 공포 소설의 고전이다. '지킬 박사와 하이드'는 이미 이중생활을 하는 사람의 대명사로 굳어졌고, 영화, 연극, 뮤지컬, 만화, 여러 패러디 등을 통해 널리 알려지면서 이제는 집단 무의식 속에 자리한 하나의 개념이 되었다. 스티븐슨의 창조물은 그의 책이 출간된 지 100여 년이 지난 지금 독립적인 생명력을 가지고 존재하고 있지만, 정작 그 내용을 안다고 믿고 있는 이들 중 스티븐슨의 원작을 읽어본 사람은 생각처럼 많지 않다. 그리고 실제로 읽어보면 대중문화 형태로 전달된 것보다 훨씬 복잡하며, 마음을 심란하게 하여 깊은 사색을 하게 만드는, 읽을 가치를 지닌 이야기임을 알 수 있다.

크리스마스 스릴러

스티븐슨은 1885년 10월, 35세에 「지킬 박사와 하이드」를 썼다. 「꿈에 관하여」에서 밝히고 있듯 그는 당시 경제적인 문제를 겪고 있었고, 따라서 상업적 목적으로 크리스마스 출판 시장을 겨냥해 내놓은 작품이었다. 크리스마스는 전통적으로 사람을 오싹하게 하는 초자연적인 이야기를 즐기는 계절이며, 찰스 디킨스의 「크리스마스 캐럴」이 당시의 대표적인 작품이었다. 이 책에 함께 소개되는 스티븐슨의 「시체 도둑」(1884)과 「오랄라」(1885)도 크리스마스 시즌에 맞춰 출간된 크리스마스 소설이다.

「오랄라」는 18세기 고딕소설의 전통을 이은 것이다. 고딕소설은 지역에 전해 내려오는 전설이나 기사도 로맨스 등을 당시의 현실과 결합시킨 것으로, 주로 이탈리아나 스페인 등의 가톨릭 국가, 또는 시골 깊은 숲 속 오랜 고성이나 수도원을 배경으로 악마적인 복수, 가문의 저주 등을 다룬다. 런던이나 에든버러의 프로테스탄트 독자들은 그런 이야기가 자신들과는 상관없는 '문명의 혜택을 덜 받은 곳'에서나 일어남 직한 일로 믿고 싶었던 것이다. 「오랄라」 역시 이런 전통에 충실하여 스페인 외딴곳의 오랜 귀족 저택을 배경으로 저주받은 가문의 이야기를 그리고 있다. 스티븐슨은 거기에 정신병리학과 유전에 대한 관심, 흡혈귀 이야기를 정교하게 엮어낸다.

「시체 도둑」은 1820년대 에든버러에서 실제 있었던 시체 도굴꾼의 연쇄 살인과 그 시체를 실습 교재로 거래한 해부학 강사 사건을 소설화한 것이다. 스티븐슨은 시체 도둑과 해부학 강사가 아닌 중간에서 그 거래를 도와야 했던 젊은 의대생 두 사람을 중심인물로 삼는데, 그들을 통해 그가 그리고자 했던 것은 이중적 삶 혹은 인간 본성의 이중성이었다. 그는 낮에는 존경받는 삶을 살고 밤이 되면 향락과 죄악에 빠지는 생활, 그리고 그에 대한 죄의식과 양심에 천착했고, 다음 작품에서 이 주제를 스페인이나 먼 시골이 아닌 '바로 이곳' 런던을 배경으로 더욱 섬세하게 풀어나간다. 바로 「지킬 박사와 하이드」이다.

증언

공포 소설은 전통적으로 이야기 형식이 복잡하다. 이야기가 연속적으로 제시되기보다는 여러 원고, 편지, 증언 등을 통해 복합적으로 구성된다. 스티븐슨도 이 형식을 따라 전지적 작가 시점 대신 일련의 증언, 편지, 고백문 등의 형식을 선택함으로써 사실적 효과를 극대화하고, 사건의 전모가 밝혀지는 순간을 마지막까지 미룸으로써 독자들이 강한 호기심 속에 긴장의 끈을 놓지 않게 한다. 독자는 사실적이면서도 뭔가를 감추는 듯하고 때로는 설명을 흐리는 그 증언들을 따라가다 보면 해답보다 더 많은 질문을 던지고 더 깊은 의문을 품게 됨을 알 수 있다. 또한 이 글에 등장하는 증언들은 매우 신뢰할 만한 사람들, 즉 두 사람의 의사와 한 사람의 변호사가 한 것이다. 그들은 자신들의 직업적 전문성을 이용하여 미스터리를 조사한다. 그러나 그들의 예측과는 전혀 다른 결과를 맞음으로써 조사는 실패하게 되고 그것이 더욱 충격적으로 다가온다. 스티븐슨의 이야기는 '사례Case'라는 제목으로 제시되어 법적, 의학적 사례를 연상하게 하지만, 다른 한편으로 그 법적, 의학적 사례의 형식 및 절차, 연관된 예상들과 모두 어긋나기에 '기이한 사례Strange Case'이기도 하다.

또 다른 내 자신에 대한 공포

「지킬 박사와 하이드」는 단순한 스릴러 그 이상이었기 때문에 즉각적인 주목을 받았다. 당시 비평가들은 '이 이야기는 단순히 솜씨 좋은 내러티브가 빚어낼 수 있는 것보다 훨씬 크고 훨씬 깊은 의미를 지니고 있다. 이는 인간 본성 깊숙한 곳에 대한 감탄할 만한 탐구이다.'라고 찬사를 보냈다. 이 이야기는 '인간의 이중적인 본성을 바탕으로 한 우화'이며, 그 이중성의 본질은 인간 영혼 속에서 일어나는 선과 악, 의무와 유혹 간의 싸움으로 인간의 역사만큼이나 오래된 것이다. 그런데 이러한 도덕적 측면 외에도 스티븐슨의 소설에서 고려해야 할 것은 이 우화가 탄생할 수 있었던 당시의 역사적 상황과 사회계층 간의 관계이다. 하이드는 지킬이 자신의 '저급한 요소'라 불렀던 부분이 육화한 것인데, 지킬은 이 계급 관계가 대중의 평가와 존경의 규범에 과도하게 집착한 결과임을 분명히 하고 있다. '나의 가장 큰 단점은 쾌락을 탐하는 성향이었다. 쾌락은 많은 사람을 행복하게 하지만, 고고한 자긍심으로 대중들 앞에서 철저하게 근엄한 모습을 보이고 싶다는 오만한 욕망을 가진 내게 쾌락은 양립하기 어려운 것이었다.' 선과 악이라는 단순한 대립은 이 지점에서 깨어진다. 그는 이렇게 말한다. '내가 이렇게 죄의식을 가지고 있는 부조리를 오히려 과시하는 사람들도 많을 것이다. 그러나 나는 내가 스스로 세운 고귀한 가치관에 따라 판단했고 거의 병적인 수치심으로 내 부조리를 감추었다.' 지킬이 '선'하게 행동하고자, 선하게 보이고자 노력할수록 더 '악'한 하이드가 만들어진 것이다. 그리고 이런 분열과 대립을 육화할 수 있는 약을 발견하게 되는데, 여기서 도덕적 우화는 계급과 역사라는 옷을 입게 된다.

나는 생각했다. 만약 각각의 본성을 별개의 개체에 담을 수 있다면, 참을 수 없는 모든 것으로부터 자유롭게 사는 일이 가능해지지 않을까? 부조리한 존재는 그의 고결한 쌍둥이의 열망과 자책으로부터 해방되어 그만의 길을 가고, 정의로운 존재는 흔들림 없이 확고하게 높은 곳을 향한 그의 길을 가면 될 것이다. 그는 선행을 하는 가운데 기쁨을 느낄 것이며, 더 이상 이질적인 악마가 행하는 불명에 탓에 괴로워할 필요가 없는 것이다.

일단 그가 상상했던 분리가 구체화되고 현실이 되자, 지킬은 자신의 본모습에 자유를 선사한다.

내가 위장한 모습으로 추구하고자 했던 쾌락은 앞서 말한 것처럼 '품위 없는' 처신 정도였지, 그보다 더 심한 이름으로

부를 만한 행동은 아니었다. 그러나 에드워드 하이드의 손으로 행해지는 행동들은 곧 극악무도하게 변하기 시작했다. 나는 그러한 일탈로부터 돌아온 후 종종 내가 저지른 대리 악행들에 너무 기가 차서 생각에 잠기기도 했다. …… 헨리 지킬은 때때로 에드워드 하이드가 저지른 일들 앞에서 아연실색하기도 했다. 그러나 상황은 통상적인 법망과는 거리가 있었기에 교묘히 양심의 가책을 벗어났다.

따라서 두 사람이 하나라고 말하면서도 지킬의 증언은 여전히 그 둘을 별개로 생각하며 하이드의 행동에 대한 책임을 거부하고 있음을 알 수 있다. 그렇게 분리함으로써 지킬은 자신의 사회 계급을 유지하며, 하이드의 행위와 하이드가 속한 사회계층을 대립적이고 열등한 것으로 비판할 수 있다. 지킬 역시 그의 친구들과 마찬가지로, 하이드를 당시의 범죄와 비도덕성 이론에 따라 잔악한 범죄자로 간주하는 것이다.

야만인과 천사

지킬은 하이드를 자신의 '저급한 요소'로 이해한다. 이는 기본적으로 도덕적, 형이상학적 의미이지만 하이드가 진화 단계의 낮은 지점에 위치함을 시사하는 것이기도 하다. 헨리 지킬은 문화적, 생물학적 발달이라는 사다리에서 더 높은 단계에 올라 있는 데 반해, 하이드는 짐승 같은 성질에 난쟁이 같고 몸에는 털이 많은 유인원 같은 모습을 한 채, '야만인 같은 분노'로 커루를 공격한다. 이러한 진화론적 추론은 원시적

비도덕성의 무시무시한 모습에서 절정에 이른다. '충격적인 일이었다. 악의 구렁텅이 안에서 울부짖음과 목소리가 들리는 것 같았다. 형체가 없는 먼지가 몸짓을 하고 죄를 지었다. 죽었던 것이, 형체도 없는 것이 생명의 자리를 차지하려 했다.' 이렇게 범죄와 죄악이 원시적, 또는 충동적임을 강조하는 주장은 당시 범죄와 정신이상을 진화론적 관점에서 이해하려 했던 여러 글에서도 나타난다. 포스트 다윈주의 사고방식에 따르면 하이드는 정신적 저급함이 육체적 표현으로 나타난 것이라 볼 수 있다. (이에 관해서는 책 뒤에 함께 실은 '지킬 박사 분석'에서 더 자세히 다루고 있다.)

평범하고 은밀한 죄인들의 세계

하이드는 지킬 안에 있지만 다른 사람들 안에도 역시 존재할 것이다. 스티븐슨은 그의 이야기를 런던 중심가에서 당시 시점으로 존경받는 직업 계층의 몸과 마음을 빌려 전개한다. 그리고 그 속에서 존경받을 지위와 체면이라는 것에 대해, 그리고 다른 한편의 불만에 대해 천착한다. 지킬은 존경받을 행동과 비난받을 행동, 정의와 방탕, 사회적인 것과 관능적·성적인 것을 완전히 구분하고자 시도한다. 하지만 그는 실패한다. 표면적으로는 그의 화학 실험에서 생긴 실수 때문이었지만, 실험이 실패한 것은 지킬이 상상했던 확고한 구분이라는 것이 유지될 수 없는 성질이었기 때문이다. 약품만 '순수하지 못했기' 때문이 아니라, 그가 절대적이라고 믿었던 차이점들도 분명 뒤섞여 혼란스러운 것이었기 때문이다.

지킬은 '모든 인간이 그렇듯이 자신도 선과 악이 혼재하는 복합적 존재'라고 생각했다. 반면 하이드는 순수한 악의 인물이라 보았다. 그러나 하이드 역시 지킬의 요소를 지니고 있었다. 하이드가 순수한 악이라면 어떤 범죄의 의혹도 비웃을 수 있어야 하지만, 하이드는 여전히 자신을 신사로 보고 평판을 걱정하며 지킬의 돈으로 사고를 무마하기 때문이다.

그리고 지킬은 유언장을 작성한다. '지킬 박사로서의 내가 무슨 일을 당하더라도 재정적인 손실 없이 에드워드 하이드로 새 생활을 시작할 수 있도록 해두었다.' 여기서 지킬은 하이드로서의 생활을 계속한다는 이야기에 '내가'라는 1인칭을 사용한다. 그는 비록 하이드로 살지라도 자신이 가진 모든 안락함과 특권을 그대로 누리고자 하는 것이다. 하이드가 지킬의 안위를 위한 단순한 알리바이이며, 지킬과 분리되어 지킬에게는 무심한 순수한 악이라 할지라도 말이다. 그는 실험을 통해 자신이 탈출하고자 했던 계급의 도덕규범과 가치에 다시 매달리고 있다. 부르주아적 가치를 비판하면서도 계속 유지하고자 하는 이 양면성은 사실 지킬이 원래 벗어나고자 했던 위선적 이중성을 지속하는 것이며, 그를 은밀한 죄악과 죄악에 대한 비난이란 연결망에 얽매이게 하는 것이다. 지킬은 결코 하이드로부터 자유롭지 못한데, 이는 하이드 역시 결코 지킬과 지킬이 대표하는 모든 것으로부터 자유롭지 못하기 때문이다. 요약하자면, 지킬과 하이드의 사례에서 가장 기이하고 그래서 당황스러운 사실은 이 모든 것이 그다지 기이하지 않다는 것이다. 만약 우리가 지킬과 같은 계층에 있는 사람들의 고백을 읽는다면 지킬의 사례는 매우 평범하다고 평가하게 될 것이다.

비밀은 어디에나

커루 사건 후 지킬은 하이드를 비난하며 존경받는 삶으로 다시 한 번 돌아가고자 하지만 유혹은 되돌아오고 그는 하이드의 도움 없이도 다시 '평범하고 은밀한 죄인'이 된다. '평범한'이란 말이 거듭 반복되고 있다. 그가 속한 사회에서는 은밀히 죄를 짓고 그 비밀을 감추고 숨기는, 또는 발견하고 밝혀내려는 상황은 '평범한' 것이다. 이 소설 속에는 끝까지 밝혀지지 않는 비밀들이 존재한다. 한량으로 소문난 엔필드는 말한다. '아주 먼 곳에 다니러 갔다가 집에 돌아오는 길이었어요, 어두운 겨울 새벽 3시쯤이었죠.' 하지만 어디서 무엇을 했는지는 밝히지 않는다. 엔필드와 어터슨 두 사람 다 가능한 한 질문을 적게 한다는 신조를 가지고 있다. 살인 사건이 있던 날 밤, 댄버스 커루 경에게도 역시 의심스러운 점이 있다.

그녀는 백발의 품위 있는 노신사가 골목길을 따라 가까이 오고 있는 것을 보았다. 그 노신사를 향해 키가 아주 작은 남자가 다가가고 있었는데, 처음에는 그 작은 남자에게 별로 주의를 기울이지 않았다. 그들이 말을 나눌 수 있는 거리까지 왔을 때 노신사가 인사를 하고 아주 정중하게 말을 걸었다. 신사는 그다지 중요한 이야기를 하는 것 같지는 않았다. 손으로 뭘 가리키는 것으로 보아 길을 묻고 있는 정도로 보였다. 달빛이 이야기를 하는 노신사의 얼굴을 비추었는데 … 순수하고 고풍스러운 호의가 풍기면서도 뭔가 품위 있는, 충분히 그럴 만한 자격을 갖춘 자기애가 우러나는 그런 얼굴이었다.

왜 그가 '순수'해 보였다고 언급했을까? 그는 그렇게 늦은 밤 강가에서 젊은이에게 '정중하게' 무슨 말을 했던 것일까? 길을 묻는 것이었다면 이야기를 듣는 사람 쪽에서 손으로 가리키지 않았을까? 경찰은 이 끔찍한 살인의 희생자가 커루 경임을 알았을 때 왜 그리도 놀랐던 것일까? 그리고 커루가 가지고 있던 어터슨 앞으로 되어 있던 편지는 무슨 내용이었을까? 변호사의 조언을 구하는 것이었을까? 우리로서는 알 수 없는 일들이지만, 우리가 의심을 품는 것도 당연하지 않을까? 실제로 아무런 비밀이 없다 할지라도 스티븐슨의 이야기는 우리가 비밀을 상상하고 의심하도록, 겉으로 드러난 것을 그대로 신뢰하지 않도록 적극적으로 이끌고 있다.

숨바꼭질

이러한 신뢰의 결여는 다른 사람의 증언도, 우리가 읽은 것의 진실성도 의심하게 만드는 효과가 있다. 책의 바로 첫 페이지부터 대중의 평판에 좌우되고 폭로와 협박의 두려움에 떠는 사회의 모습이 소개된다. 「지킬 박사와 하이드」에서 진짜 '괴물'은 바로 이 평판일 수도 있다. 폭로의 두려움은 매우 큰 것이어서 심지어 하이드조차 실재하지도 않는 그의 명예를 지키기 위해 100파운드라는 돈을 지불한다. 엔필드와 의

사는 하이드에게 '이 일을 추문으로 퍼뜨릴 수 있고 또 그러겠다고, 런던 구석구석 그자의 악명이 퍼져야 한다고 …… 친구든 신용이든 다 잃도록 만들겠다.'라고 한다. 그리고 하이드가 지킬의 이름으로 된 수표를 가져오자 엔필드는 하이드가 지킬의 비밀을 빌미로 그를 협박하고 있다고 단정한다. 이 이야기를 들은 어터슨은 하이드 역시 숨기고 있는 비밀이 있을 것이라 생각하고 그것을 알아내어 이 일을 해결하고자 한다. 모두 체면과 남들에게 보이는 모습을 유지하기 위해 행동하는 것이다. 그리고 어터슨은 친구를 추문으로부터 구하고 그의 '신용'을 지키기 위해 탐정 노릇을 한다. 어터슨은 하이드가 살인을 저질렀을 때 경찰을 돕지만, 살인자와 직접 연결되어 있고 살인자로부터 편지를 받았다고 하는 친구에 대해서는 언급하지 않는다. 살인 무기가 사실은 자신이 지킬에게 선물했던 것임도 밝히지 않아 실질적으로는 경찰의 수사를 방해한 셈이다. 그는 '지킬의 명성도 이 추문의 소용돌이에 휘말리지 않을까' 걱정하며, 하이드가 죽고 지킬이 살해되거나 사라졌다고 믿었을 때조차 '최소한 지킬의 명예는' 지켜지기를 희망한다. 그리고 심지어 지킬의 '부도덕한 행위'가 준 충격으로 죽은 래니언조차, 자신이 남긴 글을 어터슨이 먼저 죽어 읽지 못한다면 아무도 읽을 수 없도록 없애야 한다는 지시를 남긴다. 우리는 래니언으로부터도, 지킬로부터도 완벽한 전모를 듣지 못한다. 래니언은 '그가 내게 들려준 얘기는 나로서는 글로 옮길 수가 없다.'라고 했다. 따라서 우리는 그가 들은 이야기와 지킬의 마지막 고백이 일치하는지 확인할 길이 없다. 어터슨은 계속 지킬을 위해 정보를 숨기려 했기 때문에 ─ '우리가 이 사건을 자살로 규정해도 되는 걸까? 신중해야겠어. 우리가 자네 주인을 무서운 파국으로 몰아갈지도 모르니까.' ─ 우리는 그가 지킬의 고백문을 고치거나 편집하지 않고 있는 그대로 공개했다고 확신할 수도 없는 것이다. 여기서 내용과 형식에 갈등이 있음을 알 수 있다. 내러티브는 완전한 폭로를 시도하지만, 그 내러티브의 주체는 은폐를 시도한다. 스티븐슨의 이야기는 해답보다 더 많은 의문을 만들어내기에 공포 소설로서 효과적이며 100년이 넘도록 읽히고 또 읽히면서 독자의 상상력 속에 살아남아 자라고 있는 것이다.

비현실적 도시

스티븐슨의 소설로 인해 근대적 도시가, 특히 런던이 고딕 공포 소설의 지도 위에 확고하게 자리를 잡게 된다. 이는 즉각 오스카 와일드, 아서 코넌 도일 등에게 영향을 줄 뿐 아니라 우리가 런던에 대해 갖고 있는 영화적 상상력의 이미지로 굳어지게 된다. 짙은 안개가 낀 도시, 가스등이 희미하게 밝히고 있는 미로 같은 거리, 지킬과 하이드가 배회하는 런던의 이러한 풍경은 이야기 속에서 탁월한 심리묘사의 장치로 사용된다.

    계절의 첫 안개가 내리고 있었다. 짙은 초콜릿 빛깔 장막이 하늘을 뒤덮으며 낮게 깔려 있었다. 바람이 끊임없이 휘몰아치며 포위된 운무를 공격하여 패주시키고 있었다. 그리하여 마차가 거리에서 거리로 낮은 포복으로 지날 때마다 어터슨은 어슴푸레한 빛이 다양한 모습과 색조로 시시각각 신비롭게 변하는 광경을 볼 수 있었다. … 어터슨은 이렇게 변화하는 희미한 빛 속에서 본 소호의 음침한 거리가 진창길과 그 위를 걷는 더럽고 단정치 못한 행인들, 그리고 한 번도 꺼진 일이 없고, 또한 이 음울한 어둠의 재침략에 맞서 새롭게 불을 밝힌 적도 없는 가로등으로 인해 무슨 악몽 속에 나오는 도시 같다고 생각했다. 그렇지 않아도 그의 마음은 암울한 생각에 휩싸여 있었다.

… 알려 준 주소대로 가 그 앞에 멈추었을 때는 안개가 조금 걷히면서 낡은 거리와 천박한 술집, 싸구려 프랑스 식당, 탐정소설과 값싼 샐러드를 파는 가게 등이 보였다. 누더기를 걸친 아이들이 건물 입구마다 웅크리고 모여 앉아 있었고, 이국 출신 여인네들이 술에 취한 채 손에 열쇠를 들고 해장술을 하러 가고 있었다. 곧 엄버처럼 짙은 갈색의 안개가 다시 내려앉으며 그 지저분한 배경으로부터 차단되었다. 이곳이 헨리 지킬이 아끼는, 25만 파운드를 상속받을 자의 집이었다.

이 부분은 찰스 디킨스의 소설 『블리크 하우스』의 유명한 도입부와 비교된다. 여기서도 런던은 안개와 진흙, 진창에 둘러싸인 곳으로 묘사된다. 그러나 디킨스의 안개는 정치적, 법적 절차의 혼란스러움을 언급하기 위해 사용된 것이나, 스티븐슨의 안개는 보다 직접적인 '심리적' 성격을 띤다. 디킨스는 안개의 바다 속에 떠 있는 런던을 알아보고 확인할 수 있도록 묘사한 반면, 스티븐슨이 그린 도시의 풍경에는 비현실성이 두드러진다. '악몽'에서나 나올 법한 거리이다. 어터슨이 이런 지옥 같은 나락으로 내려간 것은 후에 우리가 알게 될 지킬의 내부에 자리한 어둠의 마음과 마주치는 것을 뜻한다. 어터슨이 생각하기에 그 지역과 거리는 '불량배' 같은 하이드와 존경받는 지킬 사이의 이분법을 더욱 강화시키는 곳이다. 소호는 빈곤과 범죄의 소굴이면서도(당시에는 이스트엔드 지역이 빈곤과 범죄 지역이었으나) 풍요로운 서쪽 지역에 위치하고 있었다. 하이드가 거주하기 적당한 지역이면서도 하이드가 실은 지킬 내부에 자리하고 있음을 지리적으로 표현한 것이기도 하다. 이런 우의적인 접근 방식은 지킬의 집을 묘사할 때도 나타난다.

골목길 모퉁이를 돌자 훌륭한 고택 지역이 나타났다. 지금은 대부분 전성기에 비해 쇠락하여 세를 주는 아파트와 사무실이 되었고, 지도 조판공, 건축가, 뒤가 구린 변호사, 수상쩍은 사업의 중개인 등 온갖 종류의 사람들이 살고 있었다. 하지만 단 한 집, 모퉁이에서 두 번째 집만은 여전히 온전한 독채로 남아 있었다. 부와 안락한 분위기를 물씬 풍기는 그 집….

다른 집들은 모두 조각나고 쇠락했어도 지킬의 집만은 여전히 부와 안락한 분위기를 풍기며 온전한 독채로 남아 있다. 하지만 우리는 지킬의 집에 음산한 뒷문이 있고 그곳이 겉보기에는 그의 위엄 있는 공식 거처와 연결된 것처럼 보이지 않음을 알고 있다. 하이드의 특별한 문은 지킬의 조건과 상응하는 건축적 상징이다. 즉 지킬은 하이드가 뒷문을 드나들며 자신을 위해 더러운 일들을 해주기 때문에 비로소 스퀘어에 있는 자신의 저택을 온전하게 지킬 수 있는 것이다. 이렇게 지형과 풍경은 좁은 지리적 목적을 벗어나 우의적이고 심리적으로 사용되었으며, 후기 빅토리아 시대의 도시를 배경으로 한 고딕 공포 소설의 무대장치를 창조했다.

하이드 돌아오다

「지킬 박사와 하이드의 기이한 사례」는 엄청난 성공을 거두었다. 영국에서만도 6개월 만에 4만 부가 팔렸고, 총리와 빅토리아 여왕을 비롯하여 모든 사람이 다 읽은 것 같았다. 이 이야기는 후기 빅토리아 시대에 큰 반향을 불러일으켰고 곧 집단 상상력 속으로 들어가게 된다. 스티븐슨의 이야기는 또한 상상적이고 초자연적인 소설에 매우 큰 영향을 끼치는데, 오스카 와일드의 『도리언 그레이의 초상』(1890~91)이 그 대표적인 예이다. 공포 소설에서 스티븐슨의 영향력이 가장 크게 느껴지는 부분은, 스티븐슨이 공포가 발생하는 지점으로 인간의 몸과 마음에 주목했다는 것이다. 고딕소설의 첫 세대 작가들이 이탈리아와 스페인의 깊은 숲과 성(城)에서 허구적 공포를 찾았다면, 스티븐슨 이후 새로 형성된 전통은 생리학적 관심을 드러내며 인간의 몸과 마음 자체가 공포를 가져다줄 수 있음을, 달갑지 않은 유전과 순환이 발생하는 장소가 될 수 있음을 보여 준다. 브램 스토커의 500살 먹은 드라큘라 백작도 하이드처럼 부분적으로 야만적인 '범죄 유형'이며 확연히 기괴한 모습을 하고 있다. 드라큘라 역시 그를 추적하는 변호사와 의사 등의 증언을 토대로 그 실체가 드러난다. H. G. 웰스의 『모로 박사의 섬』(1896)에서 모로 박사는 진화를 가속시키는 실험을 행하고, 지킬이 한 인간에게서 야수를 풀어낸 것과 마찬가지로 짐승으로부터 인간을 끌어내려 시도한다. 아서 매첸의 『위대한 목신(牧神)』(1894)과 「세 사람의 협잡꾼」(1895)도 기이한 실험과 끔찍한 육신의 변형, 입에 담기 어려운 죄악을 회고하는 단편적인 증언들로 구성된다. '초월적인 약품'의 선구자였던 지킬은 '같은 선상에서 혹자는 나를 뒤따를 것이고, 혹자는 나를 앞질러 나갈 것'이라고 예언한 바 있다. 이 예언은 사실이 된다. 스티븐슨 이후, 공포 소설들은 계속 이 세계를 탐구하였고 환상적이면서도 그럴듯한 의사(擬似) 과학적 이론들을 만들어내어 평범하게 보이는 인간들의 육체와 정신, 또는 기억 속에 잠재한 공포들을 풀어내었다. 이제 수많은 종류의 하이드들이 책 속에서, 영화의 스크린에서 튀어나오고 있다.

판본에 관하여

 여기 실린 「지킬 박사와 하이드의 기이한 사례」(처음에 붙인 제목 그대로) 판본은 1886년 1월 6일 롱맨스 그린 앤드 컴퍼니 출판사에서 출간한 초판을 토대로 한 것이다. 미국에서는 1월 5일 스크리브너스 선스가 롱맨스의 인쇄판을 사용하여 출간했다. 이 소설의 구상과 개정에 대해서는 많은 이야기들이 있으며, 그 집필의 역사는 신비로운 지위까지 얻었다. 여기에서는 언급하지 않겠으나 관심 있는 독자는 이 이야기를 어떻게 착상하게 되었는지 스티븐슨이 직접 기록한 「꿈에 관하여」(이 책에는 축약본을 실었다.)를 읽어 보기 바란다. 스티븐슨은 여러 차례에 걸쳐 개정을 하는데, 윌리엄 비더와 고든 허쉬가 저서 『지킬 박사와 하이드 100년 후』(1986)에서 남아 있는 초고의 단편들과 그 사본들에 근거하여 개정의 전 과정을 매우 유용하게 정리하여 제공하고 있다. 《주석과 질문》 40호(1993) 490쪽에서 492쪽에 실린 리처드 더리의 저술 「스티븐슨의 지킬 박사와 하이드: 원문의 변형」도 그 내용을 보충하고 있다. 크리스토퍼 프랠링은 『악몽: 공포의 탄생』(1996) 114쪽부터 116쪽에서 한 장(章)을 스티븐슨에게 할애하여 균형 잡힌 매우 유용한 시각으로 소설의 집필에 대한 여러 이야기들을 한 발짝 물러나 개괄하였다. 나는 스티븐슨이 때로는 닥터 때로는 박사라고 다양하게 사용하는 것은 그대로 유지했지만, 펭귄 출판사의 스타일에 따라 몇몇 철자를 다른 표시 없이 현대적으로 바꾸었다.

「시체 도둑」은 1884년 《펠멜 가제트》 '크리스마스 특별판'에 출간된 것을 여기 그대로 실었다. 「오랄라」는 1885년 크리스마스에 《코트 앤 소사이어티 리뷰》에 처음 발표되었으며, 스티븐슨이 「지킬 박사와 하이드」의 교정을 보는 동안 쓴 작품이다. 「오랄라」는 후에 『즐거운 남자들과 다른 이야기와 우화』(샤토 & 윈더스, 런던, 1887)에도 수록되었으며, 여기에 실린 것은 그 판본이다.

지킬 박사와 하이드

지킬 박사와 하이드의 기이한 사례

문(門)에 얽힌 이야기

하이드를 찾아서

편안한 지킬 박사

커루 살인 사건

편지 사건

래니언 박사의 놀라운 이야기

창가에서

마지막 밤

래니언 박사의 이야기

헨리 지킬의 고백

문(門)에 얽힌 이야기

 어터슨 변호사는 무뚝뚝하게 생긴 사람으로 밝게 미소 짓는 법이 없었다. 차갑고 소심하여 대화하는 일을 난처하게 여기는 내성적인 성격인 데다, 마르고 큰 키에 생기 없고 음울했지만 그럼에도 정감이 가는 사람이었다. 뜻 맞는 지인들의 모임에서는, 그리고 와인까지 입에 맞으면 무언가 지극히 인간적인 면모가 그의 눈에서 빛났다. 그런 면이 그의 말로 표현되는 일은 없었다. 하지만 식사 후 표정에서 조용히 나타났고, 실은 더 자주, 그리고 더 크게 그가 삶에서 보여 주는 행동 자체에서 드러났다. 그는 자신에게 엄격한 사람이었다. 혼자 있을 때는 진을 마시며 와인에 대한 욕구를 억제했다. 연극을 좋아했지만 20년간 한 번도 극장 문턱을 넘은 일이 없었다. 하지만 다른 사람들에 대해서는 관대하다고 인정받고 있었다. 그는 그릇된 행동에 휘말리는 인간을 매우 경이롭게 생각했고 때로는 거의 부러워하기도 했다. 그리고 어떤 곤경에

처하더라도 비난하기보다는 기꺼이 돕고자 했다. "나는 카인의 이단에 끌린다네." 그는 흥미롭게 말하곤 했다. "나는 내 형제가 자기 나름대로 악의 길을 가도록 내버려 두지." 이러한 성격 덕분에 내리막길을 가는 타인의 인생에 그가 최후의 존경할 만한 지인이자 좋은 영향을 미치는 사람이 되는 일도 자주 생기곤 했다. 그런 이들이 집에 나타나도 그는 자신의 태도에 어떤 변화도 드러내지 않았다.

물론 어터슨에게는 이것이 대단한 일도 아니었다. 그는 내색하지 않는 성격인 데다 그가 보이는 우정까지도 너그럽고 좋은 성품에 기초하고 있는 듯했기 때문이다. 우연히 기회가 닿아 알게 된 지인들을 친구로 받아들이는 것이 내성적인 사람들의 특징이고 어터슨 변호사도 그러했다. 그의 친구들은 핏줄이거나 상당히 오래 알고 지낸 이들이었다. 그의 애정은 마치 담쟁이덩굴처럼 세월이 흐르면서 자라난 것일 뿐 그 대상이 적절하다는 것을 의미하진 않았다. 그와 리처드 엔필드와의 유대 관계 역시 그러했다. 그의 먼 친척인 엔필드는 런던에서 이름난 한량이었다. 따라서 많은 사람들은 이들 두 사람이 서로에게서 무엇을 보는 것인지, 또는 무슨 공통된 화제를 가지고 있는 것인지 궁금해했다. 일요일 산책에서 이들과 마주친 사람들에 따르면 둘은 서로에게 아무 말도 하지 않았고 매우 지루해 보였으며 어쩌다 친구라도 한 사람 나타나면 환호하며 안도해 하는 기색이 역력했다고 한다. 그럼에도 불구하고 두 사람은 이 산책을 가장 중요하게 여겨 보석같이 소중한 한 주의 일과로 간주했으며, 다른 즐거운 일들을 제쳐놓는 것은 물론 업무상의 일을 꺼리면서까지 그들의 산책을 방해받지 않고 향유하고자 했다.

그렇게 산책을 하던 어느 날 그들은 런던의 복잡한 지역에 위치한 한 골목길로 향하게 되었다. 그 거리는 작고 조용했으나 주 중에는 활발한 상거래로 북적이는 곳이었다. 그곳 사람들은 모두 형편이 넉넉해 보였지만, 경쟁적으로 더 잘살게 되기를 바라며 잉여생산물들을 내다 놓았다. 그래서 줄지어 서서 미소 짓는 판매원 여인네들처럼 가게들이 사람들을 부르며 도로를 따라 거리에 면해 있었다. 거리는 일요일이라 화려한 장식들은 모두 가려지고 비교적 한산했음에도 불구하고 초라한 이웃 동네와는 대조적으로 마치 숲 속의 불처럼 빛나고 있었다. 갓 새로 칠한 덧문들, 잘 닦아 윤이 나는 놋쇠 장식들, 전반적으로 깨끗하고 밝은 분위기가 지나가는 행인의 눈길을 사로잡으며 즐겁게 했다.

왼쪽에서 동쪽 방향으로 모퉁이 두 번째 집에서 길이 끊기고 안마당으로 들어가는 입구가 나타났다. 그곳에 음산한 건물 한 채가 삼각형의 지붕을 거리로 내민 채 서 있었다. 그 2층 건물은 창문도 없이 아래층에 난 문 하나가 전부였고 위층은 그저 빛바랜 벽뿐이었다. 매우 단조로운 그 건물에는 오랫동안 돌보지 않은 흔적이 곳곳에 남아 있었다. 초인종도, 두드리는 손잡이도 없는 문은 여기저기 페인트가 들뜨고 떨어져 나간 상태였다. 벽이 턱진 곳에는 부랑자들이 구부정히 앉아 벽에 성냥을 그어댔고 아이들은 계단 위에서 가게를 차렸다. 학생들이 외벽에 칼을 그어 시험해 본 자국도 있었다.

오랜 시간 아무도 이들 초대받지 않은 방문객들을 쫓지도, 그들이 훼손한 것을 수리하지도 않은 것 같았다.

엔필드와 어터슨은 골목길 반대편에 있었는데 그 입구 앞을 지나게 되자 엔필드가 지팡이를 들어 가리켰다.

"저 문을 보셨어요?" 그가 물었다. 어터슨이 그렇다고 대답하자 그가 덧붙였다. "저 문에는 아주 이상한 이야기가 얽혀 있어요."

"그런가?" 어터슨의 목소리에 약간의 변화가 생겼다. "무슨 이야기인데?"

"이야기는 이렇답니다." 엔필드가 이야기를 시작했다. "아주 먼 곳에 다니러 갔다가 집에 돌아오는 길이었어요, 어두운 겨울 새벽 3시쯤이었죠. 말 그대로 가로등밖에 보이지 않는 그런 거리를 지나고 있었습니다. 사람들은 모두 잠들어 있었고—거리마다 마치 무슨 행렬처럼 가로등이 불을 밝히며 줄지어 서 있었는데, 모두 아무도 없는 교회처럼 텅 비어 있었지요.—혹 무슨 소리라도 나는지 귀 기울이고 또 귀 기울이다 차라리 경찰이라도 눈에 띄었으면 하고 바라는 마음이 되었어요. 그런데 갑자기 두 사람을 보게 되었습니다. 한 사람은 키가 작은 사내였는데 큰 걸음으로 뚜벅뚜벅 동쪽으로 가고 있었고, 다른 한 사람은 여덟이나 열 살쯤 된 계집아이로 온 힘을 다해 달음박질쳐 길을 건너고 있었어요. 그런데 말입니다, 두 사람이 길모퉁이에서 맞부딪치게 되었고, 거기서 끔찍한 일이 일어났습니다. 그 남자가 태연하게 아이의 몸을 발로 짓밟고는 울부짖는 아이를 길바닥에 내버려 둔 채 떠나버린 겁니다. 듣기에는 별일 아닌 것 같지만 실제로 볼 때는 아주 소름 끼치는 장면이었어요. 인간 같지가 않더군요. 마치 크리시나 신상(神像)을 태운 수레에 무자비하게 짓밟히는 모습 같았다니까요. 저는 소리쳐 그자를 부르며 뒤따라가 목덜미를 낚아챘죠. 그자를 데리고 가니 울고 있는 아이 주위로 이미 사람들이 모여 있었어요. 그자는 아주 태연했고 아무런 저항도 하지 않았지만 저를 쳐다보는 모습이 너무나도 혐오스러워서 진땀이 다 흐르더군요. 그곳에 모인 사람들은 알고 보니 아이의 가족이었습니다. 그리고 곧 의사도 나타났는데, 아이가 그 의사를 데리러 심부름 가던 길이었다더군요. 의사 말이 아이가 심하게 나쁜 상태는 아니지만 무척 놀랐다는 거예요. 그걸로 일이 끝났다고 생각할 수도 있겠지만 말입니다, 상황이 미묘했어요. 난 그자를 보자마자 소름이 끼쳤거든요. 아이의 가족도 그렇게 느꼈고 아마 누구라도 그랬을 겁니다. 그런데 제 관심을 끈 것은 의사의 태도였어요. 그는 평범하게 생긴 의사로 나이나 인종은 짐작할 수 없었지만 강한 에든버러 억양을 쓰고 있었고 그래서인지 백파이프 소리처럼 감정적이었어요. 그는 우리들과 마찬가지로, 내가 잡아 온 그자를 볼 때마다 죽이고 싶은 욕망에 욕지기를 느끼며 하얗게 질려 있더군요. 난 그가 무슨 생각을 하는지 알 수 있었고 그 역시 내 생각을 알았죠. 죽일 수는 없는 노릇이었으니 차선을 택했어요. 우리는 그자에게 우리가 이 일을 추문으로 퍼뜨릴 수 있고 또 그러겠다고, 런던 구석구석 그자의 악명이 퍼져야 한다고 말했어요. 친구든 신용이든 다 잃도록 만들겠다고 단언

했죠. 그리고 그렇게 열을 내며 얘기하는 내내 여자들을 최대한 그자에게서 멀리 떼어놓았어요. 여자들이 꼭 하르피이아*처럼 사나웠거든요. 저는 그때까지 그렇게 증오에 찬 얼굴을 본 적이 없어요. 그런데도 그자는 가운데에 서서 경멸하듯 음흉스럽고 태연자약한 태도로──겁에 질리기도 했다는 걸 전 알 수 있었지만──마치 진짜 악마처럼 상황을 대적하고 있었어요. 그가 말했죠. '이 사고로 돈 좀 벌어보겠다는 거라면 나로선 별수 없지. 신사라면 괜한 소란은 피우고 싶지 않은 법이니 원하는 액수를 말해 보시오.' 우리는 아이의 가족을 위해 100파운드까지 올려 불렀고 그는 분명 거부하고 싶어 하는 것 같았지만 우리 모두 그를 해치기라도 할 기세였기 때문에 마침내 동의하더군요. 그 다음은 돈을 받는 문제였어요. 그런데 그가 우리를 데리고 간 곳이 바로 저 문이 있는 건물 아니겠습니까? 열쇠를 꺼내서 들어가더니 곧 10파운드짜리 금과 카우츠 은행수표를 가지고 나왔어요. 무기명 수표였는데 서명한 사람은 차마 제가 언급할 수 없는 이름이었어요. 그것이 제 얘기의 요점이지만 말이에요. 어쨌든 그 이름은 아주 잘 알려진, 종종 신문에도 나는 이름이었어요. 금액이 높았지만 그 서명이라면 그보다 더한 액수라도 충분했지요. 물론 서명이 진짜라면 말이죠. 제가 나서서 진위가 의심스럽다고, 새벽 4시에 지하실 문으로 들어가 다른 사람 명의로 된 수표를 가지고 나와서 100파운드를 지불한다는 것이 말이 되느냐고 지적했어요. 그러자 그가 말했어요. '안심하쇼. 은행이

---

* 여자 얼굴을 한 그리스 신화의 괴물.

열릴 때까지 같이 있다가 내가 직접 수표를 현금으로 바꿔주리다.' 그래서 의사, 아이의 아버지, 그 사람, 그리고 저 이렇게 모두는 제 사무실에서 남은 밤을 보내고 다음 날 아침을 먹은 후 함께 은행에 갔습니다. 제 손으로 수표를 내며 위조된 것이 틀림없다고 말했지요. 하지만 아니었어요. 그 수표는 진짜였습니다."

"쯧쯧." 어터슨이 혀를 찼다.

"저와 같은 생각이시군요." 엔필드가 말했다. "네, 좋지 않은 이야기예요. 그자는 아무도 상종하지 않을, 진짜 저주받을 사람이었던 반면 그 수표의 임자는 막대한 부와 명예를 가진 사람인 데다 (설상가상으로) 소위 선행이란 걸 하는, 변호사님 친구 중 한 분이었어요. 제 생각엔 협박당한 것 같아요. 정직한 사람이 젊은 시절 철없이 저질렀던 일에 대해 엄청난 대가를 치르고 있는 것이죠. 그래서 저 문이 있는 건물을 저는 협박의 집이라 부른답니다. 하지만 설령 그렇다 하더라도 다 설명은 안 되는 것 같아요." 그는 이렇게 덧붙이며 생각에 잠겼다.

어터슨의 뜻밖의 질문에 엔필드가 생각에서 깨어났다.

"그 수표를 써준 사람이 저곳에 사는지는 모르나?"

"저런 곳에 살겠습니까?" 엔필드가 반문했다. "수표에 있는 주소를 보았는데 무슨 스퀘어라고, 다른 곳이었어요."

"그럼 자네는 저 문이 있는 건물에 대해선 물어본 적이 없고?" 어터슨이 말했다.

"아니요. 신중해야 했어요. 질문을 던지는 것에 대해선 제 나름의 확고한 생각이 있습니다. 질문을 하다 보면 무슨 심판의 날처럼 되기가 쉽거든요. 질문을 던지는 일은 돌을 던지는 것과 같아요. 그냥 조용히 언덕 위에 앉아 돌을 굴리면 다른 돌들도 구르게 되고, 곧 (전혀 생각지도 못했던) 별 상관없는 사람이 자기 마당에서 그 돌을 맞고 쓰러져 그 가족이 성씨를 바꿔야 하는 사태를 맞게 됩니다. 그래서 제 나름의 규칙을 만들었습니다. 곤란해 보이는 일일수록 질문은 적게 하라는 것이죠."

"아주 좋은 규칙이군." 변호사가 말했다.

"대신 제가 직접 저곳을 살펴보았습니다." 엔필드가 말을 이었다. "집이라고 말하기도 민망하더군요. 다른 문도 없었고, 제가 만난 그자가 아주 가끔씩 들락거리는 일 외에는 출입하는 이도 전혀 없었습니다. 2층에는 안마당을 향해 난 창문이 세 개 있고 아래에는 아무것도 없었어요. 창문은 항상 닫혀 있었고 깨끗했습니다. 굴뚝이 하나 있는데 대개는 연기가 나고 있었지요. 그러니 누군가 살고 있기는 한 겁니다. 하지만 꼭 확신할 수는 없는 것이, 그 안마당 주변에는 건물들이 너무 다닥다닥 붙어 있어서 각 건물 간의 경계를 구분하기가 힘들거든요."

둘은 한동안 말없이 걸었다. 그러다 어터슨이 말했다. "엔필드, 자네 그 규칙이 맘에 들어."

"네, 저도 그렇습니다." 엔필드가 대답했다.

"그렇지만 말이야, 한 가지 물어봐야겠네. 아이를 밟았다는 사내의 이름이 뭔가?"

"그 정도는 말해도 문제가 되지 않겠죠. 하이드란 이름이었습니다." 엔필드가 대답했다.

"음, 어떻게 생겼던가?"

"설명하기가 쉽지 않아요. 외모를 보면 뭔가 정상이 아닙니다. 뭔가 불쾌하고 뭔가 아주 혐오스러워요. 이렇게 싫다는 느낌을 받은 사람은 정말 처음이었는데 그 이유를 딱히 알 수가 없어요. 어딘가 기형인 게 분명해요. 어디라고 꼬집어 얘기할 순 없지만 하여튼 기형의 분위기가 강하게 납니다. 정말 특이하게 생긴 사람인데 저로서는 도저히 묘사할 수가 없네요. 그래요, 할 수가 없어요. 설명이 안 되네요. 기억을 못 하는 건 아니에요. 지금도 눈앞에 생생히 떠오르거든요."

어터슨은 생각에 깊이 잠긴 모습으로 다시 말없이 길을 걸었다. "그자가 열쇠를 사용한 것이 틀림없나?" 마침내 그가 물었다.

"변호사님…." 엔필드가 놀라워하며 말했다.

"알아." 어터슨이 말했다. "이상하게 보이겠지. 하지만 내가 다른 한 사람의 이름을 묻지 않은 것은 이미 알고 있기 때문이야. 리처드, 자네는 매우 중대한 이야기를 한 거야. 정확하지 않은 점이 있었다면 수정하길 바라네."

"미리 말씀을 해주시지 않고요." 엔필드가 부루퉁하게 말했다. "저는 고지식하다고 할 만큼 정확히 말했습니다. 그자는 열쇠를 가지고 있었고 아직도 가지고 있어요. 사용하는 걸 본 지 일주일도 채 안 됐으니까요."

어터슨은 깊게 한숨을 내쉬고는 한마디도 하지 않았다. 곧 엔필드가 말을 이었다. "또 다른 교훈을 얻었네요, 아무 말도 하지 말 것. 제 가벼운 입이 부끄럽습니다. 다시는 이 일에 대해 얘기하지 않기로 하지요."

"나도 진심으로 동감하네, 리처드." 어터슨이 말했다.

하이드를 찾아서

 그날 저녁 어터슨은 우울한 기분으로 홀로 사는 집에 돌아와 식탁에 앉았지만 입맛이 없었다. 일요일 저녁이면 그는 저녁 식사 후 벽난로 가까이에 앉아 딱딱한 신학 서적을 독서대에 올려놓고 읽다가 이웃 교회에서 자정을 알리는 종소리가 울리면 진지하고 감사하는 마음으로 잠자리에 들곤 했다. 그러나 이날 저녁엔 식탁이 치워지자마자 촛불을 들고 서재로 갔다. 금고를 열고 가장 깊숙한 곳에서 봉투에 '지킬 박사의 유언장'이라고 쓰인 서류를 꺼내어 혼란스러운 표정으로 그 내용을 자세히 살폈다. 그 유언장은 자필로 작성된 것으로, 어터슨이 현재 보관하고는 있지만 유언장을 만드는 일에는 최소한의 관여도 거절했었다. 유언장에는 의학박사, 민법박사, 법학박사, 왕립협회회원 등인 헨리 지킬의 사망 시, 그의 모든 소유물을 그의 '친구이자 후원자인 에드워드 하이드'에게 양도할 뿐 아니라, 지킬 박사의 '실종 또는 3개월을 초과

하는 기간 동안의 부재 시'에도 전기(前記)한 에드워드 하이드가 즉시 헨리 지킬의 자리를 대신한다고 정하고 있었다. 지킬 박사의 식솔들에게 지불하는 소액 외에는 어떤 부담이나 의무 조항도 없었다. 어터슨은 오랫동안 이 유언장이 신경에 거슬렸었다. 이는 변호사로서, 그리고 비현실적인 것을 천박한 것으로 여기는 건전하고 전통적인 생활을 사랑하는 사람으로서 용납하기 어려운 일이었다. 지금까지는 하이드가 누구인지 알지 못한다는 것에 화가 치솟았지만, 이제는 반대로 그가 누구인지 알게 되자 비분을 느꼈다. 그냥 이름만 쓰여 있을 뿐 더 이상 그에 대해 알 수 없었을 때에도 이미 충분히 불쾌했었다. 그런데 이제 그 이름의 주인공이 혐오스러운 성격의 소유자란 것을 알게 되자 더욱 불쾌해졌다. 이 전환으로 인해 오랫동안 그의 눈을 흐리고 있던 실체 없는 안개가 걷히고 갑자기 악마의 모습이 확연하게 등장한 셈이었다.

"미친 짓이라 생각했더니 이제는 망신거리나 안 될지 걱정해야겠군." 그가 그 못마땅한 유언장을 금고에 넣으며 말했다.

그는 촛불을 불어 끈 후 코트를 걸치고 병원 밀집 지역인 캐번디시 스퀘어로 향했다. 친구 래니언 박사도 그 거리에 거주하며 밀려드는 환자를 받고 있었다. "래니언이라면 알지도 모르지."

근엄한 얼굴의 집사가 그를 알아보고 맞아들였다. 그는 기다릴 필요 없이 곧장 현관에서 식당으로 안내되었는데, 래니언 박사는 식당에 혼자 앉아 와인을 마시고 있었다. 따뜻해 보이는 인상의 래니언 박사는 자그마한 체구에, 혈색 좋은 붉은 얼굴 위로는 나이에 비해 일찍 세어버린 흰머리가 덥수룩했다. 항상 쾌활하고 정확한 태도를 지닌 사람이었다. 어터슨을 본 그는 자리에서 벌떡 일어나 두 팔을 벌려 그를 맞았다. 본디 그의 천성인 이러한 다정다감함은 다소 과장되어 보이기도 했지만 진심이 느껴졌다. 두 사람은 오랜 친구로 대학까지 줄곧 같은 학교를 다녔고 자기 자신뿐 아니라 서로를 전적으로 존중하는 사이였으며, 그런 사이라도 늘 그럴 수는 없는 법임에도 이 두 사람은 함께 지내는 시간을 정말 즐거워했다.

잠시 이런저런 이야기를 나눈 후, 어터슨은 줄곧 불쾌하게 그의 마음을 사로잡고 있던 문제를 꺼냈다.

"이보게 래니언." 그가 말했다. "자네와 난 헨리 지킬의 가장 오래된 친구 아닌가?"

"친구란 사람들이 좀 젊었으면 좋았겠지만." 래니언 박사가 껄껄거리며 웃었다. "우리가 오래되긴 했지. 그런데 왜? 나 요즘 그 친구 통 안 만났는데."

"그래?" 어터슨이 말했다. "난 자네들이 공통의 관심사로 연결됐다고 생각했는데."

"그랬지. 하지만 벌써 십여 년 전부터 헨리 지킬은 내가 감당하기엔 너무 비현실적으로 변했다네. 그 친구, 자꾸 잘못된 방향으로 생각이 흐르더군. 물론 그래도 흔히 말하는 옛정을 생각해서 계속 관심은 가지고 있지만, 거의 만나지는 않았고 지금도 그러고 있어. 그렇게 비과학적인 헛소리를 해대면…." 래니언은 갑자기 얼굴을 붉히며 덧붙였다. "다몬과 피티아스*

처럼 절친한 친구라도 멀어지게 될 걸세."

그의 노여움을 듣고 어터슨은 오히려 안심이 되었다. '과학적 견해 차이에 불과하군.' 그는 생각했다. (양도증서를 작성할 때를 제외하고는) 과학에는 전혀 관심이 없는 그는 이렇게 덧붙여 생각했다. '그 일에 비한다면 아무것도 아니지!' 그는 친구가 평정을 되찾을 때까지 잠시 기다렸다가 원래 목적했던 질문을 던졌다. "지킬의 피후견인을 만난 일 있나, 하이드라고 하던데?"

"하이드? 아니, 들어본 일이 없는데. 처음 들어."

어터슨은 그 정도의 정보만을 들은 후 돌아왔고 크고 어두운 침대에서 밤새 뒤척이며 환히 밝아오는 아침을 맞아야 했다. 괴로운 밤이었다. 어둠 속에서 여러 의문들에 사로잡힌 채 복잡한 머릿속을 헤매야 했다.

집 가까이 있어 편리하게 시간을 알려 주는 교회에서 6시 종이 울렸다. 하지만 어터슨은 그때까지도 그 문제를 파고들고 있었다. 이제까지는 이성만 관여했으나, 이제부터는 상상력까지 동원해야 했다. 아니, 그 상상의 노예가 되어버렸다. 커튼이 내려진 짙은 어둠 속에 누워 뒤척이는 가운데 엔필드의 이야기가 빛나는 그림들이 되어 그의 의식 속에 펼쳐졌다. 가로등이 줄지어 선 도시의 밤이 떠올랐다. 그리고 빠르게 걷고 있는 한 남자의 모습, 의사의 집에서 달려오고 있는 한 아이, 이들이 맞닥뜨리고, 인간의 모습을 한 거대한 신상의 수레가 아이를 밟아 뭉개고는 아이의 울부짖음에 개의치 않고

---

* 고대 그리스에서 목숨을 걸고 우정을 지킨 두 친구.

지나가 버린다. 또는, 저택의 방이 떠오른다. 그 방에는 친구가 누워 잠든 채 미소를 지으며 꿈을 꾸고 있다. 그때 방문이 열리고 침대의 커튼이 열어젖혀지자 친구는 잠에서 깨어난다. 맙소사, 그 곁에는 그가 모든 권한을 넘겨준 인물이 서 있다. 그리하여 한밤중에도 친구는 일어나 그자의 명령에 따라야 한다. 그 인물은 그렇게 두 장면에 나타나며 밤새도록 어터슨을 괴롭혔다. 어터슨이 잠깐이라도 졸면, 그 인물이 잠든 집들 사이로 몰래 돌아다니는 모습을 보게 되었다. 그는 더욱 빠르게, 현기증이 날 정도로 점점 더 빠르게 가로등이 밝히고 있는 넓은 미로 같은 거리 사이를 휘젓고 다녔고, 길모퉁이마다 아이를 짓밟고는 울부짖는 아이를 내버려 두고 떠났다. 여전히 그자의 얼굴은 알아볼 수 없었다. 꿈속에서까지도 그자는 얼굴이 없거나, 알아보기 힘든 얼굴이었다가 그의 눈앞에서 녹아버렸다. 그러자 진짜 하이드의 모습을 보고 싶다는 매우 강한, 거의 지나칠 정도로 강한 호기심이 솟구쳐 올라 급격히 커져 갔다. 한 번만 그자를 볼 수 있다면 이 미스터리가 밝혀지고 어쩌면 사라져버릴지도 모른다. 미스터리라고 하는 것들도 면밀히 관찰하면 다 그렇게 밝혀지기 마련이니까. 그자를 보게 되면 친구의 기이한 애정 또는 굴욕(그게 어느 쪽이든)에 대한 이유를, 그리고 유언장의 그 놀라운 조항들에 대한 이유까지도 알 수 있을지 모른다. 꼭 그런 이유 때문이 아니더라도 한 번쯤 봐둘 만한 얼굴이기도 하다. 인정머리라고는 없는 인간의 얼굴, 보여 주는 것만으로도 무덤덤한 엔필드의 마음에 계속되는 증오를 불러일으킨 그런 얼굴이기에.

그때부터 어터슨은 상점 골목길에 있는 그 문을 맴돌기 시작했다. 가게 문이 열리기 전 아침, 손님이 많아 바쁜 정오, 안개 낀 도시의 달밤, 그는 밤낮을 가리지 않고 항상 때로는 홀로, 때로는 군중 속에서 자리를 지켰다.

'그가 숨는 자*라면, 나는 찾아내는 사람이 될 것이다.' 어터슨은 생각했다.

그리고 마침내 그의 끈기가 보상을 받았다. 아무것도 내리지 않는 맑은 밤이었다. 공기는 차가웠지만 거리는 무도회장 바닥처럼 깨끗했고, 바람이 없어 흔들리지 않는 가로등 불이 고른 빛과 그림자를 드리우고 있었다. 10시가 되자 상점들은 문을 닫았고 골목길엔 인적이 사라졌다. 런던 여기저기에서 울리는 나지막한 소리에도 불구하고 사방은 아주 고요했다. 작은 소리들은 멀리 퍼져, 집 안에서 나는 소리가 길 어느 쪽에 있든 분명하게 들렸고, 행인이 다가오기 전에 그 발자국 소리가 훨씬 먼저 들렸다. 어터슨이 그 자리에 있은 지 몇 분쯤 지났을까, 가까운 곳에서 기이하고 가벼운 발자국 소리가 들려왔다. 이렇게 얼마 동안 밤에 기다리는 일을 하다 보니 그는 홀로 걸어오는 사람의 발걸음 소리가 내는 독특한 효과에 익숙해져 있었다. 행인이 아직 멀리 있어도, 그 소리는 도시의 웅얼거림과 시끌벅적함 속에서 불쑥 튀어나와 구별이 되었다. 그의 신경이 그 어느 때보다 날카롭고 분명하게 집중되었다. 어터슨은 미신과도 같은 강렬한 성공의 예감을 느끼며 마당 입구로 향했다.

---

* 하이드Hyde와 숨는다는 뜻의 hide의 발음이 같음에 착안.

발걸음이 빠르게 가까워졌고 소리가 점점 커지며 갑자기 길모퉁이를 돌아섰다. 입구에서 앞을 주시하고 있던 어터슨은 곧 자신이 상대해야 할 사내가 어떤 사람인지 볼 수 있었다. 그는 키가 작고 아주 평범한 옷차림이었는데, 비록 멀리서였지만 그를 보는 것만으로도 어떻게 된 일인지 비위가 몹시 상했다. 그 사람은 시간을 절약하려는 듯 도로를 가로질러 곧장 문으로 향했고, 집 앞에 다 온 사람이 모두 그렇듯 주머니에서 열쇠를 꺼냈다.

어터슨이 다가가 지나가는 그의 어깨를 가볍게 쳤다. "하이드 씨죠?"

하이드는 움찔하며 숨을 헉 들이마셨다. 하지만 그의 놀람은 잠시뿐, 어터슨의 얼굴을 쳐다보지도 않은 채 담담하게 대답했다. "그렇소. 왜 그러시오?"

"들어가시는 길인가 보군요. 저는 지킬 박사의 오랜 친구로 곤트 가의 어터슨이라고 하는데, 내 이름은 들어봤으리라 생각합니다. 마침 이렇게 만났으니 들어가게 해주시지요."

"지킬 박사는 못 만날 거요, 집에 없소." 하이드가 열쇠를 훅 불며 말했다. 그러다 문득, 하지만 시선은 여전히 아래로 향한 채 물었다. "어떻게 나를 안 거요?"

"내 부탁 하나 들어주겠습니까?" 어터슨이 말했다.

"그러지요, 뭔가요?" 그가 대답했다.

"내게 얼굴 좀 보여 주겠소?" 변호사가 물었다.

하이드는 잠시 망설이는 듯하더니 갑자기 무슨 생각이라도 난 것처럼 도전적인 태도로 얼굴을 들어 정면을 향했다. 두 사람은 서로를 몇 초 동안 뚫어지게 바라보았다. "다시 봐도 알아보겠군요." 어터슨이 말했다. "도움이 되겠어요."

"그럴 테지, 만난 적이 있으니. 그건 그렇고, 내 주소를 드리리다." 그는 소호 지역의 주소를 주었다.

'아니, 이럴 수가! 이자도 그럼 그 유언장을 염두에 두고 있었단 말인가?' 어터슨은 생각했다. 하지만 내색은 하지 않은 채 주소를 알겠다고 낮게 대꾸했다.

"그런데 나를 어떻게 알아보았소?" 하이드가 물었다.

"설명을 들었지요."

"누구한테 말이오?"

"우리 둘 다 아는 친구들이 있어요." 어터슨이 말했다.

"둘 다 아는 친구들?" 하이드가 좀 거친 목소리로 되물었다. "그들이 누구요?"

"지킬이라든가…." 어터슨이 말했다.

"지킬은 당신에게 얘기한 일이 없소." 하이드가 화가 나 얼굴을 붉히며 소리쳤다. "당신이 거짓말을 할 줄은 몰랐군."

"아니, 그건 온당치 않아요." 어터슨이 말했다.

하이드는 야만적인 웃음을 뱉더니 다음 순간 놀랄 만큼 재빠르게 문을 열고 집 안으로 사라져버렸다.

어터슨은 하이드가 가버린 후에도 한동안 그 자리에 서 있었다. 아주 불안한 모습이었다. 그리고 천천히 거리로 나가면서 한두 걸음마다 발을 멈추고 정신이 혼란스러운 사람처럼 눈썹에 손을 올렸다. 걸으면서 이 문제를 곰곰이 생각해 보았지만 해결하기 힘든 성질의 것이었다. 하이드는 창백하고 왜

소했다. 정상이 아니라는 인상을 받았지만 딱히 어디가 기형이라고 꼬집어낼 순 없었다. 사람을 불쾌하게 하는 웃음, 그리고 그가 어터슨에게 보인 행동에는 주저함과 대담함이 고약하게 섞여 있었다. 말할 때는 쉬고 다소 갈라진 목소리로 낮게 중얼거렸다. 이 모두가 하이드의 불쾌한 점이긴 했지만, 이 모든 것을 다 합하더라도 어터슨이 그를 보았을 때 생전 처음으로 느꼈던 그 혐오스러움과 끔찍함, 공포를 설명할 수는 없었다. "뭔가 다른 게 있어." 어터슨은 혼란스러워하며 말했다. "분명히 뭔가 더 있어. 그게 뭔지 알 수만 있다면 좋으련만. 그자는 도무지 인간 같지가 않았어! 원시 야만인 같다고나 할까? 아니면 옛날이야기의 펠 박사* 같은 것? 아니면 밖으로 배어 나와 육체까지 변형시킨 사악한 영혼의 발현일까? 후자인 것 같다. 오, 불쌍한 내 오랜 친구 헨리 지킬, 내가 악마의 모습을 한 얼굴을 보았는데 그가 바로 자네의 새 친구라네."

골목길 모퉁이를 돌자 훌륭한 고택 지역이 나타났다. 지금은 대부분 전성기에 비해 쇠락하여 세를 주는 아파트와 사무실이 되었고, 지도 조판공, 건축가, 뒤가 구린 변호사, 수상쩍은 사업의 중개인 등 온갖 종류의 사람들이 살고 있었다. 하지만 단 한 집, 모퉁이에서 두 번째 집만은 여전히 온전한 독채로 남아 있었다. 부와 안락한 분위기를 물씬 풍기는 그 집, 현관문 위의 작은 창문을 제외하고는 어둠에 잠겨 있는 그 집의 문 앞에 멈춰 선 어터슨은 문을 두드렸다. 잘 차려입은 나

---

* 옛 풍자시에 나오는 이유를 알 수 없는 증오의 대상.

이 든 하인이 문을 열었다.

"지킬 박사 집에 있는가, 풀?" 어터슨이 물었다.

"가보겠습니다, 어터슨 변호사님." 풀은 그렇게 얘기하며 어터슨을 천장이 낮고 편안한 커다란 홀로 안내했다. 석재를 깐 바닥, (시골집 스타일로) 불을 피워 놓아 밝고 따뜻한 홀에는 참나무로 만든 고급스러운 장식장들이 놓여 있었다. "여기서 불을 쬐며 기다리시겠습니까, 변호사님, 아니면 식당에 불을 켜드릴까요?"

"여기 있겠네, 고맙네." 어터슨은 대답하며 난롯가로 다가가 키 큰 난로 울타리에 기대었다. 그가 혼자 남은 이 홀은 친구 지킬 박사가 아끼는 곳이었고, 어터슨 자신도 이곳을 런던에서 가장 편안한 방이라 말하곤 했다. 하지만 오늘 밤엔 피 속까지 전율을 느끼고 있었다. 하이드의 얼굴이 기억을 무겁게 짓눌러 (전에 없이) 삶에 대한 욕지기와 혐오가 일었다. 기분이 우울하다 보니 잘 닦인 장식장 위로 반사되는 불빛의 일렁임과 천장에 드리우는 그림자의 불안정한 움직임도 위협적으로 느껴졌다. 풀이 곧 돌아와 지킬 박사가 외출했다고 알리자 그는 자신이 그 소식에 오히려 안도하고 있음을 깨닫고 부끄러워졌다.

"하이드가 옛 해부실 문으로 들어가는 걸 보았네, 풀. 지킬 박사가 집에 없는데 그래도 괜찮은 건가?"

"네, 괜찮습니다, 어터슨 변호사님. 하이드 씨는 열쇠를 가지고 계십니다." 풀이 대답했다.

"자네 주인은 그 젊은이를 상당히 신뢰하는 것 같군, 풀."

어터슨이 생각에 잠겨 말했다.

"네, 변호사님, 정말 그러십니다. 하이드 씨 지시를 따르라는 분부를 받았습니다." 풀이 대답했다.

"난 하이드를 만난 일이 없는 것 같은데?" 어터슨이 말했다.

"그렇습니다. 그분은 여기서 식사를 하지 않으니까요." 집사가 대답했다. "저희도 집의 이쪽 부분에서는 그분을 거의 보지 못합니다. 주로 연구실로 출입을 하십니다."

"알겠네. 잘 있게, 풀."

"안녕히 가십시오, 변호사님."

어터슨은 매우 무거운 마음으로 집으로 향했다. '불쌍한 헨리 지킬, 큰 곤경에 처한 것 같군! 그도 젊었을 때 방종한 시절이 있었지. 이미 오래전 일이지만, 신의 법에는 공소시효가 없으니. 그래, 분명 그래서일 거야. 옛날에 저지른 죄의 망령이, 숨기고 있던 불명예스러운 치부에 대한 형벌이, 자기애가 그 과오를 용서하고 그에 대한 기억도 이미 잊혀진 지 오래인 지금, 뒤늦게 다리를 절뚝이며 다가온 거야.' 어터슨은 이런 생각을 하고는 두려워져서 자신의 과거에 대해서도 곰곰이 되짚어 보았다. 기억의 구석구석을 더듬으며 혹시라도 오랜 죄악이 도깨비처럼 튀어나오지 않을까 걱정스러웠다. 그의 지난날은 그만하면 흠잡을 것이 없었다. 자신의 삶을 돌아보며 그만큼 염려가 없는 사람도 드물 것이다. 하지만 어터슨은 자신이 행했던 좋지 못한 행동들을 생각하며 한없이 겸손해지는 한편, 저지를 뻔했지만 결국 피할 수 있었던 많은 잘못을 생각하고는 맑은 정신으로 경건하게 감사를 드리며 고양되었다. 그리고 다시 원래의 생각으로 돌아오자 희망의 불빛이 떠올랐다. '이 하이드란 자도 조사를 해보면 분명 뭔가 비밀이 있을 것이다. 그자의 모습을 보면 어두운 비밀이, 그에 비하면 불쌍한 지킬이 저지른 최악의 행동도 햇빛 같을 그런 비밀이 분명 있을 거라는 걸 알 수 있어. 지금 상태로 계속 갈 수는 없는 일이다. 그 괴물이 지킬의 침대 옆에서 도둑처럼 뭔가를 훔치는 모습은 상상만 해도 소름이 끼친다. 불쌍한 지킬, 깨어날 때 얼마나 놀랄까! 그리고 너무 위험하다. 만일 하이드가 그 유언장의 존재를 안다면 상속을 빨리 받고 싶어 안달을 할지도 몰라. 아, 내가 애를 써야만 한다. 지킬이 내가 나서도록 해준다면, 내가 하게만 해준다면.' 그가 덧붙여 생각했다. 다시 한 번, 투명할 만큼 또렷하게 유언장의 기이한 조항이 떠올랐다.

편안한 지킬 박사

 이 주일 후, 상당히 운이 좋게도, 지킬 박사가 편안한 저녁 식사 자리를 마련했다. 오랜 친구 대여섯 명이 초대받았는데, 모두 지적이고 평판이 좋은 사람들로 좋은 와인을 알아보는 이들이었다. 어터슨은 일부러 다른 사람들이 모두 떠난 후에도 남아 있었다. 이전에도 그런 경우가 많아서 새삼스러운 일은 아니었다. 어터슨에게 호감을 가진 사람들은 그를 상당히 좋아했다. 그래서 집주인들은 가볍고 수다스러운 손님들이 가고 나면 이 무뚝뚝한 변호사를 붙들어 두고 싶어 했다. 떠들썩함이 가져다준 피곤과 부담감이 지난 뒤, 그들은 잠시 어터슨의 신중함 속에 함께 앉아 고독을 음미하며 그의 깊은 침묵 속에서 마음이 맑아지길 바라는 것이다. 지킬 박사도 예외는 아니었다. 지킬 박사는 난로 맞은편에 앉아 있었다. 쉰 살의 건장하고 균형 잡힌 체형에 수염을 기르지 않은 얼굴이었다. 무언가 숨기는 듯한 인상도 주었지만 포용력과 친절함이 풍겼고, 그가 어터슨을 바라보는 표정에서는 진정이 담긴 따뜻한 애정을 읽을 수 있었다.

"자네와 얘기를 좀 하고 싶었네, 지킬." 어터슨이 말문을 열었다. "자네 유언장 말일세."

주의 깊은 사람이라면 이것이 불쾌한 화제라는 것을 헤아릴 수 있었을 것이다. 그러나 지킬 박사는 유쾌하게 풀어나갔다. "불쌍한 친구, 자네가 나 같은 고객을 두어 고생이군. 내 유언장 때문에 그렇게 고민하다니. 하긴 그 편협한 현학자 래니언도 내 과학 이론을 이단이라 부르며 자네만큼 걱정하더군. 아, 알지, 좋은 친구고말고. 그러니 인상 쓰지 말게. 래니언은 물론 훌륭한 친구이고, 난 항상 그 친구에게서 더 많은 것을 기대하지만, 그럼에도 그가 편협한 현학자라는 건 부정할 수 없어. 무지하고 노골적인 현학자지. 사람에게 이렇게 실망하긴 래니언이 처음이었어."

"자네, 내가 그것에 찬성하지 않았다는 것 알지." 어터슨은 지킬이 새로 꺼낸 화제를 냉정하게 무시하며 말했다.

"내 유언장? 그래, 알지." 지킬이 조금 날카롭게 대답했다. "자네가 그렇게 말하지 않았나."

"찬성할 수 없다고 재차 얘기하겠네." 어터슨이 말을 이었다. "나는 하이드란 젊은이에 대해 뭔가 알게 되었어."

지킬 박사의 크고 잘생긴 얼굴이 입술까지 창백해지더니 눈가가 침울해졌다. "더 이상 듣고 싶지 않아. 이 문제는 얘기하지 않기로 한 것 같은데."

"내가 들은 이야기가 너무 끔찍해서 말이야."

"유언장은 바꿀 수 없어. 자넨 내 입장을 이해하지 못해." 지킬 박사가 혼란스러운 듯 말했다. "지금 난 고통스러운 상황에 처했네, 어터슨. 아주 기이한, 아주 기이한 상황이야. 세상에는 말로는 고칠 수 없는 일들이 있지. 이 일도 그래."

"지킬, 나를 알잖나. 믿을 수 있는 사람 아닌가. 속을 다 털어놓게. 내가 분명 자네를 곤경에서 벗어나게 할 수 있어."

"착한 친구." 지킬 박사가 말했다. "자네 호의는 알겠네. 진심인 것 알아. 얼마나 고마운지 말로 표현하기 힘들 정도군. 전적으로 자네 말을 믿어. 난 세상 어느 누구보다도 자네를 신뢰해. 심지어 나 자신보다 더 말일세. 하지만 이 문제는 자네가 추측하는 그런 성질의 것이 아니야. 그렇게 나쁜 일은 아니지. 자네의 걱정을 덜어주기 위해 한 가지 얘기를 해주겠네. 마음만 먹으면 난 언제든 하이드와 인연을 끊을 수 있어. 믿어도 좋아. 다시 한 번 정말 고마워. 그리고 한마디만 더 하겠네, 어터슨. 노여워하지 말고, 이 일은 내 사적인 문제이니 부디 신경 쓰지 말아줘."

어터슨은 타오르는 불길을 바라보며 잠시 생각에 잠겼다.

"자네가 전적으로 옳을 거라고 믿네." 마침내 그는 이렇게 말하고 자리에서 일어섰다.

"이왕 이 문제를 꺼냈으니 말인데, 그리고 이 이야기를 하는 것은 이번이 마지막이었으면 좋겠고." 지킬 박사가 말했다. "자네가 이해해 줬으면 하는 점이 있어. 나는 이 불쌍한 하이드에게 매우 지대한 관심을 가지고 있네. 그 친구를 만났다는 거 알아. 얘기 들었어. 그 친구가 무례했을까 걱정이 되는군. 하지만 나는 진심으로 그 젊은이에게 큰, 정말 매우 큰 관심을 가지고 있어. 그러니 어터슨, 내가 가고 없으면 자네가 그 친구에게 인내심을 가지고 그의 권리를 찾아주겠다고 약속해 주면 좋겠네. 자네가 전말을 모두 알면 그렇게 해주리라 믿어. 자네가 그렇게 약속해 준다면 정말 나는 마음의 짐을 내려놓을 수 있을 것 같아."

"난 그 친구를 좋아하긴 힘들 것 같은데." 어터슨이 말했다.

"그걸 바라는 게 아니야." 지킬은 친구의 팔에 손을 올려놓으며 부탁했다. "나는 온당한 처리만 바라는 걸세. 내가 세상에 없을 때 나를 생각해서 그를 도와달라는 것뿐이야."

어터슨은 절로 한숨이 나왔다. "그래, 약속하지."

커루 살인 사건

 그로부터 거의 1년이 지난 18xx년 10월 18일, 런던은 유례없이 광포한 범죄의 충격에 휩싸였고, 희생자의 높은 지위 때문에 이 사건에 더욱 주목하게 되었다. 극히 일부이긴 하지만, 드러난 사건 경위는 놀랄 만한 것이었다. 강에서 멀지 않은 집에 혼자 사는 하녀가 밤 11시경 잠을 자러 위층으로 올라갔다. 밤이 한참 깊어진 후에는 안개가 도시 전체를 뒤덮었지만 밤이 시작되던 무렵만 해도 구름 한 점 없었고, 그 집 창문에서 내려다보이는 골목길은 보름달이 훤하게 밝히고 있었다. 하녀는 낭만적인 면이 있었는지 창문 바로 아래 놓인 상자에 앉아 몽상에 빠졌다. 그 어느 때보다도(그녀는 그 경험을 이야기할 때면 눈물을 줄줄 흘리며 말했다.) 정말 그 어느 때보다도 모든 사람들과의 관계에서 평화가 느껴졌고, 세상이 호의적으로 생각되었다. 그렇게 앉아 있던 그녀는 백발의 품위 있는 노신사가 골목길을 따라 가까이 오고 있는 것을 보았다.

그 노신사를 향해 키가 아주 작은 남자가 다가가고 있었는데, 처음에는 그 작은 남자에게 별로 주의를 기울이지 않았다. 그들이 말을 나눌 수 있는 거리까지 왔을 때 (바로 하녀의 눈 밑이었다.) 노신사가 인사를 하고 아주 정중하게 말을 걸었다. 신사는 그다지 중요한 이야기를 하는 것 같지는 않았다. 손으로 뭘 가리키는 것으로 보아 길을 묻고 있는 정도로 보였다. 달빛이 이야기를 하는 노신사의 얼굴을 비추었는데 하녀는 그 모습을 바라보는 일이 즐거웠다. 순수하고 고풍스러운 호의가 풍기면서도 뭔가 품위 있는, 충분히 그럴 만한 자격을 갖춘 자기애가 우러나는 그런 얼굴이었다. 하녀의 눈길은 곧 다른 남자에게로 옮겨 갔는데, 그녀는 그가 하이드임을 알아보고 깜짝 놀랐다. 하이드는 언젠가 하녀의 집주인을 찾아온 일이 있었고, 그녀는 그에게 혐오감을 갖고 있었다. 하이드는 손에 묵직한 지팡이를 들고 만지작거리고 있었는데, 한마디 대꾸도 없이 참기 힘든 조급함을 내비치며 노신사의 말을 듣고 있었다. 그러다 그는 갑자기 불같이 화를 내면서 발을 구르고 지팡이를 휘둘렀으며, (하녀의 표현을 따르자면) 미친 사람처럼 길길이 날뛰었다. 매우 놀란 노신사는 좀 기분이 상한 듯 한 발짝 뒤로 물러섰고, 이에 하이드는 완전히 자제력을 잃고 노신사를 지팡이로 때려 바닥에 쓰러뜨렸다. 그리고 다음 순간 마치 고릴라 같은 분노를 표출하며 그를 발로 짓밟고 마구 내리쳤다. 그 아래에서 뼈 부서지는 소리가 들리더니 신사의 몸이 차도로 털썩 떨어졌다. 하녀는 그 광경과 소리가 너무 무서워서 기절하고 말았다.

2시가 되어서야 하녀는 다시 정신을 차리고 경찰을 불렀다. 살인자는 이미 자리를 뜬 지 오래였지만, 희생자는 믿기 어려울 만큼 짓이겨진 채 길 한가운데에 버려져 있었다. 범죄를 저지른 지팡이는 매우 단단하고 무거운, 보기 드문 재질이었음에도 그 비정한 잔인함의 중압에 못 이겨 반으로 부러졌다. 부러진 절반은 근처 하수구에 굴러 떨어져 있었고, 다른 절반은 살인자가 가지고 간 것이 분명했다. 희생자에게서 지갑과 금시계가 발견되었지만 명함이나 신분증은 없었고, 대신 봉인을 하고 우표를 붙인 봉투가 하나 나왔다. 우체국으로 가지고 갈 예정이었던 듯, 봉투에는 어터슨의 이름과 주소가 쓰여 있었다.

  어터슨은 다음 날 아침, 자리에서 일어나기도 전에 그 봉투를 전달받았다. 그는 그 봉투를 보고 상황을 듣는 순간 심각한 표정으로 입술을 비죽거리며 말했다. "중대한 일인 것 같으니 시신을 보고 이야기하겠소. 옷을 입을 때까지 기다려주시오." 그리고 계속 무거운 표정으로 서둘러 아침을 먹은 후 시신이 운반된 경찰서로 향했다. 그는 시체 안치실에 들어서자마자 고개를 끄덕였다.

  "네." 그가 말했다. "누군지 알겠소. 유감스럽게도 댄버스 커루 경(卿)이군요."

  "맙소사, 이런 일이 일어나다니!" 경찰이 놀라 탄식했다. 그리고 바로 다음 순간 경찰의 눈은 직업적인 공명심으로 반짝였다. "대단히 시끄러운 사건이 되겠군요. 변호사님께서 범인을 잡는 데 도움을 주시면 감사하겠습니다." 경찰은 하녀가 목격한 것을 얘기하고 부러진 지팡이를 보여 주었다.

어터슨은 하이드란 이름에 이미 움찔한 터인 데다 자신 앞에 놓인 지팡이를 보자 더 이상 의심할 여지가 없었다. 부러지고 망가졌지만, 몇 년 전 자신이 헨리 지킬에게 직접 선물했던 지팡이임을 알아보았던 것이다.

"하이드란 자가 키가 작다고 하던가요?" 어터슨이 물었다.

"유난히 작고 유난히 사악해 보인다고 하녀가 그러더군요." 경찰이 답했다.

어터슨은 생각에 잠겼다가 고개를 들었다. "내 마차로 나와 함께 갑시다. 그자의 집에 데려다 주겠소."

아침 9시경이 되었고 계절의 첫 안개가 내리고 있었다. 짙은 초콜릿 빛깔 장막이 하늘을 뒤덮으며 낮게 깔려 있었다. 바람이 끊임없이 휘몰아치며 포위된 운무를 공격하여 패주시키고 있었다. 그리하여 마차가 거리에서 거리로 낮은 포복으로 지날 때마다 어터슨은 어슴푸레한 빛이 다양한 모습과 색조로 시시각각 신비롭게 변하는 광경을 볼 수 있었다. 이쪽에선 저녁이 깊어질 무렵과 같은 어두움이었다가, 저쪽에선 마치 큰 화재의 기이한 불빛처럼 선명하게 타오르는 갈색의 빛이 빛나기도 했다. 그러다 또 잠시 안개가 걷히고 가느다란 한 줄기 아침 햇살이 소용돌이치는 구름 사이를 뚫고 비치기도 했다. 어터슨은 이렇게 변화하는 희미한 빛 속에서 본 소호의 음침한 거리가 진창길과 그 위를 걷는 더럽고 단정치 못한 행인들, 그리고 한 번도 꺼진 일이 없고, 또한 이 음울한 어둠의 재침략에 맞서 새롭게 불을 밝힌 적도 없는 가로등으로 인해 무슨 악몽 속에 나오는 도시 같다고 생각했다. 그렇지 않아도 그의 마음은 암울한 생각에 휩싸여 있었다. 그런데 함께 타고 있는 동행을 보자 법과 법집행관의 두려운 손길을 의식하지 않을 수 없었다. 때때로 가장 정직한 사람도 공격할지 모르는 그 손길을….

마차가 알려 준 주소대로 가 그 앞에 멈추었을 때는 안개가 조금 걷히면서 낡은 거리와 천박한 술집, 싸구려 프랑스 식당, 탐정소설과 값싼 샐러드를 파는 가게 등이 보였다. 누더기를 걸친 아이들이 건물 입구마다 웅크리고 모여 앉아 있었고, 이국 출신 여인네들이 술에 취한 채 손에 열쇠를 들고 해장술을 하러 가고 있었다. 곧 엄버처럼 짙은 갈색의 안개가 다시 내려앉으며 그 지저분한 배경으로부터 차단되었다. 이곳이 헨리 지킬이 아끼는, 25만 파운드를 상속받을 자의 집이었다.

상아 같은 얼굴의 은발 노파가 문을 열었다. 그녀의 얼굴은 사악했고 위선으로 포장되어 있었지만 태도는 깍듯했다. 그녀가 말했다. "네, 여기가 하이드 씨 댁입니다만, 지금 안 계십니다." 그는 어젯밤 아주 늦게 들어왔다가 한 시간도 안 되어 다시 나갔으며 그게 그렇게 별스러운 일은 아니라고 했다. 습관이 매우 불규칙해서 자주 집을 비운다는 것이었다. 실은 그 노파가 어제 그를 본 것도 거의 두 달 만이었다고 했다.

"잘 알겠소. 그 사람 방을 좀 봤으면 좋겠는데." 어터슨이 말했다. 노파가 안 된다는 말을 시작하자 그는 덧붙여 말했다. "이분이 누군지 말해 주는 게 좋겠군. 이분은 런던경찰청의 뉴커먼 경위요."

그러자 노파의 얼굴에 밉살스러운 기쁨의 표정이 떠올랐다. "아! 그 사람, 문제를 일으켰군요! 무슨 짓을 했나요?"

어터슨과 경위가 눈짓을 주고받았다. "남에게 별로 호감을 사는 인물은 아닌가 보군. 이봐요, 아주머니, 이제 나와 이분이 방을 둘러보게 해주시오." 경위가 말했다.

집 전체가 그 노파를 빼면 텅 비어 있었으며, 하이드는 방두 개만을 사용하고 있었다. 그의 방들은 고급스럽고 훌륭한 취향으로 꾸며져 있었다. 벽장에는 와인들이 가득 차 있었고 접시는 은에다, 냅킨도 우아했다. 벽에는 좋은 그림들이 걸려 있었는데 아마도(어터슨이 추측하기에) 그림을 잘 아는 헨리 지킬의 선물인 것 같았다. 카펫은 아주 두꺼웠고 방과 잘 어울리는 빛깔이었다. 그러나 방에는 그들이 오기 직전에 들어와 다급하게 내부를 뒤진 흔적이 곳곳에 남아 있었다. 주머니가 뒤집힌 옷들이 바닥에 널려 있었고 자물쇠가 달린 서랍들은 열린 채였으며 벽난로엔 종이를 많이 태운 듯 회색빛 재가 쌓여 있었다. 경위는 타다 남은 잿더미 속을 파헤쳐 채 타지 못한 초록색 수표책 조각을 꺼냈다. 지팡이의 나머지 절반도 문 뒤에서 발견했다. 그것으로 의심에 매듭을 지으며 경위는 흡족해했다. 은행을 방문해 살인자에게 몇 천 파운드가 남아 있음을 확인하고 그는 더욱 만족하게 되었다.

"믿으셔도 좋습니다, 변호사님." 경위가 어터슨에게 말했다. "그자는 이제 제 손안에 있습니다. 정신이 나간 게 틀림없습니다. 그렇지 않고서야 지팡이를 두고 갈 리가 없지요. 제

정신이면 수표책을 다 불태울 리도 없고요. 돈은 그자에게 생명 줄이니까요. 우리는 그냥 두 손 놓고 은행에서 그자를 기다리면서 수배 전단이나 돌리면 됩니다."

 그러나 그 일은 그렇게 쉽게 해결되지 않았다. 하이드를 잘 아는 사람이 거의 없었기 때문이다. 심지어 하인 책임자도 그를 두 번밖에 보지 못했다 했고, 가족은 어디에서도 찾을 수가 없었다. 그는 사진을 찍은 적도 없었고, 그의 모습을 설명할 수 있는 몇 안 되는 사람들은 일반적인 목격자가 대개 그렇듯이 각자 하이드의 모습을 아주 다르게 묘사했다. 단 한 가지 그들 모두가 공통적으로 이야기한 점은, 하이드가 보는 이들에게 강렬하게 심어준, 뭐라 표현하긴 어렵지만 그들의 기억 속에 오래 남아 있는 기형의 느낌이었다.

편지 사건

 늦은 오후, 어터슨은 지킬 박사의 집으로 향했다. 그를 맞아들인 풀은 주방을 지나 한때 정원이었던 마당을 건너더니 실험실 혹은 해부실이라 부르는 건물로 안내했다. 지킬 박사는 이 집을 유명한 외과 의사의 상속자로부터 산 후, 그의 관심이 해부보다는 화학에 있었기에 정원 아래 있던 건물의 용도를 바꾼 것이다. 어터슨이 지킬의 집에 와서 이쪽 건물로 안내된 것은 처음이었다. 그는 창문도 없는 우중충한 건물을 호기심 어린 눈길로 쳐다보았다. 그리고 계단식 강의실을 지날 때에는 낯섦에서 오는 불쾌감을 느끼며 주위를 둘러보았다. 한때는 열정적인 학생들로 가득했던 곳이겠지만, 지금은 적막하고 고요한 가운데 화학 기기들이 놓인 테이블, 나무 상자와 포장용 짚 등이 널려 있었고 안개 낀 채광창으로 희미한 빛이 비치고 있었다. 강의실 끝에는 계단이 있었고 계단 위에는 붉은색 베이즈 천을 씌운 문이 하나 있었다. 그 문을 지나자 마침내 지킬 박사의 서재가 나타났다. 커다란 방에는 유리문이 달린 서가가 죽 늘어서 있었고 전신 거울과 사무용 책상이 다른 가구들과 함께 갖춰져 있었다. 서재는 창문 세 개를 통해 마당을 내다보고 있었는데 그 먼지투성이 창에는 쇠창살이 달려 있었다. 집 안까지 안개가 두껍게 내리기 시작하자 벽난로에는 불이 지펴졌고 굴뚝 선반에는 등이 켜졌다. 온기 가까이로 다가앉은 지킬 박사는 완전히 병자처럼 보였다. 그는 손님을 맞으러 자리에서 일어나지도 못하고 그저 차가운 손을 내밀며 인사만 건넸는데 목소리가 변해 있었다.

"자네, 소식은 들었나?" 어터슨은 풀이 나가자마자 말했다.

지킬이 몸서리를 쳤다. "사람들이 광장에서 큰 소리로 이야기하더군. 내 집 식당에 앉아 들었다네." 그가 말했다.

"한마디만 하지." 어터슨이 말했다. "커루는 내 고객이었어. 하지만 그건 자네도 마찬가지지. 그래서 나는 진상을 알아야겠네. 자네, 그자를 숨겨줄 만큼 정신이 나간 건 아니겠지?"

"어터슨, 신께 맹세하겠네." 지킬이 말했다. "신께 맹세컨대 다시는 그자를 만나지 않겠어. 자네에게 내 명예를 걸고 말하지만, 이제 그자와는 끝이야. 그리고 그자도 내 도움을 바라지 않아. 자넨 내가 아는 만큼 그를 알지 못하지. 그는 이제 위험하지 않아. 위험을 끼치지 않을 거야. 내 말을 믿어. 다시는 그자 얘기를 들을 일이 없을 걸세."

어터슨은 어두운 마음으로 듣고 있었다. 열을 내며 말하는 친구의 태도가 꺼림칙했다. "자네는 그자에 대해 아주 확신에 차 있군. 자네를 위해서라도 자네 말이 맞길 바라네. 만일 재판이라도 하게 된다면 자네 이름이 나오게 될지도 몰라."

"확신하고 있어." 지킬이 답했다. "그 확신에 대한 근거가 있지만 누구에게도 얘기할 순 없어. 그런데 한 가지, 자네 의견이 필요한 사안이 있다네. 편지 한 통을 가지고 있는데, 좀 전에 받은 걸세. 그 편지를 경찰에 보여야 할지 자신이 없구먼. 자네에게 그 편지를 맡기고 싶어, 어터슨. 자네가 현명하게 판단해 주리라 믿어. 자네를 정말 신뢰하고 있네."

"자네는 그 편지로 인해 그자가 잡힐까 봐 두려운 건가?" 어터슨이 말했다.

"아니야, 하이드가 어떻게 되건 신경 쓰지 않아. 정말 끝났다니까. 나는 이 끔찍한 일로 인해 혹 내 자신의 인격이 위험에 처할까 봐 그걸 염려하는 걸세."

어터슨은 잠시 생각에 잠겼다. 그는 친구의 이기심에 놀라기도 했지만 한편 그래서 오히려 안심이 되기도 했다. 마침내 그가 말했다. "어디 그 편지 좀 보여 주게."

편지에는 어색하게 곧게 선 필체로 쓴 '에드워드 하이드'라는 서명이 있었다. 편지의 내용은 간단히, 글쓴이의 은인인 지킬 박사의 한없는 관대함에 대해 자신이 제대로 보답하지 못했으며, 자신은 확실히 믿을 수 있는 도피처가 있으니 자신의 안전에 대해서는 걱정할 필요가 전혀 없다는 것이었다. 어터슨은 그 편지가 만족스러웠다. 그가 혹시나 하고 생각했던 그런 친밀한 관계는 아님을 보여 주었기에 친구에 대해 의심을 품었던 일이 부끄러워졌다.

"겉봉투도 가지고 있나?" 어터슨이 물었다.

"태워버렸어." 지킬이 답했다. "깊이 생각하기도 전에 말이지. 하지만 우표는 붙어 있지 않았어. 인편으로 왔으니까."

"내가 가지고 가서 생각 좀 해봐도 되겠나?" 어터슨이 물었다.

"내 대신 자네가 전적으로 판단을 해줬으면 좋겠네. 나는 이제 나를 믿을 수가 없어." 지킬은 그렇게 답했다.

"생각해 보겠네. 그리고 한 가지만 더. 자네 유언장에서 자네가 사라진 후에 대한 조항은 하이드가 불러준 것인가?"

지킬은 어지럼을 느끼는 듯했다. 그는 입을 굳게 닫은 채 고개를 끄덕였다.

"그럴 줄 알았어. 그자는 자네를 살해할 생각이었어. 자넨 정말 극적으로 그 위기를 모면한 거야." 어터슨이 말했다.

"나는 그보다 훨씬 중요한 걸 얻었어." 지킬이 진지하게 대꾸했다. "교훈을 얻은 거지. 오, 맙소사, 어터슨, 정말이지 큰 교훈을 깨달았어!" 그는 잠시 두 손에 얼굴을 파묻었다.

어터슨은 나가는 길에 풀과 몇 마디 나누었다. "그런데 오늘 편지가 인편으로 왔다던데. 가지고 온 사람이 어떻던가?" 하지만 풀은 우편으로 온 것 외에는 아무것도 없었다고 말했다. "전단지들뿐이었습니다." 그가 덧붙였다.

그 말을 듣자 어터슨은 다시금 두려움에 휩싸였다. 단순하게 생각하면 그 편지는 실험실 문으로 곧장 전달됐을 수도 있다. 혹은 서재에서 쓰였을 가능성도 있다. 만일 그렇다면 이는 달리 판단하고 더욱 조심스럽게 접근해야 할 문제였다. 신문팔이 소년들이 인도를 따라 거친 목소리로 외치고 있었다.

"호외요, 호외. 충격적인 하원 의원 살인 사건이오." 그것이 친구이자 고객인 커루의 부고였다. 그는 다른 친구의 명성도 이 추문의 소용돌이에 휘말리지 않을까 염려되었다. 그가 내려야 할 결정은 어쨌든 신중을 요하는 문제였다. 그는 대개 스스로 생각하고 판단했지만 이번엔 간절히 조언을 바라게 되었다. 직접적이어서는 안 되겠지만 넌지시 도움을 얻을 수 있지 않을까 하고 그는 생각했다.

얼마 후 그는 자신의 집 난로 옆에 앉아 있었다. 그의 사무장인 게스트가 반대편에 앉았고, 난로를 가운데 두고 알맞게 떨어진 거리에는 그의 지하실에서 오랫동안 햇빛을 피하고 있었던 오래된 와인 한 병이 놓여 있었다. 안개는 여전히 흠뻑 젖은 도시 위로 날개를 활짝 펼치며 내려앉아 있었고 가로등은 붉은 석류석처럼 빛났다. 가라앉은 스모그에 뒤덮이고 짓눌리면서도 도시의 삶은 계속 굴러갔다. 큰길을 따라 강한 바람이 울고 가는 소리가 들려왔다. 하지만 방 안은 불빛으로 아늑했다. 와인은 신맛이 오래전에 사라진 잘 숙성된 상태였고, 황제의 색이라는 와인의 빛깔도 스테인드글라스의 색깔이 점점 깊어지듯 세월과 함께 부드러워져 있었다. 언덕 비탈의 포도밭, 따가운 가을 오후의 붉은빛이 마침내 자유로이 풀려나 런던의 안개를 흩어지게 할 참이었다.

어터슨의 마음도 서서히 누그러졌다. 게스트는 어터슨이 누구보다 신뢰하는 사람이어서 그에게는 감추는 것이 별로 없었다. 비밀로 하고자 했을 때조차도 그러지 못했던 것 같다. 게스트는 일 때문에 지킬 박사의 집에 자주 갔고 풀과도 안면이 있었다. 그러니 하이드가 그 집과 관련이 있다는 것을 들었을 수 있고, 그 나름대로 결론을 내렸을지도 모른다. 그렇다면 그에게 이 편지를 보이고 미스터리를 풀도록 하는 게 낫지 않을까? 무엇보다 게스트는 훌륭한 학생이자 필체 비평가이니 이를 당연하고 필요한 과정으로 간주하지 않을까? 게다가 그는 변호사 사무장이 아닌가. 그렇게 기이한 글을 읽고 한마디 지적을 안 할 리 없었다. 그 지적을 통해 어터슨은 앞으로 이 일을 어떻게 처리할지 가늠할 수 있을 것이다.

"댄버스 경 일은 참 유감이야." 어터슨이 말했다.

"네, 그렇습니다. 사람들이 대단히 격앙되어 있습니다. 그자는 분명 미친놈일 겁니다." 게스트가 대답했다.

"자네 의견을 듣고 싶네." 어터슨이 말했다. "나에게 그자가 직접 쓴 편지가 있어. 이 일은 우리끼리만 알고 있어야 하네. 아직 어떻게 처리해야 할지 모르겠거든. 아무리 봐도 좋을 수가 없는 일이지. 여기 살인자의 친필이 있네. 이건 자네 전문 분야 아닌가."

게스트의 눈이 빛났다. 그는 곧 자리에 앉아 열심히 살펴보았다. "변호사님, 이 사람 미친 건 아니군요. 하지만 이상한 필체입니다."

"그래, 정말 아주 이상한 필체야." 어터슨이 말했다.

바로 그때 하인이 쪽지를 가지고 들어왔다.

"지킬 박사에게서 온 겁니까, 변호사님?" 게스트가 물었다. "그분 필체를 압니다. 사적인 내용인가요, 어터슨 변호사님?"

"그냥 저녁 초대야. 왜? 보고 싶은가?"

"잠깐이면 됩니다, 고맙습니다." 그리고 게스트는 두 장의 종이를 나란히 놓고 꼼꼼하게 내용을 비교했다. "잘 봤습니다." 그가 마침내 둘 다 돌려주며 말했다. "아주 흥미로운 필체군요."

잠시 침묵이 흘렀고, 어터슨의 머릿속은 매우 복잡해졌다. "왜 그 둘을 비교했나, 게스트?" 불쑥 그가 물었다.

"주목할 만한 유사성이 있었어요. 두 필체는 여러 가지 면에서 동일합니다. 기울어진 정도만 다를 뿐이죠."

"그거 이상하군."

"네, 말씀처럼 이상합니다." 게스트가 말했다.

"나라면 이 쪽지에 대해 입 밖에 내지 않겠네. 무슨 뜻인지 알겠지." 어터슨이 상관으로서 말했다.

"발설하는 일 없을 겁니다, 변호사님. 이해합니다."

어터슨은 밤에 혼자 있게 되자 곧 그 쪽지를 금고에 넣고 잠갔다. 쪽지는 그때부터 계속 금고에 보관되었다. '세상에! 그는 생각했다. '헨리 지킬이 살인자를 위해 편지를 위조하다니!' 차가운 피가 전율하며 흘렀다.

래니언 박사의 놀라운 이야기

 시간이 흘렀다. 수천 파운드의 현상금이 걸렸다. 시민들은 마치 댄버스 경의 죽음을 자신의 모욕인 것처럼 분개하고 있었다. 그러나 하이드는 처음부터 존재하지 않았던 사람처럼 경찰의 시야에서 사라지고 말았다. 실제로 그의 과거에 대해서는 밝혀진 바가 거의 없었고 그나마 알려진 것은 나쁜 평판뿐이었다. 냉정하면서도 폭력적인 잔인함, 비열한 생활, 같이 어울렸던 기이한 인간들, 그의 이력을 둘러싼 수많은 원한들에 관한 이야기가 흘러나왔지만, 그가 지금 어디 있는지에 대한 정보는 단 한마디도 없었다. 살인 사건이 있던 날 아침, 소호의 집을 떠난 이후 그는 흔적도 없이 사라져버렸다. 점차 시간이 흐르면서 어터슨은 경악과 흥분에서 깨어나 평온을 되찾기 시작했다. 그가 생각하기에 댄버스 경의 죽음은 하이드가 사라짐으로써 충분히 보상을 받은 셈이었다. 그 악마의 영향이 물러가자 지킬 박사에게 새 삶이 시작되었다. 지킬은 은둔에서 벗어나 친구들과 관계를 새로이 하고 다시 절친한 벗으로 친구들을 방문하거나 환대하곤 했다. 늘 자선을 베풀기로 잘 알려졌던 그가 이제는 종교 활동으로도 유명해졌다. 그는 바빴고 자주 집 밖으로 나왔으며 선행을 베풀었다. 내적으로 봉사하는 마음을 늘 가지고 있는 듯 얼굴이 활짝 펴 밝아 보였다. 두 달 이상 지킬 박사는 평화로웠다.

1월 8일, 어터슨은 지킬의 집에서 몇몇 지인들과 저녁 식사를 함께했다. 래니언도 그곳에 있었다. 지킬은 세 사람이 떼려야 뗄 수 없는 친구였던 옛 시절처럼 두 사람을 차례로 따뜻하게 바라보았다. 그런데 12일, 그리고 다시 14일, 어터슨이 찾아갔을 때 지킬은 문을 굳게 닫아버렸다. "박사님께서는 집에 칩거하신 채 아무도 만나지 않습니다." 풀이 말했다. 15일에 다시 찾아갔지만 역시 거절당했다. 지난 두 달 동안 거의 매일 지킬을 만났기에 친구가 또다시 은둔 상태로 돌아갔다는 사실에 어터슨은 마음이 무거웠다. 닷새째 되던 밤 그는 게스트와 함께 저녁을 했다. 엿새째 되는 날 그는 래니언 박사의 집으로 향했다.

그곳에서는 적어도 돌아가라는 소리는 없었지만, 그는 너무나 달라진 래니언 박사의 모습에 충격을 받았다. 래니언 박사는 누가 보더라도 사형선고를 받은 듯한 얼굴이었다. 눈에 띄게 머리숱이 적어지고 나이도 들어 보였다. 그러나 어터슨의 시선을 사로잡은 것은 순식간에 삭아버린 외모보다 래니언의 눈에 어린 표정과 태도였다. 마음 깊은 곳에 공포가 뿌리내렸음을 확연히 보여 주고 있었다. 죽음을 두려워할 래니언 박사가 아니었지만, 그럼에도 어터슨은 그가 죽음의 공포를 느끼고 있는 건 아닐까 생각했다. '그래, 이 친구는 의사니까 자기 상태를, 그리고 삶이 얼마 남지 않았음을 알 것이고, 그런 사실을 잘 알기에 더욱 견디기 어려운 것이다.' 하지만 어터슨이 래니언의 병색을 언급했을 때, 자신이 머지않아 죽을 것이라 단언하는 래니언의 태도는 대단히 담담했다.

"난 심한 충격을 받았다네." 그가 말했다. "이젠 회복되지 못해. 몇 주 못 살 거야. 글쎄, 지금껏 인생은 괜찮았어. 만족해. 그래, 만족했었지. 가끔 난 생각하네. 우리가 모든 것을 다 안다면 떠나는 일이 더 기쁠 거라고."

"지킬도 아프다네." 어터슨이 말했다. "만난 일이 있나?"

그러자 래니언은 낯빛을 바꾸며 떨리는 손을 들어 올렸다. "난 이제 지킬 박사를 만나는 것도, 그에 대한 얘기를 듣는 것도 싫어." 그가 크고 불안정한 목소리로 말했다. "난 이제 그 친구와 끝났어. 그러니 자네도 내게 그 인간 얘기를 하지 말아주게. 난 그 친구가 죽었다고 생각하기로 했어."

"쯧쯧." 어터슨이 혀를 찼다. 그리고 한참의 침묵 후에 물었다. "내가 할 수 있는 일은 없겠나? 우리 세 사람은 매우 오랜 친구일세, 래니언. 그리고 새로 다른 친구를 사귈 만큼 오래 살지도 못할 걸세."

"다 소용없는 일이야. 그 친구에게 물어보게." 래니언이 대답했다.

"날 만나주지 않네." 어터슨이 말했다.

"놀랄 일도 아니지." 래니언은 그렇게 대답했다. "언젠가,

어터슨, 언제가 내가 죽은 다음에 이 일의 옳고 그름을 알게 될 날이 올 걸세. 내 입으로는 차마 말 못 하겠네. 그러니 앉아서 다른 얘기를 나누든가, 아니면 그만 가주게. 그자 얘긴 참을 수가 없어."

어터슨은 집에 오자마자 자리에 앉아 지킬에게 편지를 썼다. 왜 자신을 집에 들이지 않는지, 왜 래니언과 그렇게 불행한 결별을 했는지 따져 물었다. 다음 날 어터슨은 장문의 답장을 받았다. 지킬은 빈번히 감상적인 표현을 하는가 하면 때로는 모호하고 알 수 없는 말들을 쏟아놓기도 했다. 래니언과의 다툼은 되돌릴 수 없다 했다. '나는 우리의 오랜 친구인 래니언을 비난하진 않겠네. 하지만 우리가 다시는 만나지 말아야 한다는 그의 의견에 동의하네. 이제 나는 극도의 은둔 생활을 할 작정이네. 내 집 문이 자네에게조차 굳게 닫혔다 해서 놀랄 필요도 없고 내 우정을 의심할 이유도 없네. 나는 차마 밝힐 수 없는 형벌과 위험을 자초했다네. 나는 끔찍한 죄를 지은 죄인이며, 그 죄로 인해 가장 고통받는 이도 바로 나일세. 이토록 비인간적인 고통과 두려움이 이 세상에 존재할 수 있다고는 미처 생각지 못했네. 어터슨, 자네가 이 운명의 무게를 덜어주는 길은 내 침묵을 존중하는 일뿐이네.' 어터슨은 경악하고 말았다. 하이드의 악한 기운은 물러갔고 지킬은 예전처럼 일과 친구에게 돌아왔었다. 일주일 전만 해도 미래는 활짝 웃으며 분명 낙관적이고 영예로운 시간을 약속하고 있었다. 그런데 순식간에 우정도, 마음의 평화도, 그의 인생의 모든 의미도 무너져 버렸다. 너무도 크고 전혀 예상치 못한 변화에 지킬이 행여 미친 것은 아닐까 생각해 보았지만, 래니언의 태도와 말에 비추어 볼 때 무언가 더 깊은 이유가 있음이 분명했다.

일주일 후 래니언 박사가 자리에 누웠고 이 주도 채 되지 않아 세상을 떴다. 장례식 다음 날 밤 슬픔에 젖어 있던 어터슨은 사무실 문을 닫아걸고 침울한 촛불 옆에 앉아 봉투 하나를 꺼내 앞에 놓았다. 그의 절친한 친구가 직접 주소를 쓰고 봉인한 후 인편으로 보낸 편지였다. '사신(私信): J. G. 어터슨이 직접 수신할 것. 그가 먼저 사망 시 읽지 말고 없애 버릴 것.' 이렇게 강조되어 있었다. '오늘 한 친구를 땅에 묻었다. 그런데 이 편지로 인해 또 다른 친구를 잃는다면?' 그는 생각했다. 하지만 그런 두려움은 친구에 대한 불충이라 자책하며 봉인을 열었다. 봉투 안에는 또 다른 봉투가 있었는데 마찬가지로 봉인되어 있었고 겉봉에는 '헨리 지킬 박사의 사망 또는 실종 시까지 개봉하지 말 것.'이라고 쓰여 있었다. 어터슨은 자신의 눈을 의심했다. 그러나 분명 실종이라 쓰여 있었다. 또다시 이미 오래전에 주인에게 돌려준 그 미친 유언장에서처럼 실종이란 단어와 헨리 지킬이란 이름이 짝을 이루어 나타났다. 유언장에서는 실종이란 개념이 하이드란 자에 대한 불길한 추측에서 비롯된 것이었다. 지극히 단순하고 무서운 목적과 연결되어 있었다. 그런데 래니언의 손으로 쓴 실종은 도대체 무슨 의미일까? 어터슨은 편지에 대한 신임을 받았음에도 불구하고 너무 궁금한 마음에 읽지 말라는 부탁을 무시하고 당장 이 미스터리의 근원을 캐고 싶었다. 그러나 그에겐 고인이 된 친구에게 직업적 명예와 믿음을 엄중히 지켜야 할 책무가 있었다. 그리하여 서류 봉투는 그의 개인 금고 가장 깊숙한 곳에 다시 보관되었다.

궁금함을 억누르는 것과 완전히 극복하는 것은 별개였다. 그날부터 어터슨은 예전과 같은 열정으로 지킬과의 친분을 원할 수 없었다. 진심으로 지킬을 생각했지만, 그 생각에는 불안과 두려움이 어려 있었다. 지킬을 만나러 가면서도 방문을 거절당하면 차라리 마음이 편했다. 스스로 유폐를 자처한 집에 들어가 이해할 수 없는 은둔자와 함께 앉아 이야기를 나누는 것보다는, 현관에서 열린 도시의 공기와 소리를 느끼며 풀과 얘기하는 편이 더 낫다고 생각했다. 풀 역시 좋은 소식을 전해 주지는 못했다. 지킬은 그 어느 때보다 더 실험실 위 서재에 처박혀 지냈고 때로는 잠까지 그곳에서 자는 모양이었다. 그는 완전히 활력을 잃고 매우 조용해졌으며 책도 읽지 않는다 했다. 무언가 큰 고민이 있는 것처럼 보인다 했다. 어터슨은 갈 때마다 매번 같은 소식만 듣게 되었고 따라서 방문의 횟수도 점차 줄어갔다.

창가에서

 일요일이었다. 일요일이면 늘 그렇듯 어터슨은 엔필드와 함께 산책을 했고, 우연히 그 뒷골목을 다시 지나게 되었다. 그들이 그 문 앞에 이르렀을 때 두 사람 모두 걸음을 멈추고 문을 바라보았다.

 "음, 그 이야기는 어쨌든 끝이 났군요. 다시는 하이드를 보지 못하겠지요." 엔필드가 말을 꺼냈다.

 "그러길 바라고 있네. 내가 그자를 한 번 만났고, 자네가 말했던 혐오의 감정을 그대로 느꼈다는 얘기를 했던가?" 어터슨이 말했다.

 "그자를 보고 그렇게 느끼지 않으면 이상한 거죠." 엔필드가 답했다. "그리고 저를 참 멍청하다고 생각하셨겠습니다. 여기가 지킬 박사 댁 뒷문이란 걸 몰랐으니까요. 그걸 알고 나니 부분적으로는 변호사님 잘못도 있다는 생각이 들더군요."

"그래, 알게 되었군. 그렇다면 안마당으로 들어가서 창문이나 한번 보세. 사실 난 지킬이 걱정이라네. 비록 밖에서라도 친구가 있어주면 그에게 힘이 될 거라 생각해."

안마당은 매우 쌀쌀했고 약간 젖어 있었다. 저 높이 하늘은 아직도 저녁놀로 밝았지만 마당엔 때 이른 어스름이 가득했다. 세 개의 창문 중 가운데 창이 반쯤 열려 있었는데, 거기서 창문 가까이에 앉아 한없이 슬픈 모습으로 바람을 쐬고 있는 마치 절망에 빠진 죄수 같은 모습의 지킬 박사를 발견할 수 있었다.

"아니! 지킬! 몸이 좀 나았나 보군." 어터슨이 말했다.

"아주 좋지 않아, 어터슨, 아주 좋지 않아. 그래도 다행히 오래가진 않을 거야." 지킬이 쓸쓸하게 대답했다.

"자넨 너무 실내에만 머무르고 있어. 밖으로 나와서 엔필드와 나처럼 혈액순환도 자극하고 해야지. (여기는 내 사촌인 엔필드일세. 이쪽은 지킬 박사.) 나오게. 모자를 가지고 와서 우리와 함께 한 바퀴 빨리 돌자고."

"자네는 참 좋은 친구야." 지킬이 한숨을 쉬었다. "정말 그러고 싶네만, 아냐, 아닐세, 그건 불가능해. 그러지 않는 편이 좋겠어. 하지만 어터슨, 정말이지 자네를 봐서 기쁘군. 진심으로 반가워. 자네와 엔필드 씨에게 들어오라고 하고 싶지만 그럴 형편이 아니라네."

"그렇다면 우리가 여기 서서 자네와 얘기하는 것이 가장 좋겠군." 어터슨은 사람 좋게 말했다.

"그렇지 않아도 그러자고 할 셈이었네." 지킬이 미소를 지으며 말했다. 하지만 그 말이 끝나기가 무섭게 그의 얼굴에서 미소가 가시더니 곧 비참한 공포와 절망의 표정으로 돌변했다. 창 아래에 있던 두 사람은 피가 얼어붙는 것 같았다. 곧바로 창문이 황급히 닫혀 버리는 바람에 순간적으로밖에 보지 못했지만 기실 충분한 시간이었다. 그들은 돌아서서 아무 말 없이 그곳을 떠났다. 그리고 계속되는 침묵 속에서 골목길을 가로질렀고, 이웃해 있는 큰길로 나와서야 마침내 어터슨이 엔필드를 향해 돌아서서 그를 바라보았다. 큰길은 일요일임에도 사람들로 분주했다. 두 사람 모두 창백했고, 그들의 눈엔 일치된 공포가 자리하고 있었다.

"하느님 맙소사, 오, 하느님 맙소사." 어터슨이 말했다.

그러나 엔필드는 매우 심각하게 머리만 끄덕이고는 다시 말없이 걸음을 계속했다.

마지막 밤

어느 날 저녁, 식사 후 벽난로 옆에 앉아 있던 어터슨은 갑작스러운 풀의 방문에 놀랐다.

"아니, 풀, 도대체 무슨 일로 여길 왔는가?" 그러다 풀을 다시 한 번 보고는 물었다. "왜 그러나? 지킬 박사가 아픈가?"

"어터슨 변호사님, 뭔가 잘못되었습니다." 그가 말했다.

"자리에 앉게. 그리고 여기 와인 한잔 하게." 어터슨이 말했다. "서둘지 말고 무슨 일인지 알기 쉽게 말해 보게."

"박사님이 어떤지 아시지요, 변호사님. 두문불출하는 일 말입니다. 이제는 서재에만 틀어박혀 계십니다. 불길합니다. 정말 불안해서 죽을 지경입니다. 변호사님, 무섭습니다."

"이 사람아, 분명하게 말을 해보게. 뭐가 무섭단 말인가?"

"무서워진 것이 일주일은 되었는데, 더 이상은 견딜 수가 없습니다." 풀은 줄곧 질문에 대한 답은 회피하며 말했다.

풀의 모습이 충분히 그의 말을 대변하고 있었다. 태도도 좋지 않게 변해 버려서 처음 두려움을 말했던 순간 외에는 단 한 번도 어터슨의 얼굴을 쳐다보지 않았다. 심지어 지금도 와인은 입에도 대지 않고 그냥 무릎에 올려놓은 채 시선을 마루 한구석으로 향하고 있었다. "더 이상은 견딜 수 없어요." 그가 되풀이해서 말했다.

"그래, 자네가 그럴 만한 연유가 있겠지, 풀. 뭔가 대단히 잘못된 것 같군. 무슨 일인지 얘기를 해보게."

"제 생각에는 범죄가 일어난 것 같습니다." 풀이 잠긴 목소리로 말했다.

"범죄라니!" 어터슨이 소리쳤다. 상당히 놀라기도 했고, 그래서 더욱 초조해졌다. "범죄라니? 도대체 무슨 소리를 하는 건가?"

"감히 입에 담을 수가 없습니다." 풀은 그렇게 답했다. "저와 함께 가셔서 직접 보시면 어떻겠습니까?"

어터슨은 대답 대신 자리에서 일어나 모자와 코트를 챙겼다. 그는 집사의 얼굴에 크나큰 안도의 표정이 떠오르는 것을 보고 또 한 번 놀랐다. 풀이 따라 일어서며 내려놓는 와인을 보니 그때까지 전혀 입에 대지 않았음을 알 수 있었다.

3월답게 춥고 매서운 밤이었다. 창백한 달이 마치 바람이 눕히기라도 한 것처럼 비스듬히 등을 대고 기울어져 있었고, 엷은 구름이 희미하게 흘러가고 있었다. 바람이 불어 이야기를 나누기가 힘들었고 얼굴은 울긋불긋해졌다. 오늘따라 유달리 사람이 없어서 거리는 텅 비어 있었다. 어터슨은 런던이 지역에 이렇게 인적이 드문 것은 본 적이 없었다. 사람으로 북적거렸으면 하고 바랐다. 살면서 지금 이 순간처럼 절실하게 사람이 보고 싶고 접촉하고 싶다고 생각해 본 일이 없었다. 그가 애써 부정해도 뭔가 큰 참변이 일어난 것이 분명하다는 확신이 들었다. 그들이 스퀘어에 도착했을 땐 사방이 온통 바람과 먼지뿐이었고 정원의 가냘픈 나무들은 휘청대며 울타리에 몸을 누이고 있었다. 줄곧 한두 걸음 앞서 가던 풀은 길 한가운데 멈춰 서더니 매서운 날씨에도 불구하고 모자를 벗고 붉은색 손수건으로 눈썹을 닦았다. 서둘러 걷긴 했지만 그가 닦아낸 것은 힘이 들어 흘린 땀이 아니라 목을 죄어오는 고뇌의 물기였다. 그의 얼굴은 하얗게 질려 있었고 입을 열자 거칠고 단속적인 목소리가 흘러나왔다.

"저, 변호사님, 다 왔습니다. 신께서 가호하사 제발 아무 일도 없기를."

"그러길 바라네, 풀." 어터슨이 말했다.

그러자 풀은 매우 조심스러운 태도로 문을 두드렸다. 체인이 걸린 채로 문이 조금 열렸고, 안쪽에서 누군가 말했다. "집사님이십니까?"

"괜찮으니 문을 열게." 풀이 말했다.

그들이 들어가니 홀에 밝게 불이 지펴져 있었다. 벽난로의 불은 높이 타오르고 있었고, 난로 주변에는 하인, 하녀 모두가 마치 양 떼처럼 모여 있었다. 어터슨을 보자 가정부가 이성을 잃고 울음을 터뜨렸고, 요리사는 "하느님 감사합니다! 어터슨 변호사님이시다!"라고 소리치며 마치 두 팔로 안을 듯이 앞으로 달려 나왔다.

"뭔가? 왜들 이러나? 여기 다 모여 있다니." 어터슨이 역정을 내며 말했다. "규율에도 어긋나고 보기도 흉하군. 자네들 주인께서 매우 언짢게 생각하실 거야."

"모두 겁이 나서 그럽니다." 풀이 말했다.

침묵만이 흘렀고 아무도 나서는 사람이 없었다. 하녀 한 사람이 목소리를 높여 큰 소리로 울 뿐이었다.

"조용히 못 할까!" 풀의 엄격한 목소리에는 그의 어지러운 심경이 담겨 있었다. 사실 하녀가 너무 갑자기 울음소리를 높이는 바람에 모두들 무서운 예감을 담은 얼굴로 안쪽 문을 향해 돌아서 들어가기 시작했다. 풀은 이어 심부름하는 아이에게 말했다. "자, 이제 촛불 하나를 다오. 즉시 이 일을 마무리 짓겠어." 그리고 어터슨에게 함께 가기를 청하며 뒤편 마당 쪽으로 길을 잡았다.

"저, 변호사님, 가능한 한 조용히 오십시오. 귀 기울여 소리를 들으시되 소리는 내지 않으셨으면 합니다. 그리고 만에 하나, 들어오시라 하더라도 절대 들어가지 마십시오."

어터슨은 이 예상치 못했던 결말에 신경이 곤두서서 거의 평정심을 잃고 있었다. 하지만 그는 다시 마음을 다잡고 풀을 따라 실험실 건물로 향했다. 상자와 병 들이 가득 쌓인 외과 원형 강의실을 지나자 그 끝에 계단이 나왔다. 그곳에서 풀은 몸짓으로 한쪽에 서서 들어보라는 시늉을 했다. 풀은 촛불을 내려놓고 마음을 단단히 먹은 후 계단을 올라가 붉은 베이즈 천을 씌운 서재 문을 망설이는 손으로 두드렸다.

"어터슨 변호사님께서 뵙고자 하십니다." 그는 그렇게 말하면서 다시 한 번 어터슨에게 잘 들으란 몸짓을 크게 해 보였다.

안에서 목소리가 흘러나왔다. "아무도 만날 수 없다고 전해 주게." 짜증 실린 소리였다.

"알겠습니다, 박사님." 풀의 목소리에는 의기양양함 같은 것이 담겨 있었다.

그는 다시 촛불을 들고 어터슨을 안내하여 마당을 가로질러 부엌으로 들어갔다. 부엌에는 불이 꺼져 있었고 바닥엔 딱정벌레들이 뛰어오르고 있었다.

"변호사님, 박사님의 목소리가 맞던가요?" 풀이 어터슨의 눈을 바라보며 말했다.

"목소리가 상당히 변한 것 같더군." 아주 창백해진 얼굴로 어터슨이 그 시선을 마주하며 답했다.

"변했다고요? 네, 저도 그렇게 생각합니다." 풀이 말했다. "제가 이 댁에서 20년이나 있었는데 박사님 목소리를 모르겠습니까? 주인님은 죽었습니다. 여드레 전에 주인님이 울부짖으며 신을 찾는 것을 들었습니다. 그날로 주인님은 죽은 겁니다. 그렇다면 저 안에는 도대체 누가 있는 걸까요? 그리고 왜 아직도 남아 있는 걸까요? 하늘에다 큰 소리로 외쳐 묻고 싶습니다, 어터슨 변호사님!"

"그건 정말 섬뜩한 이야기군, 풀. 얼토당토않은 이야기에 가까워." 어터슨이 손가락을 깨물며 말했다. "자네 추측대로라고 해보세. 지킬 박사가, 그러니까, 살해됐다고 말이야. 하지만 무엇 때문에 살인자가 계속 머무르겠나? 말이 되지가 않

아. 논리에 맞지 않는단 말일세."

"어터슨 변호사님, 납득시키기 쉽지 않은 분이군요. 제가 더 설명을 드리지요." 풀이 말했다. "지난주 내내 그자는(누군지 아시죠.) 혹은 그것은, 무엇이 됐든 하여튼 저 서재에 살고 있는 것은 밤낮으로 무슨 약품을 구해 오라고 소리쳤지만 만족해하지 않았습니다. 때때로 그는——이건 주인님 방식이죠.——종이에 주문을 써서 계단으로 던졌습니다. 우리가 이번 주에 본 것이라곤 그런 종이뿐이었어요. 문은 닫혀 있었고 식사는 매번 문 앞에 놓아두면 아무도 보지 않을 때 몰래 가지고 들어갔습니다. 매일, 그리고 하루에도 두세 번씩 주문서를 내놓고 다시 불평했고, 그러면 저는 시내에 있는 화학약품 도매상을 모두 다녀와야 했습니다. 제가 약품을 가지고 돌아오면 곧 반품하라는 내용의 쪽지가 나왔습니다. 약품에 불순물이 있다는 겁니다. 그러곤 또 다른 약품상으로 주문을 내더군요. 무엇 때문인지는 모르겠으나 그 약이 절실히 필요한가 봅니다."

"그 종이들 갖고 있는 게 있나?" 어터슨이 물었다.

풀은 주머니를 만져보더니 구겨진 쪽지 하나를 건넸다. 어터슨은 촛불 가까이로 몸을 숙인 채 그 종이를 세심하게 들여다보았다. 내용은 다음과 같았다. '지킬 박사가 모우 상점에 인사를 드립니다. 지난번에 보내주신 샘플에는 불순물이 섞여 있어 사용하고자 하는 용도에 쓸모가 없었습니다. 18xx년에 지킬 박사가 귀 상점으로부터 꽤 많은 양을 구입한 바 있습니다. 부탁드리오니 부디 꼼꼼하게 살펴 당시와 같은 질의 물건이 남아 있으면 즉시 보내주시기 바랍니다. 비용은 상관 없습니다. 지킬 박사에게는 더할 수 없이 중요한 일입니다.'
편지의 이 부분까지는 충분히 침착하게 작성되어 있었다. 하지만 갑작스럽게 펜이 튀며 글쓴이의 감정이 흔들리고 있음을 알 수 있었다. '제발 그 이전 물건을 좀 찾아달란 말이오.' 그는 그렇게 덧붙였다.

"이상한 편지로군." 어터슨이 말했다. 그러고는 날카롭게 "어떻게 자네가 이걸 열어보게 되었나?" 하고 물었다.

"모우 상점의 주인이 몹시 화를 냈습니다, 변호사님. 그리고 쓰레기라도 되는 듯 제게 다시 던져주더군요." 풀이 말했다.

"이건 의심의 여지 없이 지킬의 필체야, 알지 않나?" 어터슨이 말했다.

"저도 그렇게 보인다고 생각했습니다." 풀은 다소 뚱하게 말했다. 그러다 음성을 바꾸어 덧붙였다. "하지만 필체가 무슨 소용이겠습니까, 제가 그자를 봤는데요."

"봤다고? 그래서?" 어터슨이 말했다.

"그렇다니까요! 어떻게 된 일인가 하면요, 제가 정원에서 불쑥 강의실로 들어갔더랬지요. 그는 그 약이든 뭐든 뭔가를 찾으러 잠깐 나온 것 같았습니다. 서재 문이 열려 있었고 그자가 방 저 끝에서 상자들을 뒤지고 있었어요. 제가 들어가자 그가 고개를 들어 절 보더니 비명 같은 소리를 내지르며 황급히 위층 서재로 뛰어 들어가더군요. 1분 정도에 불과했지만 분명 그를 보았고 그러자 제 머리끝이 쭈뼛 곤두섰습니다. 변호사님, 그가 만약 주인님이었다면 왜 얼굴에 마스크를 썼겠습니까? 주인님이었다면 왜 쥐처럼 소리를 지르며 달아났겠습니까? 그 정도는 알아볼 정도로 오래 주인님을 모셨습니다. 그리고 그때…." 풀은 말을 멈추고 손으로 얼굴을 가렸다.

"모두 기이한 상황이로군. 하지만 나는 한 줄기 희망을 보기 시작했네. 풀, 자네 주인은 단순히 병에 걸린 게야. 심한 고통을 주고 몸도 변형시키는 그런 병 말이야. 아마도 그래서 목소리가 변한 걸 거야. 그러니 마스크를 쓰고 친구들도 피하고, 그래서 약을 구하려고 저리 애쓰는 거지. 이 불쌍한 친구는 그 약에서 회복할 희망을 보고 있는 걸세. 부디 그 희망이 헛된 것이 아니어야 할 텐데! 나는 이렇게 설명하겠네. 비통하고 생각하기에도 무서운 설명이지만 단순하고 자연스럽지 않나, 잘 맞아떨어지고. 이 모든 엄청난 불안으로부터도 벗어날 수 있고 말이지."

"변호사님." 풀은 여기저기 하얗게 질린 얼굴로 말했다. "그것은 주인님이 아니었습니다. 정말입니다. 주인님은—그는 주변을 한 번 돌아보더니 소리를 낮추어 말했다.—키가 크고 덩치가 좋은 분입니다. 그런데 그건 난쟁이였다고요." 어터슨이 반박하려 했다. "오, 변호사님." 풀이 큰 소리로 말했다. "제가 20년이나 모시고도 주인님을 모르겠습니까? 서재 문에 서면 머리가 어느 높이에 닿는지 모르겠습니까? 제 평생 아침마다 거기 서 계신 모습을 봤는데요? 아뇨, 마스크를 쓴 그것은 결코 지킬 박사님이 아니었습니다. 그게 뭔지는 신이나 아시겠지만, 어쨌든 절대로 지킬 박사님은 아니었습니다. 저는 분명 살인이 있었다고 확신합니다."

"풀, 자네가 그리 말하니 이 일을 분명하게 확인하는 것이 내 의무가 되겠군. 자네 주인의 감정을 다치게 하고 싶지 않고, 또 이 쪽지를 보면 아직 살아 있는 것 같아 혼란스럽기도 하지만, 저 문을 부수는 것을 내가 해야 할 일로 생각하겠네."

"어터슨 변호사님, 바로 그겁니다!" 풀이 말했다.

"그럼 다음 문제는, 누가 부술 건가 하는 걸세." 어터슨이 말을 이었다.

"당연히 변호사님과 저지요." 전혀 굽힘 없는 대답이었다.

"잘 대답했네. 그리고 어떤 결과가 되든 자네에게 피해가 가지 않도록 할 것이야." 어터슨이 말했다.

"강의실에 도끼가 있습니다. 변호사님께선 부지깽이를 사용하시지요."

어터슨은 그 단단하고 무거운 도구를 손에 들고 균형을 잡아보았다. "풀, 자네와 내가 곧 위험에 처할지도 모른다는 것 알고 있겠지?" 어터슨이 풀을 올려다보며 말했다.

"그럴지도 모르죠, 변호사님." 풀이 대답했다.

"그렇다면 우리 솔직해지세. 우리 둘 다 입 밖으로 낸 것 이상을 생각하고 있어. 털어놓고 말하자고. 자네가 봤다는 그 마스크를 쓴 인물, 누군지 알겠던가?"

"글쎄요, 너무 빨리 지나갔고 몸을 많이 숙이고 있어 장담할 수 없습니다만, 그 인물이 하이드였냐는 말씀이시면, 네, 그렇습니다. 그자였다고 생각해요! 거의 같은 체구였고 재빠른 움직임도 그자였어요. 그리고 그자 말고 누가 실험실 문으로 들어올 수 있겠습니까? 살인이 일어났을 때도 그자가 열쇠를 갖고 있었다는 것 잊지 않으셨지요? 게다가 그게 다가 아닙니다. 변호사님, 하이드를 만나보셨는지 모르겠습니다."

"한 번 얘기를 나눈 적이 있지." 어터슨이 대답했다.

"그럼 저희와 마찬가지로, 그 사람에게 뭔가 기괴한 점이 있다는 걸 아시겠군요. 뭔가 사람을 질겁하게 하는, 그 이상 뭐라고 딱 꼬집어 말할 순 없지만, 뼛속 깊이 소름 끼치고 불쾌하게 하는 무언가를 느끼셨을 겁니다."

"나도 자네가 말한 그대로 느꼈네." 어터슨이 말했다.

"그러셨군요. 그 마스크를 쓴 자가 원숭이처럼 약품 사이를 뛰어다니다 황급히 서재로 들어갔을 때 제 등골이 아주 오싹했습니다. 물론 그게 증거가 될 순 없지요. 저도 그 정도는 배워서 압니다. 하지만 사람에겐 느낌이란 게 있지요. 분명 하이드였다고 성서를 두고 맹세합니다."

"이런, 이런. 내가 두려워하는 바도 같은 거라네. 악마가 개입한 게 분명해. 그래, 이건 악마의 짓이야. 난 자네 말을 믿네. 불쌍한 헨리가 살해당한 게 맞아. 그리고 그를 살해한 자는(도대체 무슨 이유인지는 신만이 아시겠지만) 아직까지 그 방에 숨어 있어. 자, 우리가 복수를 해주자고. 브래드쇼를 부르게."

하인이 부름을 받고 겁에 질린 채 창백한 얼굴로 다가왔다.

"정신 차려, 브래드쇼. 몹시 긴장하고 있군. 하지만 우리는 이제 이 일의 매듭을 지어야 해. 여기 풀과 내가 서재 문을 부수고 들어갈 거야. 서재 안이 모든 게 정상이라면 내가 책임을 지지. 하지만 그때까지 일이 잘못되지 않도록, 그리고 범인이 뒤로 도망가지 못하도록 자네와 심부름꾼 아이가 단단한 막대기를 들고 뒤로 돌아가 실험실 문 앞을 지켜야 해. 10분 여유를 줄 테니 자네 위치로 가도록 해."

브래드쇼가 떠나자 어터슨은 시계를 보았다. "자, 풀, 우리도 가지." 어터슨은 부지깽이를 팔에 끼고 마당을 향해 앞장섰다. 짙은 구름이 달을 가리고 있어 상당히 어두웠다. 바람이 건물로 둘러싸인 안마당 깊숙한 곳까지 여기저기에서 불어 들어와 걸을 때마다 촛불이 앞뒤로 흔들렸다. 계단강의실로 들어간 두 사람은 말없이 앉아 기다렸다. 런던의 소음이 사방에서 무겁게 깔리고 있었다. 하지만 바로 지척의 정적을 깨는 것은 서재 바닥을 오가는 발소리뿐이었다.

"저렇게 온종일 낮이나 밤이나 서성인답니다. 새 약품 샘플이 도착하면 그때야 발소리가 좀 멈추지요. 아, 병든 양심이니 좀처럼 쉴 수가 없는 게지요! 걸음 하나하나마다 사악하게 뿌려진 피가 묻어납니다! 다시 한 번, 좀 더 가까이 들어보세요, 온 신경을 기울여서요. 변호사님, 저게 박사님 발소리입니까?"

가벼우면서도 기이하게 내딛는 발걸음엔 어떤 흔들림 같은 것이 느껴졌다. 매우 천천히 걷는 걸음이었다. 헨리 지킬의 무겁게 울리는 걸음과는 분명 달랐다. 어터슨은 한숨을 내쉬었다. "다른 건 또 없나?" 그가 물었다.

풀이 고개를 끄덕였다. "한 번, 한 번인가 우는 소리를 들었습니다."

"울었다고? 어떻게 말인가?" 어터슨이 갑자기 두려움으로 오싹해지는 걸 느끼며 말했다.

"여인네처럼 혹은 넋이 나간 사람처럼 울더군요. 저도 마음이 아파 울음이 나올 것 같았지요."

이제 약속한 10분이 거의 다 되었다. 풀이 포장용 짚단 더미 아래에서 도끼를 꺼냈다. 촛불은 가장 가까운 테이블 위에 놓아 그들이 공격할 때 밝게 비추도록 했다. 그들은 숨을 죽인 채 고요한 밤, 아직도 끈질기게 아래로 위로, 아래로 위로 오가는 발소리가 나는 곳을 향해 가까이 다가갔다.

"지킬." 어터슨이 큰 소리로 불렀다. "자넬 봐야겠네." 잠시 기다렸으나 대답이 없었다. "공정하게 경고를 하겠네. 의혹이 생겨서 내가 자네를 반드시 봐야겠고 또 보고야 말겠네." 그가 말을 이었다. "정당한 방식으로 볼 수 없다면 수단 방법을 가리지 않을 것이고, 자네가 동의하지 않는다면 폭력이라도 쓰겠네!"

"어터슨." 목소리가 들려왔다. "제발 참아주게."

"아, 이건 지킬의 목소리가 아니잖아. 하이드군!" 어터슨이 소리쳤다. "문을 부수게, 풀."

풀이 어깨 위로 도끼를 휘둘렀다. 그 일격에 건물이 진동했고 붉은색 베이즈 천 문이 들썩 들리며 잠금장치와 경첩이 흔들렸다. 겁에 질린 동물 소리와도 같은 무시무시한 비명이 서재에서 울려 나왔다. 도끼로 거듭 내리치자 문의 나무 일부가 부서지면서 불꽃이 튀어 올랐다. 네 번이나 내리쳤지만 나무는 너무 단단했다. 잠금장치도 대단한 장인의 솜씨였다. 다섯 번째에 가서야 잠금장치가 부서지면서 문이 안쪽 카펫 위로 떨어져 나갔다.

공격하던 그들은 자신들의 만행에, 그리고 이어지는 정적에 놀라 조금 뒤로 물러섰다가 안을 들여다보았다. 눈앞에 조용한 등불 불빛 속에서 서재의 모습이 펼쳐졌다. 벽난로에서는 따뜻한 불길이 밝게 빛나며 탁탁 소리를 냈고 주전자에서는 가느다란 물 끓는 소리가 나고 있었다. 서랍이 한두 개 열려 있었고 책상 위의 종이들은 반듯하게 정리된 상태였으며 난로 가까이에는 차 마실 도구들이 놓여 있었다. 방은 더없이 조용했고, 화학약품으로 들어찬 서가만 아니었다면 런던에서 흔히 볼 수 있는 풍경이었다.

그 가운데 한 남자가 쓰러져 있었다. 고통으로 일그러진 채 아직도 경련을 일으키고 있었다. 두 사람이 발끝을 세우고 다가가 쓰러진 자의 몸을 바로 누였다. 그들이 본 것은 에드워드 하이드의 얼굴이었다. 그는 본인에겐 너무 큰, 지킬 박사 크기의 옷을 입고 있었다. 얼굴의 신경들이 아직 살아 있는 듯 움직였지만 생명은 이미 끊긴 후였다. 손에 들린 깨진 약병과 공기 중의 강력한 아몬드 냄새*로 어터슨은 그가 자살했음을 깨달았다.

"우리가 너무 늦었어." 어터슨이 굳은 목소리로 말했다. "구하기에도 벌을 주기에도 늦었군. 하이드는 이미 죽었어. 이제 우리가 할 일이라곤 자네 주인의 시신을 찾는 일뿐일세."

강의실이 그 건물의 대부분을, 특히 아래층 거의 전부를 차

---

* 청산가리는 아몬드와 비슷한 냄새가 난다.

지했으며 천장에서는 빛이 들어오고 있었다. 서재는 한끝에 올려 지은 2층에 위치했고 거기서 안마당이 내려다보였다. 강의실과 골목길로 난 문을 연결하는 복도가 있었고, 그 문을 통하면 독립적으로 2층 계단을 올라가 서재에 출입할 수 있었다. 그리고 몇 개의 어두컴컴한 벽장과 넓은 지하실도 있었다. 두 사람은 하나하나 면밀히 살펴보았다. 벽장들은 한 번 들여다보는 걸로 족했다. 모두 텅 비어 있었고 문에서 먼지가 떨어지는 것으로 보아 오랫동안 열어보지 않은 상태가 분명했다. 지하실은 온갖 잡동사니로 가득 차 있었는데 대부분 지킬 전에 살았던 외과 의사 시절의 물건이었다. 그들이 지하실 문을 열자, 오랜 세월 입구를 막고 있던 완전히 엉킨 거미줄 덩어리가 떨어져 그 안은 더 이상 찾아볼 필요도 없음을 알 수 있었다. 헨리 지킬은 죽었는지 살았는지 어디에서도 흔적을 찾을 수 없었다.

풀이 복도의 포석을 발로 쾅쾅 밟아보더니 소리에 귀를 기울이며 말했다. "여기 묻힌 것이 틀림없어요."

"어쩌면 몸을 피했는지도 몰라." 어터슨은 그렇게 말하며 돌아서서 골목길로 난 문을 살폈다. 문은 잠겨 있었다. 그리고 그 근처 복도 위에 이미 녹이 슨 열쇠 하나가 놓여 있었다.

"쓰는 열쇠 같지 않은데." 어터슨이 말했다.

"쓰기는요!" 풀이 답했다. "변호사님, 열쇠가 부러진 것이 보이지 않으십니까? 마치 누가 발로 밟아 부러뜨린 것 같습니다."

"그래, 부러진 부분도 녹이 슬었군." 두 사람은 두려움에

서로를 바라보았다. "나로선 도무지 알 수 없는 일이군. 서재로 다시 가보지." 어터슨이 말했다.

그들은 말없이 계단을 올라갔고, 이따금씩 겁에 질린 눈길을 시체 위로 던지며 서재 안의 물건들을 세세히 조사했다. 한 테이블 위에는 화학 실험을 한 흔적이 남아 있었다. 다양한 분량의 백색 염류(鹽類)가 유리 접시들 위에 놓여 있었는데 그 불행한 사람은 실험을 채 끝내지 못한 모양이었다.

"이게 제가 항상 가져다주던 그 약품이에요." 풀이 말했다. 그 순간, 주전자가 소리를 내며 끓어 넘쳤다.

그 소리에 놀란 그들은 난롯가로 갔다. 안락의자가 아늑하게 놓여 있었고 의자 바로 가까이에는 찻잔에 설탕까지 담긴 채 차 마실 준비가 되어 있었다. 책꽂이에는 몇 권의 책이 있었고, 그중 한 권은 찻잔 옆에 펼쳐져 있었다. 어터슨은 그 책이 지킬이 여러 번에 걸쳐 대단한 존경을 표했던 신학서이며, 거기에 지킬이 지독하게 신성모독적인 주석을 달아놓은 것을 발견하고 놀라움을 금치 못했다.

다음 조사 과정에서 그들이 보게 된 것은 전신 거울이었다. 깊은 거울 속을 바라보며 그들은 무의식중에 공포를 느꼈다. 그러나 거울에 비친 것은 지붕 위에서 노는 붉은빛과 서가 유리에서 반사되어 반짝이는 수없이 많은 불꽃, 그리고 창백하고 겁먹은 모습으로 들여다보고 있는 자신들뿐이었다.

"이 거울은 기이한 것들을 보았겠군요." 풀이 낮은 목소리로 말했다.

"이 거울 자체가 제일 기이하군." 어터슨도 낮게 말했다.

"지킬이 무슨 목적으로 사용했던…." 그는 스스로의 말에 소스라치며 말을 멈추었다가 약해진 마음을 억누르고 계속했다. "지킬이 이것으로 무얼 할 수 있었을까?"

"그러게요." 풀이 답했다.

두 사람은 그러고 나서 책상으로 향했다. 책상 위에 가지런히 놓인 서류들 가운데 커다란 봉투 하나가 제일 위에 있었는데, 지킬 박사의 필체로 어터슨의 이름이 쓰여 있었다. 그가 봉투를 열자 몇 개의 내용물이 바닥으로 떨어졌다. 첫 번째 것은 유언장이었다. 어터슨이 6개월 전에 돌려주었던 것과 같은 이상한 조항들이 포함된, 사망 시에는 유언장으로, 실종 시에는 증여 증서로 작성된 문서였다. 어터슨은 에드워드 하이드의 이름이 있던 자리에서 가브리엘 존 어터슨이란 이름을 보고는 형언할 수 없는 놀라움에 사로잡혔다. 그는 풀을 바라보고는 다시 유서를, 그리고 마지막으로 카펫 위에 널브러져 죽어 있는 악인을 바라보았다.

"머리가 어지럽군." 어터슨이 말했다. "저자가 줄곧 이것을 가지고 있었다니. 나를 좋아할 이유도 없고, 자기 이름이 빠진 것을 보고 몹시 분노했을 텐데. 그런데도 이 서류를 없애지 않았다니."

어터슨은 다음 서류를 집어 들었다. 지킬 박사의 필체로 쓰인 짧은 쪽지로, 맨 위에 날짜가 적혀 있었다. "아, 풀!" 어터슨이 소리쳤다. "지킬은 오늘까지도 여기 살아 있었어. 그렇게 짧은 시간 내에 사람을 처리할 수는 없는 일이니 아직 생존해 있는 게 분명해. 도망을 친 거야! 그런데 왜 도망을? 어떻게? 그렇다면 우리가 이 사건을 자살로 규정해도 되는 걸까? 신중해야겠어. 우리가 자네 주인을 무서운 파국으로 몰아갈지도 모르니까."

"읽어보시지요?" 풀이 말했다.

"두려워서 그러네." 어터슨이 무겁게 말했다. "제발 내가 두려워할 일이 없게 해주소서!" 그는 종이를 눈앞에 가져가 읽었다.

친애하는 어터슨,

이 편지가 자네 손에 들어갔다면 나는 사라지고 없을 걸세. 그게 어떤 상황 때문일지는 예상할 수 없지만, 내 직관과 뭐라 이름 붙일 수 없는 지금의 모든 상황으로 볼 때 파국은 확실하고 이르게 닥칠 것이 분명하네. 그러니 래니언이 자네에게 주겠다고 내게 경고했던 그 글을 먼저 읽어보게. 그러고도 더 알고 싶다면 내 고백을 열어보게.

자네의 쓸모없고 불행한 친구,

헨리 지킬

"다른 게 또 있었나?" 어터슨이 물었다.

"여기 있습니다." 풀은 여러 군데를 봉한 꽤 두툼한 봉투 하나를 건네줬다.

어터슨은 그것을 주머니에 넣었다. "나는 이 서류에 대해 전혀 언급하지 않겠네. 자네 주인이 몸을 피했든 죽었든, 최소한 그의 명예는 지킬 수 있을 거야. 이제 10시군. 나는 집으로 돌아가 조용한 가운데 이 문서들을 읽어야겠네. 하지만 자정 전에 돌아올 거고, 그때 경찰을 부르도록 하지."

그들은 밖으로 나와 강의실 문을 잠갔다. 어터슨은 다시 한 번 홀의 난롯가에 모여든 하인들을 뒤로 하고 두 개의 이야기를 읽기 위해 무거운 발걸음으로 사무실로 돌아왔다. 이제 이 미스터리가 설명될 것이다.

래니언 박사의 이야기

 1월 9일, 그러니까 나흘 전이네. 저녁 우편배달 때 등기우편 봉투 하나를 받았네. 내 동료이자 학창 시절부터 오랜 친구인 헨리 지킬이 보냈더군. 나는 좀 놀랐지. 우리는 서신을 주고받은 적도 없었고 바로 전날 밤 식사를 같이했으니 우리 사이에 이렇게 형식을 갖추어 등기까지 보내는 것은 상상할 수 없는 일이었어.

18xx년 12월 10일
 래니언, 자네는 내 가장 오랜 친구이네. 때로 과학적인 문제들에 의견을 달리한 적은 있을지 모르나, 적어도 내 편에서 생각하기에 우리 우정에 금이 간 적은 없었네. 만일 자네가 내게 '지킬, 내 인생, 내 명예, 내 양식이 자네에게 달렸네.'라고 말했다면 나는 언제든 내 재산과 내 팔 하나를 희생해서라도 자네를 도왔을 걸세. 래니언, 내 인생, 내 명예, 내 양식이 자네 인정에 달려 있네. 자네가 오늘 나를 저버린다면 나는 파멸이네. 여기까지 읽고 자네는 내가 뭔가 불명예스러운 일을 부탁하려 한다고 생각할지도 모르겠군. 그건 자네 판단에 맡기겠네.

오늘 저녁 다른 약속은 모두 연기해 주기 바라네. 황제를 진찰하라는 부름을 받더라도 말일세. 자네 마차가 바로 현관 앞에 있지 않다면 마차를 불러 타고 곧장 내 집으로 와주게. 올 때는 이 편지를 참고로 가지고 오게. 내 집사인 풀도 지시를 받고 열쇠공과 함께 자네를 기다리고 있을 걸세. 그럼 내 서재 문을 열게 한 후 자네 혼자 서재에 들어가게. 왼쪽에 있는 서가(E열)를 열고, 만일 잠겨 있다면 자물쇠를 부수게. 위에서 네 번째 서랍 또는 (같은 얘기지만) 아래에서 세 번째 서랍을 그 안에 있는 내용물 모두와 함께 통째로 꺼내게. 내가 혹 위치를 잘못 알고 있다 해도 자네가 내용물을 확인하면 맞는 서랍인지 알 거야. 안에는 분말 약품, 유리병, 얇은 책이 들어 있다네. 정확히 안의 내용물 그대로 그 서랍을 가지고 캐번디시 스퀘어의 자네 집으로 돌아가 주게.

그것이 첫 번째 부탁이네. 이제 두 번째를 말하겠네. 자네가 이 편지를 받고 곧장 움직인다면 자정 훨씬 이전에 돌아올 수 있을 걸세. 하지만 나는 시간의 여유를 좀 주고 싶네. 미리 예측할 수도, 막을 수도 없는 장애가 생길 수 있다는 두려움 때문이기도 하지만, 자네 하인들이 모두 잠자리에 든 후에 그 다음 일이 진행되길 원해서네. 그래서 자정이 되면 자네가 진료실에 혼자 있어줬으면 하네. 그럼 한 남자가 내 이름을 대며

올 테니 자네 손으로 직접 문을 열어주어 안으로 들인 후, 그 사람에게 내 서재에서 가져온 서랍을 주게. 그것으로 자네가 할 일은 다한 것이며 나는 진심으로 감사하고 싶네. 그리고 자네가 정녕 무슨 영문인지 꼭 들어야겠다면, 5분 후면 이해할 걸세. 이 절차들의 중요성을, 그리고 터무니없어 보이지만 그 과정에서 하나라도 무시하면 내 죽음이나 내 양식의 파괴로 이어지고 그로 인해 자네가 괴로워하게 될지도 모른다는 것을.

자네가 이 부탁을 경시하지 않을 것이라 확신하네만, 만에 하나 그럴 수도 있다는 가능성만으로도 가슴이 내려앉고 손이 떨리는군. 낯선 곳에서 더할 수 없이 암울한 고뇌에 빠져 있을 나를 생각해 주게. 자네가 예정대로만 잘 해준다면 내 고민은 옛이야기처럼 잘 풀려 나갈 걸세. 래니언, 부디 나를 도와 구해 주게.

친구, H. J.

추신: 글을 마무리하고 나니 새삼스러운 두려움이 엄습하는군. 우체국에서 일을 그르쳐 이 편지가 내일 아침까지 자네 손에 들어가지 않을 수도 있겠어. 그렇게 되면 내일 자네 편한 시간에 그 일들을 해주게. 그리고 다시 한 번 내가 보낸 사람을 자정에 맞아주게. 그때가 되면 모든 게 너무 늦어버릴지도 모르겠군. 만일 내일 밤 아무 일 없이 그냥 지나간다면, 다시는 헨리 지킬의 모습을 보지 못하는 걸로 알고 있게나.

이 편지를 읽고 이 친구가 실성한 게 틀림없다고 생각했네. 하지만 미쳤다는 것이 의심의 여지 없이 증명될 때까지는 그가 부탁한 대로 해야 한다고 느꼈어. 나 자신이 이 혼란을 이해하지 못하니 그 중요성을 판단할 입장도 아니었지. 그리고 그의 호소가 너무도 간절해서 무거운 책임감 때문에 그냥 물리칠 수는 없었다네. 그래서 나는 자리에서 일어나 마차를 타고 곧장 지킬의 집으로 갔네. 집사가 기다리고 있더군. 그 역시 나처럼 등기우편물로 지시를 받았고, 즉시 열쇠공과 목수를 부르러 사람을 보내둔 상태였어. 우리가 얘기를 하고 있는 동안 그들이 왔고 모두 함께 옛 덴먼 박사의 외과 강의실로 갔네. (물론 자네도 알겠지만) 그곳이 지킬의 개인 서재로 들어가기 가장 편한 곳이지. 문은 매우 튼튼하고 잠금장치가 아주 훌륭한 것이어서 목수는 힘들겠다고, 억지로 열면 문에 손상을 많이 줄 것 같다고 했고, 열쇠공은 거의 포기하려 했지. 하지만 손재주가 뛰어난 사람인지 두 시간을 애쓴 끝에 문을 열더군. E라고 새겨진 서가는 잠겨 있지 않았네. 나는 서랍을 꺼내 짚으로 채운 후 종이를 덮어 묶고 집으로 가지고 돌아왔네.

그리고 내용물을 살펴보았지. 분말은 깔끔하게 만들어지긴 했지만 화학 조제사의 정밀한 솜씨는 아닌 걸로 보아 지킬이 직접 만든 것이 분명했어. 그중 하나의 포장을 벗겨 보니 일종의 백색 염류 결정체처럼 보이더군. 다음엔 약병을 관찰하니 피처럼 붉은 용액이 반쯤 담겨 있었어. 그런데 그 냄새가 매우 자극적이었네. 인(燐)과 어떤 휘발성 에테르 성분이었던 것 같아. 다른 성분들은 짐작할 수 없었어. 책은 평범한 공책으로 날짜만 죽 적혀 있었어. 몇 년에 걸친 날짜였고, 거의 일 년 전쯤에서 갑자기 날짜 기입이 중단되었더군. 여기저기 날짜 옆에 간단한 메모가 있었지만 대개 한 단어를 넘지 않았어. 총 몇 백 개의 항목들 중에 '두 배'란 말이 여섯 번 정도 나왔고, 목록 아주 초기에는 '완전한 실패!!!'라고 느낌표를 여러 개 찍은 것도 있었네. 이 모든 것이 내 호기심을 자극하긴 했지만 결정적인 것은 아무것도 알아낼 수 없더군. 약이 든 유리병과 종이에 싼 염류, 실험을 행한 기록들, 그게 다였어. 게다가 그 실험들은 (지킬의 다른 수많은 연구들과 마찬가지로) 실질적 사용 목적이 결여된 것이었지. 내 집에 가져온 이런 물건들이 어떻게 내 정신 나간 친구의 명예와 양식과 인생에 영향을 줄 수 있단 말인가? 그가 보내는 사람이 이곳에 올 수 있다면 왜 그의 집에는 갈 수 없는가? 뭔가 문제가 있겠지 인정하더라도 왜 내가 비밀리에 그를 맞아야 하는 건가? 생각하면 할수록 내가 미친 놀음에 끼어들었단 확신이 들었네. 나는 하인들을 모두 잠자리에 들도록 물리긴 했지만 혹시 몰라 호신용으로 오래된 권총에 장전을 해두었어.

런던에 12시를 알리는 종이 치자마자 곧 매우 조심스럽게 문을 두드리는 소리가 났네. 그 소리에 내가 직접 나갔더니 자그마한 남자가 현관 기둥에 기대어 몸을 숙이고 있더군.

"지킬 박사가 보내서 온 사람이오?" 내가 물었네.

그는 부자연스러운 태도로 "그렇소."라고 말했어. 그리고 내가 들어오라고 하자 그는 스퀘어의 어둠 속을 뒤로 흘깃 살펴보고 나서야 내 말을 따랐어. 멀지 않은 곳에서 경찰이 랜턴을 켜고 다가오고 있었는데 그 모습을 보자 그는 놀라서 허둥지둥하는 것 같았어.

고백하건대 그런 점들이 불쾌하게 느껴지더군. 그를 뒤따라 진료실의 밝은 불빛 속으로 들어간 후 나는 무기를 사용할 준비를 하고 있었네. 거기에서야 그를 똑똑하게 볼 수 있었어. 전혀 본 적이 없는 사람이었지. 그것만은 분명했어. 그는 앞서 얘기했듯이 체구가 작았어. 나는 그에게서 아주 강한 인상을 받았는데, 그의 얼굴에 나타난 충격적인 표정뿐만 아니라, 대단히 힘찬 움직임과 분명히 쇠약해 보이는 몸이 함께한다는 것에 대한 놀라움 때문이었지. 그리고 또 다른 강렬한 느낌은 그와 가까이 있음으로 인해 야기된 기이하고 주관적인 불쾌감이었어. 그것은 오한의 초기 증세와 유사했으며 곧 뒤따라 맥박이 급격히 떨어졌네. 그때는 내 특유의 개인적 혐오 탓으로 돌렸고, 그저 증상이 심해서 의아했을 뿐이었네. 하지만 그때 이후 나는 그 원인이 인간 본성 저 깊은 곳에 자리하고 있음을, 그래서 증오의 원리보다 더 탁월한 원리로 작용함을 믿게 되었다네.

그 사람은(들어오는 순간부터 혐오스러운 호기심이라고밖에 설명할 수 없는 인상을 심어준 그는) 사람들의 웃음거리가 될 옷차림을 하고 있었어. 값비싸고 점잖은 옷감이었지만 어디를 보더라도 그에게는 터무니없이 큰 옷이었어. 헐렁한 바지를 끌리지 않게 접어 올렸고 외투의 허리선은 엉덩이 아래까지 내려왔으며 깃은 어깨 양쪽으로 넓게 벌어져 있었네. 이상한 이야기지만, 그 우스꽝스러운 옷차림에도 나는 전혀 웃음이 나오지 않았다네. 오히려 나와 마주한 그자의 정수(精髓)는 뭔가 비정상적이고 불운한 것이었네. 뭔가 사람을 압박하고 놀라게 하는, 불쾌감을 불러일으키는 그런 낯선 불균형이 그와 부합하고 나아가 그것을 더 강화해 주는 것 같았어. 그래서 그의 본성과 성격에 대한 내 흥미에, 그의 출신과 인생, 재산, 세상에서의 지위 등에 대한 호기심이 더해졌지.

이러한 관찰은 내가 상당한 지면을 할애해 기록했지만 사실 불과 몇 초 만에 이루어진 것이라네. 나를 찾아온 자는 어두운 흥분으로 매우 들떠 있었어.

"가져왔소?" 그가 소리쳤어. "가져왔소?" 그는 너무 조급한 마음에 내 팔에 손을 얹으며 흔들려고까지 하더군.

나는 그 손길에서 얼음처럼 차가운 고통이 내 피 속으로 흐르는 것을 의식하며 그를 진정시켰네. "그런데 아직 인사도 나누지 않으셨지요. 우선 앉읍시다." 내가 먼저 평소 앉는 의자에 앉아 보이며 통상 환자에게 하는 태도를 취했지. 늦은 시간인 데다 내가 맡은 이 일의 성격, 그리고 내 방문자에게 느끼는 두려움 때문에 내 자신을 추스르면서 말이야.

"죄송합니다, 래니언 박사님." 그가 예를 갖추고 대답했어. "당연한 말씀이십니다. 제가 급한 마음에 결례를 범했군요. 저는 박사님의 동료이신 헨리 지킬 박사의 부탁을 받고 왔습니다. 제가 알기로…." 그는 말을 멈추고 목에 손을 가져다 대더군. 그래서 그가 침착한 태도를 보이고 있지만 실은 히스테리가 일어나는 것을 간신히 억누르고 있음을 알았어. "제가 알기로는 서랍이 하나…."

그쯤에서 나는 그의 불안한 상태가 딱해 보이기도 했고 호기심도 더 커졌다네.

"여기 있습니다." 나는 서랍을 가리키며 말했어. 서랍은 테이블 뒤편 바닥에 아직 종이로 싸인 채 놓여 있었어.

그는 벌떡 일어나 그리로 달려가더니 잠시 멈춰 서서 손을 가슴에 대더군. 나는 그의 턱에서 경련이 일어나며 이 갈리는 소리가 나는 것을 들었어. 그의 얼굴이 갑자기 송장같이 변해버려서 몸과 정신이 다 괜찮은지 걱정스러울 정도였지.

"침착하시오." 내가 말했어.

그는 나를 돌아보며 섬뜩한 미소를 지어 보였어. 그리고 마치 될 대로 되라고 마음먹은 듯 종이를 벗겨 내더군. 내용물을 보자 그는 대단히 안도한 듯 크게 거친 숨을 내쉬었고 나는 놀라움에 몸이 굳어졌어. 그러나 곧 상당히 안정을 되찾은 목소리로 그가 물었어. "계량컵 있습니까?"

나는 간신히 자리에서 일어나 그가 원하는 것을 주었어.

그는 웃음 띤 얼굴로 고개 숙여 고맙다는 인사를 하곤 소량의 붉은 용액을 계량해서 분말과 섞더군. 처음에는 붉은색이던 그 혼합물이 결정체가 녹으면서 점차 색이 밝아졌고 부글부글 끓어오르는 소리가 나더니 약간의 연기도 피어올랐어. 갑자기 부글거림이 멈추면서 동시에 짙은 보라색으로 변했고 서서히 맑은 녹색으로 엷어지더군. 그자는 날카로운 눈길로 이런 변화를 지켜보더니 미소를 짓고는 계량컵을 테이블에 내려놓은 후 돌아서서 탐색하는 듯한 태도로 나를 바라보앉어.

"자, 이제 남은 일을 정리해야겠군요. 현명하게 행동하겠소? 새로운 길을 가보겠소? 내가 이 컵을 손에 들고 더 이상의 설명 없이 당신 집에서 나가길 원하시오? 아니면 탐욕스러운 호기심이 당신을 지배하고 있는 중이오? 신중하게 생각하고 대답하시오, 당신이 결정하는 대로 될 것이니. 당신 결정에 따라 당신은 예전과 다름없는 모습으로 남을 수 있소. 더 부자가 되지도, 더 많은 것을 배우지도 못한 채 그저 죽을 곤경에 처한 한 사람을 도와주었다는 뿌듯함만이 영혼의 양식이 되겠지. 아니면, 당신의 선택에 따라 새로운 지식의 영역과, 명예와 권력으로 가는 새로운 길이 당신 앞에 펼쳐질 수도 있소. 바로 여기, 이 방에서 즉시 말이오. 당신의 시야는 한 천재에 의해 환히 열리고 사탄에 대한 불신도 흔들릴 것이오."

"선생." 나는 태연함을 가장하고 말했지만 실은 전혀 그렇지 못했다네. "수수께끼 같은 말씀을 하시는군요. 내가 별로 미더워하지 않고 있다는 것을 아시겠지요. 하지만 난 이 이해할 수 없는 일에 너무 깊이 개입했기 때문에 이제 와 멈출 수는 없군요. 끝을 봐야겠소."

"알겠소." 그가 답했어. "래니언, 자네의 약속을 기억하게. 이제 벌어지는 일은 우리 직업을 거는 약속이네. 자네는 너무 오랫동안 아주 편협하고 실물적인 시각에만 묶여 초월적 의학이 가지는 미덕을 부정해 왔지. 자네보다 뛰어난 사람을 비웃어왔어. 하지만 이제 잘 보라고!"

그는 컵을 입술로 가져가 한 모금 마셨네. 그의 입에서 신음이 터져 나왔어. 그는 휘청거리며 비틀대다 테이블을 움켜잡고 버텼어. 튀어나올 듯 부풀어 오른 눈으로 앞을 주시하며 입을 벌린 채 헐떡이더군. 어떤 변화가 일어나고 있다는 생각이 들었네.──그가 커지는 것처럼 보였어.──그의 얼굴이 갑자기 검게 변했고 이목구비가 녹아들다가 변형되는 것 같았어. 그리고 다음 순간, 나는 자리에서 튀듯이 일어나 벽으로 물러서고 말았네. 나는 팔을 들어 그 천재로부터 나를 가렸고, 내 정신은 공황 상태로 빠져 들었어.

"오, 세상에!" 나는 소리를 지르고 또 질렀다네. "아니, 이럴 수가!" 내 눈앞에는──창백한 몸을 떨며 반쯤 실신한 모습으로 마치 죽음에서 되살아난 사람처럼 손을 더듬는──헨리 지킬이 서 있었어!

그러고 나서 그가 내게 들려준 얘기는 나로서는 글로 옮길 수가 없다네. 나는 내가 본 것을 보았고, 들은 것을 들었네. 그리고 그 때문에 내 영혼은 병들고 말았어. 이제 내 눈앞에서 그 광경이 사라지고 난 지금, 내 스스로 그것을 믿느냐고 자문해 보지만 나는 답할 수가 없다네. 내 인생은 뿌리까지 흔들려 버렸어. 잠을 잘 수도 없고, 끔찍한 공포가 낮이나 밤이나 항상 나를 떠나지 않아. 살날이 얼마 남지 않은 것을 느끼네. 나는 회의(懷疑) 속에서 죽어가겠지. 그자가 내게 밝힌 부도덕한 행위로 말하자면, 그가 설사 참회의 눈물을 흘리며 말했다 할지라도, 나는 기억 속에서조차 두려움 없이는 생각할 수 없다네. 한 가지만 얘기하겠네, 어터슨. 그리고 (자네가 이 이야기를 믿을 수만 있다면) 그것으로 충분할 걸세. 그날 밤

내 집으로 기어들어 왔던 자는, 지킬이 직접 고백했듯이, 커루 경의 살인자로 이 땅 어디서나 추적을 받고 있는 하이드란 이름으로 알려진 그자였다네.

 헤이스티 래니언.

헨리 지킬의 고백

 나는 18xx년에 태어났다. 많은 재산을 상속받았고 그밖에도 훌륭한 신체를 물려받았으며 천성적으로 부지런했다. 학식 있고 훌륭한 동료들로부터 존경받는 일을 기뻐했다. 따라서 당연히 명예롭고 빛나는 미래가 보장되어 있었다. 그런데 나의 가장 큰 단점은 쾌락을 탐하는 성향이었다. 쾌락은 많은 사람을 행복하게 하지만, 고고한 자긍심으로 대중들 앞에서 철저하게 근엄한 모습을 보이고 싶다는 오만한 욕망을 가진 내게 쾌락은 양립하기 어려운 것이었다. 그래서 나는 내 욕망을 감추었다. 그런데 되돌아볼 수 있는 세월이 되어 스스로를 돌아보고 세상에서의 내 성취와 지위를 평가해 보니, 이미 나는 상당히 이중적인 생활을 하고 있었다. 내가 이렇게 죄의식을 가지고 있는 부조리를 오히려 과시하는 사람들도 많을 것이다. 그러나 나는 내가 스스로 세운 고귀한 가치관에 따라 판단했고 거의 병적인 수치심으로 내 부조리를 감추었다. 그러므로 지금까지 나 자신을 형성해 왔으며, 내 안에서 인간의 이중성을 나누고 결합시키는 선과 악이라는 두 영역을 다른 사람들보다 더 깊은 고랑을 파서 철저하게 분리시킨 것은, 내가 타락해서라기보다는 오히려 내가 지향하는 바가 매우 엄격했기 때문이다.

종교에 뿌리를 둔 가장 심오한 고뇌의 원천인 선과 악이란 이중성, 이 가혹한 삶의 법칙에 대해 나는 깊이, 집념을 가지고 천착하게 되었다. 내가 뿌리 깊이 이중적이라 해서 위선적인가 하면 그건 전혀 아니다. 나의 두 가지 모습 모두 진실한 것이었다. 자제심을 버리고 부끄러운 일에 뛰어드는 나 역시, 환한 태양 아래 지식의 증진 혹은 슬픔과 고통의 경감을 위해 열심히 일하는 나와 다르지 않은 내 자신이었다. 전체적으로 신비하고 초월적인 방향으로 진행되던 내 연구에 성과가 있어, 내 인간 동료들이 끊임없이 겪어야 했던 이 전쟁에 대한 인식에 커다란 희망의 서광을 비추었다. 그리하여 나는 하루하루 내 지성의 두 줄기인 도덕과 지식으로부터 출발하여 점차 진실에 가까이 다가가게 되었다. 그 진실의 일부를 발견했기에 나는 그렇게 무시무시한 파멸로 치닫게 된 것이다. 그 진실이란, 인간은 진정 하나가 아니라 둘이라는 것이다. 내가 둘이라고 이야기하는 것은 내 지식이 그 이상으로는 나아가지 못했기 때문이다. 같은 선상에서 혹자는 나를 뒤따를 것이고, 혹자는 나를 앞질러 나갈 것이다. 그리고 그렇게 되면 내가 감히 추측건대 인간은 결국 여러 개의 모순되면서도 각기 독립적인 인자들이 모인 집합체에 불과하다는 것이 알려지게 될 것이다. 내 경우, 내 삶의 본성이 한 방향으로만, 오직 한 방향으로만 절대적으로 전진했다. 그것은 도덕적 측면이었으며, 그 과정에서 나는 나란 인간 속에서 철저하고 근본적인 인간의 이중성을 인식하게 되었다. 내 의식 속에는 서로 갈등하고 있는 두 개의 본성이 있으며, 비록 내가 그중 어느 한쪽이라고 말하는 것이 옳다 하더라도, 그것은 근본적으로 내가 양쪽 모두이기 때문이다. 그리고 일찍이 내 과학적 발견의 경로를 통해 두 본성을 분리하는 기적이 정말로 가능할지도 모른다는 것을 알기 전에도 나는 그러한 몽상을 즐기곤 했었다. 나는 생각했다. 만약 각각의 본성을 별개의 개체에 담을 수 있다면, 참을 수 없는 모든 것으로부터 자유롭게 사는 일이 가능해지지 않을까? 부조리한 존재는 그의 고결한 쌍둥이의 열망과 자책으로부터 해방되어 그만의 길을 가고, 정의로운 존재는 흔들림 없이 확고하게 높은 곳을 향한 그의 길을 가면 될 것이다. 그는 선행을 하는 가운데 기쁨을 느낄 것이며, 더 이상 이질적인 악마가 행하는 불명예 탓에 괴로워할 필요가 없는 것이다. 이들 모순되는 한 쌍이 함께 묶였다는 것은, 고뇌하는 의식이라는 자궁 속에 이렇게 극과 극인 쌍둥이가 계속 갈등하며 함께 지내야 한다는 것은 인류가 받은 저주였다. 그렇다면 어떻게 이들 둘을 분리할 수 있을까?

내가 그런 사색에 빠져 있을 때, 앞서 얘기했듯이 이 주제에 대한 서광이 실험실로부터 비치기 시작했다. 나는 지금껏 언급한 것보다 더 깊이, 우리가 걸치고 있는 이 육신이 불안정한 비물질성을 띠며 안개같이 일시적이라는 것을 이해하게 되었다. 내가 발견한 어떤 인자들은 마치 바람이 천막의 휘장을 날려 버리듯이 육체라는 겉옷을 흔들어 벗기는 힘을 가지고 있었다. 그러나 나는 지금 고백함에 있어 두 가지 이유 때문에 이런 과학적 부분은 자세히 언급하지 않고자 한다. 첫째는, 우리 인간은 인생의 불운과 고난을 영원히 어깨에 짊어지고 가야 한다는 것, 그 짐을 던져버리려고 시도하면 그것이 더욱 낯설고 더욱 끔찍한 무게로 되돌아와 우리를 짓누른다는 것을 깨달았기 때문이다. 둘째는, 불행히도, 내 이야기를 들으면 자명해지겠지만, 그 발견이 결국 불완전했기 때문이다. 그 당시에는 자연적 육체에서 정신을 구성하는 어떤 힘이 발산되어 빛난다는 것을 알 수 있었고, 그뿐 아니라 그 힘의 주도권을 빼앗은 후 제2의 형태와 모습으로 대체하는 약을 제조할 수 있었으니 그것으로 충분하다고 생각했다. 그 제2의 형태라는 것 또한 내 영혼의 근저에 있는 요소들을 표현하고 그 특징을 갖추고 있는 것이었기에 내게는 너무나도 자연스러운 것이었다.

이 이론을 실제 실험으로 옮기기까지 나는 오랫동안 망설여야 했다. 목숨을 거는 일임을 잘 알고 있었다. 어떤 약이든 그것이 정체성이라는 핵심 요새를 강력하게 통제하고 흔들 만한 효능이 있다면, 아주 미량만 초과해도, 또는 약을 먹는 시기만 부적절해도 내가 변신하고자 하는 비물질적 임시 육체를 완전히 파괴할 수 있었다. 그러나 너무나도 심오하고 유례없는 발견이었기에 그 유혹은 마침내 위험에 대한 경고를 압도하고 말았다. 그 후 나는 오랜 시간 약을 준비했다. 화학

약품 도매상에서 한 번에 많은 양의 어떤 염류를 구매했다. 실험을 통해 그 염류가 마지막 필수 성분임을 알아낸 것이다. 그리고 어느 저주받은 늦은 밤, 나는 모든 성분들을 혼합했다. 그리고 컵에서 부글부글 끓어오르며 연기가 나는 것을 지켜보다 비등이 가라앉은 뒤 불같은 용기로 그 액체를 마셔버렸다.

아주 극심한 고통이 뒤따랐다. 뼈가 갈리는 통증, 지독한 구토, 탄생이나 죽음의 시간보다 더한 정신적 공포가 밀려왔다. 그러고는 얼마 후 이러한 괴로움이 빠르게 가라앉기 시작하더니 나는 마치 큰 병을 앓고 난 뒤처럼 다시 내 자신으로 돌아왔다. 감각이 뭔가 낯설었다. 뭔가 표현할 수 없을 정도로 새로웠고, 그 새로움 때문인지 믿을 수 없을 만큼 달콤했다. 내 육체는 더 젊어지고 더 가벼워지고 더 행복해졌다. 나는 그 육체 안에서 마치 환상 속에서 물방아에 물이 흐르듯 무모한 무분별과 무질서한 관능적 이미지의 물결이 흐르는 것을 의식했다. 책임감이 녹아 사라지고, 알려지지 않은, 그러나 결코 순수하지 않은 영혼의 자유로움도 인식할 수 있었다. 이 새로운 생명을 처음 호흡하자마자 나는 내 자신이 더욱 사악해져서, 열 배는 더 사악해져서 내 깊은 곳의 악마에게 노예로 팔렸음을 알아차렸다. 순간 그 생각은 나를 감싸 안으며 와인 같은 감흥을 안겨 주었다. 나는 두 손을 뻗으며 그러한 감각의 신선함을 기뻐했다. 그리고 그런 행동 가운데 문득 내 키가 줄어들었음을 깨달았다.

그때는 이 방에 거울이 없었다. 글을 쓰는 지금 내 옆에 있는 거울은 후에 오로지 이러한 변모를 살피기 위한 목적으로 가져온 것이다. 깊은 밤에서 아침으로 넘어가고 있었다. 아직 어두웠지만 아침이 하루를 준비하며 거의 무르익은 시간, 집안 사람들은 모두 깊은 잠에 빠져 있었다. 나는 희망과 승리감에 도취되어 과감히 그 새로운 모습으로 내 침실까지 가보기로 마음먹었다. 나는 안마당을 가로질렀다. 하늘 가득한 별들이 나를 내려다보고 있었다. 잠들지 않고 밤을 지키던 별들도 그때까지 보지 못했던 이 새로운 종류의 창조물을 경이로움에 젖어 보고 있을 거라 생각했다. 내 집에서 낯선 사람이 된 나는 살며시 복도를 지나 침실로 갔고, 그곳에서 처음으로 에드워드 하이드의 모습을 보았다.

나는 여기서 오직 이론만으로 말해야 한다. 내가 아는 것이 아닌, 내가 생각하기에 가장 합당한 것을 말해야 한다. 사악한 본성이 그대로 드러난 육체를 부여받은 나의 악한 자아는 내가 막 사라지게 한 선한 자아에 비해 확고하지 못했고 발달도 덜 된 상태였다. 다시 말하거니와 내 삶의 9할은 노력과 미덕, 절제의 생활이었기에 악은 선보다 훨씬 덜 행해지고 덜 규명되었던 것이다. 내 생각에 그러한 이유 때문에 에드워드 하이드가 헨리 지킬에 비해 훨씬 작고 마른 젊은이로 나타난 것 같다. 한쪽 용모에서는 선함이 빛났다면, 다른 한쪽 얼굴에는 온통 악이라고 명백하고 노골적으로 쓰여 있었다. 게다가 악은 (나는 지금도 악이 인간의 파괴적인 면이라고 믿고 있다.) 그 육신에 기형과 타락의 모습을 새겨놓았다. 그렇지만 거울에서 그 추악한 형상을 보았을 때 나는 전혀 혐오감이 들지 않았으며 오히려 반가움으로 설레었다. 그 역시 내 자신이었다. 자연스럽고 인간적으로 보였다. 내 눈에는 그 모습이 더 생생한 정신의 이미지를 담고 있었고, 내가 그때까지 내 것이라고 불렀던 불완전하고 분열되어 있던 모습보다 더 분명하고 순수해 보였다. 그리고 당시로서는 의심의 여지 없이 내가 옳았다. 내가 에드워드 하이드의 모습을 하면 누구든 처음에는 눈에 띄게 불안해하며 가까이 오지 않으려 하는 것을 볼 수 있었다. 나는 모든 인간이 선과 악이 혼재하는 존재이기 때문이라 생각한다. 에드워드 하이드만이 순수하게 악으로 이루어진 유일한 사람이었다.

잠시 거울 앞에 머무른 후, 이제 결정적인 다음 실험을 시도해야 했다. 헨리 지킬의 정체성을 완전히 잃어 되돌릴 수 없는 것인지 확인해야 했기에 나는 이제는 내 것이 아닌 집에서 날이 밝기 전에 빠져나와야 했다. 서둘러 서재로 돌아온 나는 다시 한 번 약을 준비해 마셨고, 다시 한 번 몸이 녹는 고통을 느꼈다. 그리고 다시 헨리 지킬의 성품과 체구, 얼굴을 가진 내 자신으로 돌아왔다.

그날 밤 나는 운명의 교차로를 건넜다. 내가 좀 더 고귀한 정신으로 내 발견에 접근했더라면, 내가 좀 더 관대하고 신성한 열망으로 그 실험에 임했더라면 모든 것이 달라졌을지도 모르겠다. 그랬다면 그러한 죽음과 탄생의 고통으로부터 악마가 아닌 천사의 모습이 나타났을 수도 있을 것이다. 약 자체에는 그걸 구별해 낼 수 있는 힘이 없다. 악마도 신성도 아니다. 약은 그저 내 성품이란 감옥의 문을 흔들었을 뿐인데

빌립보 감옥의 죄수들처럼 내 안에서 악인이 달려 나온 것이다. 그때 나의 선은 잠들어 있었고, 야심으로 깨어 있던 나의 악이 기민하고 재빠르게 기회를 꿰찼다. 그리고 에드워드 하이드로 투영되어 나타난 것이다. 다시 말해 내 안에 존재하는 두 개의 성품과 두 개의 형상 중, 하나가 순수하게 악인인 데 반해 다른 하나는 헨리 지킬로, 나는 여전히 모순되는 성향을 한 몸에 지니고 있는 것이다. 그를 개조하고 개선하려 하는 시도가 실패로 끝날 것임을 나는 그때 이미 깨달았다. 따라서 일은 전적으로 더 나쁜 방향으로 흘러가고 있었다.

당시에도 나는 연구 생활의 무미건조함에 싫증을 내며 극복하지 못하고 있었다. 때로 유쾌하게 놀아도 보았다. 내가 쾌락을 느끼는 것들은 (간단히 말해) 품위 없는 처신이었던 반면 나는 잘 알려진 존경받는 인물이었다. 그런데 나이가 들면서 이렇게 일관되지 못한 생활이 점차 짜증스러워졌다. 그랬기에 내 새로운 능력이 나를 유혹할 수 있었던 것이고 나는 결국 그것의 노예가 되어버렸다. 그저 약을 마시기만 하면 저명한 교수의 육신을 단번에 벗어버리고 두꺼운 망토를 걸치듯 에드워드 하이드의 육신을 입을 수 있었다. 나는 그 생각만으로도 미소가 떠올랐다. 그때는 그것이 재미있는 일 같았다. 나는 최대한 세심한 주의를 기울여 만반의 준비를 했다. 경찰이 하이드를 추적해 찾아갔던 소호의 그 집을 구해서 가구를 장만했고 가정부를 구했다. 나는 그 인간이 비도덕적이며 입도 다물어줄 것임을 잘 알고 있었다. 다른 한편 나는 내 집의 하인들에게 하이드가 (모습을 설명해 주고) 스퀘어의 내 집에서 전적인 자유와 권한을 갖는다고 알렸다. 그리고 혹시 모를 불상사를 피하기 위해 하이드의 모습으로 집을 찾아가 하인들이 내게 익숙해지도록 만들었다. 다음, 나는 어터슨이 그토록 반대한 유언장을 작성했다. 그리하여 지킬 박사로서의 내가 무슨 일을 당하더라도 재정적인 손실 없이 에드워드 하이드로 새 생활을 시작할 수 있도록 해두었다. 그렇게 내가 생각했던 대로 모든 면에 대비를 끝내자 나는 내 상황의 기이한 면책에서 오는 득을 보기 시작했다.

사람들은 범죄를 저지를 때 청부업자를 고용하여 자신과 자신의 명예는 보호해 왔다. 나는 스스로 범죄를 행하며 쾌락을 느낀 최초의 사람이었다. 나는 대중 앞에서는 존경할 만한 품위를 유지하다가, 한순간 어린 학생처럼 그런 빌려 입은 겉치레를 벗어던지고 자유의 바다에 뛰어들 수 있는 최초의 사람이기도 했다. 그러면서도 철저한 장막 뒤에서 내 안전은 완벽했다. 생각해 보라.——나는 존재조차 하지 않는 인물이다! 연구실 문 안으로 피한 후 항시 준비해 두었던 약을 단숨에 섞어 마시기만 하면 되었다. 에드워드 하이드가 무슨 짓을 했든 그는 거울 위의 입김처럼 사라져버릴 것이다. 그리고 그 대신 집에서 조용히 연구실 램프 심지를 다듬고 있는 사람은 어떤 의혹도 비웃을 수 있는 헨리 지킬이 될 것이다.

내가 위장한 모습으로 추구하고자 했던 쾌락은 앞서 말한 것처럼 '품위 없는' 처신 정도였지, 그보다 더 심한 이름으로 부를 만한 행동은 아니었다. 그러나 에드워드 하이드의 손으로 행해지는 행동들은 곧 극악무도하게 변하기 시작했다. 나는 그러한 일탈로부터 돌아온 후 종종 내가 저지른 대리 악행들에 너무 기가 차서 생각에 잠기기도 했다. 내가 내 영혼으로부터 불러내어 하고 싶은 행동을 하도록 혼자 내보낸 그 악마의 사자는 악의와 비열함을 타고난 자였다. 행동과 사고 하나하나가 자기중심적이었고, 다른 사람에게 고통을 주는 데서 짐승 같은 탐욕을 느끼며 쾌감을 마셨다. 심장이 돌로 된 사람처럼 냉혹했다. 헨리 지킬은 때때로 에드워드 하이드가 저지른 일들 앞에서 아연실색하기도 했다. 그러나 상황은 통상적인 법망과는 거리가 있었기에 교묘히 양심의 가책을 벗어났다. 죄를 지은 것은 어쨌든 하이드였고, 하이드 홀로이지 않은가. 그나마 다행인 것은 지킬의 선한 기질은 손상되지 않은 상태로 깨어난다는 것이었다. 그래서 가능한 경우에는 하이드가 저지른 악행을 급히 고쳐놓으려고도 했다. 그렇게 함으로써 그의 양심이 편해질 수 있었던 것이다.

내가 묵과했던(나는 아직도 내 자신이 저질렀다고 인정할 수 없다.) 비열한 행위들을 구체적으로 기록할 생각은 없다. 하지만 응징의 순간이 다가오고 있음을 알리는 경고와 그 뒤로 계속된 일련의 과정들이 있었음을 말해 두고 싶다. 어떤 사건이 있었는데 그로 인한 별다른 결과는 없었지만 잠깐 언급하고자 한다. 내가 한 어린아이에게 했던 잔인한 행동 때문에 지나가던 행인이 분노를 일으켰는데, 그 사람이 어터슨의 친척임을 얼마 전에 알게 되었다. 의사와 아이의 가족까지 그와 합세하면서 내 목숨이 위태로워지는 건 아닐까 두려워했던 순간도 있었다. 그들은 당연히 격분했고 에드워드 하이드는 그들을 달래고자 집으로 데리고 가 헨리 지킬의 이름으로 된 수표로 돈을 지불해 주었다. 그리고 앞으로는 그런 위험한 행동을 하지 않기 위해 다른 은행에 에드워드 하이드의 이름으로 계좌를 개설했다. 내 필체에서 기우는 방향을 반대로 하여 그에게 서명을 만들어주었고, 그로써 나는 불행의 손길로부터 안전하다고 생각했다.

댄버스 경의 살인이 있기 두 달 전쯤, 모험을 즐기러 나갔던 나는 늦은 시각에 돌아왔다가 다음 날 아침 침대에서 깨어났는데 뭔가 감각이 이상했다. 나는 공연히 주위를 이리저리 둘러보았다. 잘 어울리는 가구들을 갖춘 높고 널찍한 스퀘어의 내 방이었다. 내 마호가니 침대에 새겨진 장식과 침대 커튼의 무늬도 보였지만, 여전히 뭔가가 내가 여기 있어도 여기 있는 것이 아니라고 말하고 있었다. 내가 있는 여기가 아닌, 에드워드 하이드의 육신으로 잠드는 소호의 작은 방에서 깨어난 것만 같았다. 그런 내 자신에게 나는 미소를 지었고, 마음속으로 나른하게 왜 그런 착각이 드는 것인지 생각하기 시작했다. 그러는 와중에도 때때로 나는 편안한 아침잠으로 다시 빠져 들어가곤 했다. 하지만 여전히 생각에 빠져 있었고 정신이 든 순간 문득 내 손에 눈길이 갔다. 헨리 지킬의 손은 (어터슨이 종종 말했듯이) 그 모양과 크기가 직업에 걸맞은 것이어서, 크고 탄탄했으며 희고 단정했다. 하지만 런던의 환한 아침 금빛 햇살 속에서 내가 지금 바라보고 있는 이불 위에 놓인 반쯤 주먹 쥔 손은 분명 가늘고 힘줄이 두드러진 데다 마디도 굵었다. 핏기 없이 거무스름한 손에는 시커먼 털이 무성하게 나 있었다. 그것은 에드워드 하이드의 손이었다.

　나는 아마 족히 30초는 그 손을 뚫어지게 바라보았을 것이다. 처음엔 단순히 어떻게 된 거지 하는 어리석은 생각에 잠겨 있다가 갑자기 심벌즈가 맞부딪쳐 울렸을 때처럼 깜짝 놀랐고 그러면서 가슴 속에서 공포가 깨어났다. 나는 침대에서 튕기듯 일어나 거울로 달려갔다. 내 눈과 마주친 모습을 보고 나는 피가 묽어지며 얼어붙어 버리는 것 같았다. 그렇다, 나는 헨리 지킬로 잠이 들어서 에드워드 하이드로 깨어난 것이다. 어떻게 설명해야 하는 것일까? 내 자신에게 물었다. 그러다 또 다른 두려움이 밀려왔다. 어떻게 고칠 수 있을 것인가? 벌써 아침이 밝았고 하인들은 일어나 있었다. 그런데 내 약은 모두 서재에 있었다. 서재까지는 먼 거리였다. 두 군데 계단을 내려가 뒤편 복도를 통과한 후 마당을 건너 해부 강의실을 지나야 했다. 그 생각 때문에 나는 겁에 질려 서 있었다. 얼굴을 가리면 가능할지도 모른다. 하지만 그게 무슨 소용이란 말인가? 내 키가 줄어든 것은 감출 수 없는데. 그러던 중 하인들은 이미 또 다른 내가 오가는 것을 보는 일에 익숙하다는 데 생각이 미쳤고, 커다란 안도의 달콤함이 나를 감쌌다. 나는 곧 가능한 한 내 몸에 맞는 옷을 찾아 입었다. 그리고 집 안을 지나가는데, 브래드쇼가 그 시간에 그렇게 이상한 옷차림을 한 하이드와 마주치자 뚫어지게 바라보다 뒷걸음쳤다. 10분 후 원래의 모습으로 돌아온 지킬 박사는 우울한 표정으로 자리에 앉아 아침을 먹는 둥 마는 둥 했다.

　정말 입맛이 없었다. 이 설명할 수 없는 사건, 이전의 경험을 뒤집는 이 반전은 마치 바빌로니아 벽에 나타난 손가락이 그랬듯이 나에 대한 심판 판결문을 적어 보여 주는 것만 같았다. 나는 이전보다 훨씬 심각하게 나의 이중 존재에 내포된 여러 문제점과 가능성을 검토해 보았다. 또 다른 내 모습으로의 변신이 최근 부쩍 많이 실행에 옮겨졌고 조장되었다. 그래서 에드워드 하이드의 육신은 근래 키가 자란 것처럼 보였고, (내가 그의 육체 속에 있을 때) 피가 더 왕성하게 흐르는 것처럼 느껴졌다. 나는 이 일이 더 오래 지속된다면 내 본성의 균형이 영원히 깨어져 자연 발생적인 변신 능력이 강화될 것이며 에드워드 하이드의 성품이 되돌릴 수 없이 내 것이 되고 마는 위험이 있음을 감지하기 시작했다. 약의 효능도 항상 일정하게 나타나지는 않았다. 아주 초기에는 완전히 실패한 일도 있었다. 그 후에는 여러 번 약의 양을 두 배로 늘려야 했고, 한번은 생명의 위험을 무릅쓰고 세 배까지 늘린 일도 있었다. 그때까지만 해도 드물게 발생하는 이런 불확실성만이 유일하게 드리우는 어두운 그림자였다. 그런데 이제는 아침의 사건을 비추어 볼 때, 지킬의 육신을 벗어버리는 일이 힘들었던 초기와는 달리, 점진적이긴 했지만 확실하게 그 반대 현상이 벌어지고 있는 것이 분명했다. 결국 모든 것의 결론은 이러했다. 즉, 나는 서서히 내 원래의 훌륭한 모습은 잃어가고, 두 번째 나타난 사악한 모습과 결합하고 있었던 것이다.

이제 나는 이 두 자아 가운데 하나를 선택해야 함을 느꼈다. 내 두 개의 본성은 기억을 공유하고 있었다. 하지만 다른 모든 정신능력은 매우 불평등하게 나뉘어 있었다. 지킬은 (그는 복합적이다.) 이제 미래에 대한 우려로 예민해지긴 했지만 탐욕스러운 기호 또한 가지고 있었기 때문에 이를 하이드의 쾌락과 모험 속에 투사시켜 함께 나누었다. 그러나 하이드는 지킬에게 무관심했다. 아니면 그저 산적이 쫓기다가 잠시 몸을 피했던 동굴을 기억하는 정도로만 지킬을 기억했다. 지킬이 아버지 이상으로 관심을 가졌다면 하이드는 아들 이상으로 무심했다. 지킬과 운명을 같이한다면, 내가 오랫동안 비밀스럽게 빠져 있었으며 최근 들어 만족시키기 시작한 모든 욕구를 포기해야 할 것이다. 반면, 하이드와 운명을 같이한다면, 수많은 관심사와 열망을 버리고 갑자기, 그리고 영원히 멸시당하며 친구도 없이 살게 될 것이다. 당연히 한쪽으로 기우는, 공평하지 않은 거래로 보일지 모른다. 그러나 이 비교에는 또 다른 고려 사항이 있었다. 즉, 지킬은 그 모든 것을 절연하는 고난 속에서 지독한 고통을 느끼겠지만, 하이드는 자신이 잃어버린 어떤 것에 대해서도 의식조차 하지 않고 지낼 것이라는 점이다. 내 상황이 특히 기이하긴 하지만, 지금 논의하는 문제는 사실 인간의 존재만큼이나 오래되고 진부한 것이다. 이와 똑같은 유혹과 불안이 그에 끌리면서도 떨고 있는 인간이란 죄인들 앞에 늘 주사위를 던지지 않는가. 사람들 대부분이 그렇듯 나도 더 훌륭한 자아를 선택했지만, 그를 지켜낼 힘이 모자람도 알게 되었다.

그랬다. 나는 나이 들고 불만도 많은 의사를 선택했다. 그래도 그는 친구들에 둘러싸여 있었고 정직한 희망을 소중히 하는 사람이었으니까. 그리고 굳은 결심으로 하이드로 변신하여 즐겼던 자유와 젊음, 가벼운 발걸음과 힘차게 뛰는 맥박, 은밀한 쾌락에 작별을 고했다. 그런데 나는 이런 선택을 하면서도 무의식적으로 다른 속마음을 품고 있었던 것 같다. 소호의 집도, 에드워드 하이드의 옷도 없애지 않았기 때문이다. 하이드의 옷은 아직도 내 서재에 준비되어 있다. 하지만 두 달 동안 나는 스스로에게 한 약속에 진실했다. 두 달 동안 나는 이제껏 내가 이르지 못했던 상당한 엄격함으로 내 생활을 이끌어갔고, 긍정적 의식으로 보답을 받으며 행복했다. 그러나 결국 시간이 흐르면서 생생했던 두려움은 사라지고 양심의 찬양도 당연한 결과로 받아들이기 시작했다. 나는 고통과 갈망으로 고문당하기 시작했고 하이드도 자유를 찾아 몸부림치고 있었다. 마침내 정신적으로 해이해진 어느 순간, 나는 다시 한 번 변신의 약을 만들어 삼키고 말았다.

술꾼이 이런저런 변명을 대며 술 마시는 악습을 계속하고자 할 때, 난폭한 육체의 무감각 속에서 맞닥뜨리게 될 위험들을 걱정하여 그에 영향을 받는 일은 드물다. 나 역시 내 상황을 고려하면서도 에드워드 하이드란 인물의 대표적 성향인 완전한 도덕적 무감각과 비정한 악에 대한 선호를 충분히 참작하지는 못했다. 그랬기에 나는 벌을 받은 것이다. 내 안의 악마는 오랫동안 우리에 갇혀 있었고 포효하며 뛰쳐나왔다. 내가 약을 마시는 순간에도 나는 더 큰 해방감을 느끼고 있음을, 더 광폭해져서 악을 좇고 있음을 인식할 수 있었다. 그랬기 때문에 내 생각에, 내 불행한 희생자 댄버스 경이 예의를 갖추고 하는 말들을 들었을 때 참을 수 없는 초조함이 폭풍을 불러일으키며 내 영혼을 휘저었던 것이다. 신을 두고 맹세하거니와, 정신이 똑바른 사람이라면 어떻게 그런 별것도 아닌 자극에 그렇게 끔찍한 범죄를 저지를 수 있겠는가. 나는 마치 아픈 아이가 장난감을 부수듯 그렇게 비이성적인 정신 상태에서 발작을 한 것이다. 아이와 달리 나는 자발적으로 균형을 유지하는 인간의 모든 본능을 벗어버렸고, 따라서 최악의 인간도 그 균형 감각 덕분에 유혹 속에서 꿋꿋이 버틸 수 있는 데 반해, 나는 아주 작은 유혹에도 그대로 굴하고 말았다.

즉시 악마의 기운이 깨어나며 나는 분노했다. 쾌감에 몸을 떨며 저항도 못 하는 그에게 폭력을 휘둘렀고 한 대 한 대 칠 때마다 환희를 맛보았다. 그 광란의 최고조에서 마침내 내가 지치기 시작하면서야 갑자기 차가운 공포의 전율이 가슴을 치고 지나갔다. 안개가 흩어졌다. 내 인생이 끝났음을 알았다. 희열과 두려움을 동시에 느끼며 그 폭력의 현장에서 달아났다. 악마의 욕망은 충족되고 고무되었으며, 삶에 대한 애착은 극도로 팽팽하게 긴장되었다. 나는 소호의 집으로 달려가 (확실히 해두기 위해) 모든 서류를 없앴다. 그리고 가로등이 켜진 거리로 나왔을 때, 내 마음은 여전히 극과 극을 달리는 광희로 양분되어 있었다. 내가 지은 죄에 흐뭇해하며 경박한 마음으로 앞으로는 또 어떤 범죄를 저지를까 생각하면서도, 한편으로는 누가 뒤따라오는 것은 아닐까 귀를 곤두세우고 발걸음을 재촉했다. 하이드는 노래를 부르며 약을 만들었고, 약을 마실 때는 죽은 이를 위해 건배했다. 변신의 고통도 그를 괴롭히지는 못했다. 헨리 지킬이 되어서야 감사와 후회의 눈물을 흘리며 무릎을 꿇고 마주 잡은 두 손을 신을 향해 올렸다. 방종의 베일이 머리끝에서 발끝까지 찢어지면서 나는 내 삶 전부를 되돌아보았다. 아버지의 손을 잡고 걷던 어린 시절부터 자기부정의 올가미에 걸려 산 교수로서의 삶을 지나, 그날 밤의 저주받은 공포와 그때 느꼈던 비현실적인 느낌 그대로에 거듭 도달하고 또 도달했다. 나는 크게 소리를 내지르고 싶은 심정이었다. 내 의지와 반하여 내 기억 속에서 들끓는 그 끔찍한 장면과 소리를 나는 눈물과 기도로 막아보려 했다. 하지만 기도를 올리는 가운데에서도 그 사악한 죄의 흉측한 얼굴은 내 영혼을 노려보고 있었다. 그런데 그 후회의 격렬한 고통이 사라지기 시작하면서 기쁨이 찾아왔다. 내 행위의 문제가 해결되었던 것이다. 앞으로 하이드는 없다. 내가 원하든 원하지 않든 나는 이제 나의 더 나은 자아로 제한된다. 그 생각만으로도 얼마나 기뻤던가! 나는 기꺼이 겸손하게 이 새로운 자연적 삶의 제약을 수용했고, 진심으로 포기하는 뜻에서 내가 자주 들락거리던 문을 잠그고 열쇠를 발로 밟아 버렸다.

다음 날, 누군가 위에서 살인 장면을 내려다보고 있었다는 소식이 실렸고 하이드의 죄는 세상에 명백히 알려졌다. 게다가 희생자는 대중의 큰 존경을 받던 이였다. 단순한 범죄가 아니라 아주 비극적인 바보짓이었다. 그것을 알고 나니 차라리 감사했다. 교수형에 대한 두려움이 나의 충동을 억제하게 된 것도 감사했다. 이제 지킬은 내가 은신하는 도시였다. 하이드가 잠시라도 나타나게 하라, 그러면 세상 사람 모두가 달려들어 그를 죽이게 될 것이다.

  나는 과거를 보상하기 위한 선한 미래를 결심했다. 내 결심이 어느 정도 좋은 결과를 맺었다고 진심으로 말할 수 있다. 지난해 몇 달 동안 내가 얼마나 열심히 고통받는 이들을 구제하기 위해 애썼는지 어터슨도 잘 알 것이다. 다른 사람들을 위해 많은 일을 했고 그러는 가운데 시간은 조용하게, 그리고 나로서는 행복하게 흘러갔음을 어터슨도 알고 있다. 그렇게 선행을 베푸는 선한 생활에 전혀 싫증이 나지도 않았다. 오히려 하루하루 더욱더 즐겁게 일했다. 그러나 나는 아직도 내 목적의 이중성으로 인해 저주받은 상태였다. 참회로부터 생긴 처음의 긴장이 풀어지자 낮게 깔려 있던 내 자아가, 아주 오랫동안 탐닉하다 요즘 들어 묶여 있던 그가 풀어달라고 으르렁거리기 시작했다. 내가 하이드의 소생을 꿈꾸었던 것은 아니다. 그것은 생각만으로도 소스라치게 놀라고 격분할 일이었다. 그러나 나는 바로 내 자신 속에서 다시 한 번 내 의식을 희롱해 보고 싶은 유혹을 느끼고 있었다. 그래서 마침내 그 유혹의 공격 앞에 굴복한 것은 다른 누구도 아닌 그저 한 사람의 평범하고 은밀한 인간이란 죄인이었다.

  모든 일에는 끝이 있게 마련이다. 드디어 한계선에 도달했다. 악마에게 잠시 굴복한 것이 결국 내 영혼의 균형을 파괴하고 말았다. 그런데도 나는 제대로 깨닫지 못하고 있었다. 그런 추락도 마치 약을 발견하기 이전의 옛날로 돌아간 것처럼 자연스러워 보였던 것이다. 그날은 화창하고 맑은 1월의 어느 날이었다. 얼었던 땅이 녹아 발아래가 젖어 있었지만 하늘에는 구름 한 점 없었다. 리젠트 공원은 지저귀는 겨울새들이 가득했고 봄 향기로 달콤했다. 나는 햇빛 아래 벤치에 앉아 있었다. 내 안의 짐승이 기억의 단편들을 핥고 있는데도 정신은 나태해져 졸고 있었다. 그 결과가 엄청난 후회로 이어지지만, 그때까지 정신은 움직이지 않았다. 결국 나도 내 주위 사람들과 마찬가지군 하고 생각하다가 곧 미소를 지었다. 내 자신과 다른 사람들을 비교해 보니 나의 활발한 선행은 남들의 태만과 게으른 잔인함과는 달랐던 것이다. 그렇게 오만한 생각을 하는 순간, 갑작스러운 현기증과 지독한 구토가 엄습하면서 무섭게 몸이 떨렸다. 그 증상들은 지나갔지만 나는 기절하고 말았다. 그리고 서서히 정신이 되돌아오면서 내 성질의 변화를 감지하기 시작했다. 훨씬 대담해졌고 위험을 경시했으며 의무감이란 구속이 사라졌다. 나를 내려다보았다. 줄어든 내 수족 위로 옷이 헐렁하게 걸쳐져 있었다. 무릎 위에 놓인 손엔 핏줄이 두드러지고 털이 무성했다. 나는 다시 한 번 에드워드 하이드였다. 조금 전만 해도 나는 모두의 존경과 사랑을 받는, 부를 지닌 훌륭한 사람이었다. 집에선 나를 위해 식당에 테이블보를 새로 깔고 식사 준비를 해두었을 것이다. 그런데 지금 나는 세상 사람 모두의 사냥감이 되어 추적당하고 있다. 집도 없는, 천하가 다 아는 살인자가 되어 교수대에 끌려갈 위험에 처해 버렸다.

판단력이 흔들렸지만 완전히 나를 저버리지는 않았다. 나는 여러 번 내 이 두 번째 자아의 정신력이 매우 예리하며 기운도 더 활발하고 융통성 있음을 목격한 바 있다. 지킬이라면 포기했을 일에도 하이드는 결정적인 순간에 일어나곤 했다. 내 약은 서재의 서가에 있다. 어떻게 손에 넣을 것인가? (두 손으로 관자놀이를 눌렀다.) 그것이 내가 풀어야 할 숙제였다. 실험실 문은 잠겨 있었다. 집으로 들어가려 한다면 내 하인들이 나를 교수대로 넘길 것이다. 다른 사람의 손을 빌려야 함을 깨달았고, 래니언을 떠올렸다. 어떻게 연락할 것인가? 어떻게 납득시킬 것인가? 거리에서는 무사히 피했다고 하자. 어떻게 그를 만나러 갈 것인가? 어떻게 알지도 못하는 불쾌한 방문자인 내가 저명한 의사에게 동료인 지킬 박사의 서재를 뒤지라고 설득할 것인가? 순간 나는 내 원래의 자아를, 내게 남은 또 다른 한 부분을 기억해 냈다. 지킬의 이름으로 편지를 쓸 수 있을 것이다. 그 번득이는 계획이 떠오르자 내가 해야 할 일이 처음부터 끝까지 훤히 보였다.

나는 내 복장을 최대한 가다듬은 후, 지나가는 마차를 세워 우연히 기억하고 있던 포틀랜드 가의 한 호텔로 갔다. 내 모습을 보고 (옷이 감추고 있는 운명은 비극적이었으나 그 차림새는 진정 우스꽝스러웠다.) 마부는 웃음을 숨기지 못했다. 내가 이를 갈며 벌컥 화를 내자 그의 얼굴에서 웃음이 사라졌다. 그로서는 다행이었다. 그리고 나로서는 더욱 다행이었다. 그렇지 않았다면 내가 분명 그자를 마차에서 끌어내렸을 테니까. 호텔에서는, 내가 들어가며 매우 음울한 모습으로 주변을 둘러보자 종업원들이 겁을 먹었다. 내 앞에서는 눈길을 아래로 향한 채 고분고분 내 지시를 받았고 방으로 안내한 후 필기도구도 가져다주었다. 생명의 위협을 느끼는 하이드는 내게 매우 낯설었다. 과도한 분노로 불안정한 상태인 데다 살인으로 신경이 곤두섰고 고통을 주고 싶은 욕망으로 가득했다. 그렇지만 역시 그는 교활했다. 대단한 의지와 노력으로 분노를 억누른 채 래니언과 풀에게 두 통의 중요한 편지를 썼다. 그리고 편지가 제대로 부쳐졌다는 증거를 받기 위해 등기로 보내라는 지시도 내렸다.

그때부터 그는 하루 종일 호텔 방 난로 옆에 앉아 손톱을 물어뜯으며 지냈다. 두려움에 떨며 홀로 앉아 방에서 식사를 했는데, 웨이터가 그 앞에서 주눅 들어 있는 것이 보였다. 그리고 밤이 깊어지자 그는 마차 한구석에 앉아 거리 이곳저곳을 오갔다. 나는 '그'라고 부른다. 차마 '나'라고는 말할 수 없다. 그 악마의 자식에게 인간적인 면모라고는 없었다. 그에게 남아 있는 것은 두려움과 증오뿐이었다. 마침내 마부가 의심을 품기 시작했다는 생각이 들자 그는 마차에서 내려 밤의 행인들 사이로 걷기 시작했다. 몸에 맞지 않는 옷을 걸치고 있어 눈에 띄기가 쉬웠다. 두려움과 증오, 두 감정의 울화가 폭풍처럼 내부에서 휘몰아쳤다. 그는 빠르게 걸었다. 공포에 쫓겨 혼잣말을 지껄이면서 인적이 덜한 길로 사람의 눈을 피해 다녔다. 몇 분이나 남았는지 시간을 재었지만 여전히 자정이 되려면 멀었다. 한번은 어떤 여자가 내 생각에 성냥처럼 보이는 것을 그에게 내밀며 말을 걸었다. 그는 여자의 얼굴을 때렸고 여자는 도망갔다.

내가 래니언의 집에서 내 자신으로 돌아왔을 때, 내 옛 친구가 보인 공포가 내게 어떤 영향을 준 모양이다. 확실하지는 않다. 그 시간들을 되돌아볼 때 내게 드는 혐오감에 비하면 래니언의 공포는 바다에 떨어진 물 한 방울에 불과했다. 어떤 변화가 내게 일어났다. 나를 괴롭힌 것은 이제 더 이상 교수대에 대한 두려움이 아닌, 하이드로 변하는 것에 대한 두려움이었다. 래니언의 비난을 받은 것도 마치 꿈속의 일 같다. 그렇게 꿈꾸듯 몽롱한 상태에서 나는 내 집으로 돌아와 잠이 들었다. 지친 하루를 보낸 나는 부족했던 잠 속으로 깊이 빠져들었고 나를 그렇게 짓누르던 악몽조차 그 잠을 깨울 수는 없었다. 아침에 일어나자 몸은 불안정하고 약해져 있었지만 기분은 상쾌했다. 내 안에서 함께 잠든 그 짐승 생각이 나자 여전히 혐오스럽고 두려웠다. 물론 전날의 그 끔찍한 위험도 잊지 않았다. 하지만 나는 다시 한 번 집에, 나의 집에, 약 가까이에 있었다. 내가 그렇게 위험에서 탈출할 수 있었던 것에 대한 감사가 내 영혼 안에서 너무나 환히 빛나 거의 희망의 빛에 닿아 있었다.

나는 아침 식사 후 한가로이 마당으로 나가 기쁜 마음으로 차가운 공기를 호흡했다. 그런데 또다시 변신을 알리는 설명할 수 없는 그 감각에 휩싸였다. 겨우 서재로 피할 정도의 시간밖에 없었고, 곧 나는 다시 한 번 하이드의 욕망으로 분노하며 몸이 굳어졌다. 이번에는 약의 양을 두 배로 늘리고서야 내 자신으로 돌아올 수 있었다. 그러나 불행히도 여섯 시간 후, 슬프게 벽난로의 불을 바라보고 있던 내게 그 고통이 되돌아왔고 또다시 약을 만들어야 했다. 간단히 말해, 그날 이후 곡예를 하는 것과 같은 대단한 노력으로만, 그리고 즉각적인 약의 자극이 있어야만 나는 지킬의 모습으로 지낼 수 있게 되었다. 밤이나 낮이나 항상 그 전조 증상으로 몸을 떨었고, 무엇보다 잠이 들거나 의자에서 잠시 졸기라도 하면 어김없이 하이드가 되어 깨어났다. 나는 이렇게 계속되는 절박한 운명의 긴장과 내 자신에 대한 형벌인 불면 속에서, 인간에게 가능하다고 생각했던 것을 훨씬 넘어 내 안에서 열병으로 좀먹고 쇠잔해진, 피곤으로 몸과 마음이 다 병약해진 그런 괴물이 되어버렸다. 그리고 한 가지 생각에만 골몰했으니, 그것은 또 다른 내 자신에 대한 공포였다. 그러나 잠을 자거나, 약의 효과가 떨어지면 나는 거의 변신 과정 없이(변신의 고통은 점차 약해졌다.) 곧장, 무서운 이미지로 가득한 공상과 이유 없는 증오로 들끓는 영혼, 그리고 격분하는 생명의 에너지를 억누를 힘이 부족해 보이는 육체에 점령당했다. 하이드의 힘은 지킬의 병이 깊어질수록 커져 가는 것 같았다. 그리고 이제 그들을 갈라놓고 있는 증오는 분명 양쪽 모두 같았다. 지킬에게 그 증오는 생명과 직결된 본능이었다. 이제 지킬은 자신과 의식 현상 일부를 공유했고 죽음을 같이할 그 괴물이 가진 모든 결점을 보았다. 그렇게 같은 울타리 안에 연결되어서 그의 가장 고통스러운 고뇌의 원인이 되어버린 하이드는, 생명의 에너지가 넘쳐 남에도 불구하고 사악할 뿐 아니라 더 이상 유기체가 아니라고 생각되었다. 충격적인 일이었다. 악의 구렁텅이 안에서 울부짖음과 목소리가 들리는 것 같았다. 형체가 없는 먼지가 몸짓을 하고 죄를 지었다. 죽었던 것이, 형체도 없는 것이 생명의 자리를 차지하려 했다. 그리고 다시금 그

반란을 일으키는 공포는 아내보다 더 가까이, 눈보다 더 가까이 그에게 붙어 있었다. 그의 육체 안에 갇혀 누운 그 괴물이 중얼거리는 것이 들렸고 태어나려 꿈틀거리는 것이 느껴졌다. 약해지는 순간마다, 잠에 빠지는 순간마다, 지킬을 압도하며 생명을 앗아갔다. 한편, 하이드가 지킬에게 느끼는 증오는 다른 종류의 것이었다. 교수형에 대한 두려움으로 인해 계속 일시적인 자살을 행할 수밖에 없었고, 인간의 모습 대신 인간의 일부분이 되어 종속적인 위치로 돌아가야만 했다. 하지만 하이드는 그 필요성이 싫었고, 지킬과의 의존관계가 싫었으며, 지킬이 자신을 혐오한다는 것이 괘씸했다. 그래서 하이드는 내게 야만인같이 못된 짓을 하곤 했다. 내 책에 내 필체로 불경스러운 말을 휘갈겨 놓거나, 편지를 태우고 내 아버지의 초상화를 부수기도 했다. 정말이지 죽음을 두려워하지만 않았더라면 그는 이미 오래전에 나를 파멸시키기 위해 자신을 파멸시켰을 것이다. 그러나 그의 목숨에 대한 애착은 놀라웠다. 좀 더 얘기하자면, 그를 생각하는 것만으로도 넌더리가 나고 얼어붙는 나이지만, 나에게 연결된 이자의 비열함과 분노를 떠올리고 그 연결을 끊기 위해 내가 자살할까 봐 그가 얼마나 두려워하고 있는지 알게 되자, 나는 마음속으로 그가 불쌍해졌다.

  다 부질없는 얘기다. 더 이상 설명하기에는 시간이 너무 부족하다. 어느 누구도 이런 고통을 겪은 일은 없었다. 이렇게만 얘기해 두자. 그런데 그 고통이 자주 반복되자 ─ 아니, 고통이 완화된 것은 아니었다. ─ 영혼에 어떤 굳은살 같은 것이 생겨나 절망에 순응하게 되었다. 그 때문에 내가 받는 형벌이 몇 년이고 계속되었을 수도 있다. 하지만 이제 마지막 재앙이 닥쳐왔고, 결국 나는 나로부터 내 얼굴과 본성을 절연시키고 말았다. 첫 실험 이후 한 번도 보충하지 않았던 내 염류가 바닥을 보이기 시작한 것이다. 사람을 보내 새로 염류를 구입하고 약을 조제했다. 비등이 일어났고 첫 번째 색깔 변화도 일어났지만 두 번째 변화가 뒤따르지 않았다. 마셔보았지만 아무런 효과가 없었다. 내가 얼마나 런던을 샅샅이 뒤지게 했는지 어터슨은 풀에게 듣게 될 것이다. 그러나 허사였다. 내가 처음 구입한 염류에 불순물이 들어 있었고, 알지 못했던 그 불순 성분이 약효를 부여했던 것이라 생각한다.

일주일가량이 지났다. 나는 마지막 남은 약의 기운을 빌려 이 글을 마치고 있다. 아주 짧은 기적처럼 지금이 헨리 지킬이 스스로의 생각을 가지고 생각하고, 자신의 얼굴을 (이제 슬프게 변했지만!) 거울에서 보는 마지막 순간이다. 너무 오래 끌지 말고 빨리 이 글을 맺어야 한다. 만약 내 고백이 이후 파괴되지 않고 남는다면, 그것은 대단한 신중함과 행운이 함께 한 덕분일 것이다. 이 글을 쓰고 있는 중에 변신의 고통이 일어난다면, 하이드는 이 글을 발기발기 찢어버릴 것이다. 그러나 내가 편지를 잘 보관한 뒤 어느 정도 시간이 흐른다면, 그는 대단히 자기중심적이고 언제나 순간에만 집중하기 때문에, 이 글을 야만적인 분풀이로부터 구할 수 있을 것이다. 우리 둘을 죄어오는 이 비극적인 운명은 이미 그를 변하게 했고 짓눌렀다. 지금으로부터 반 시간 후 나는 다시, 그리고 영원히 그 혐오스러운 성질을 갖게 될 것이다. 나는 의자에 앉아 몸을 떨며 울 것이다. 아니면 극도로 긴장하고 두려움에 젖은 흥분 상태에서 귀를 기울이며 (지상에서 내 마지막 은신처인) 이 방을 왔다 갔다 걸어 다니고, 위협적인 소리가 날 때마다 귀를 곤두세울 것이다. 하이드는 교수대에서 죽을 것인가? 아니면 마지막 순간 자신을 놓아줄 용기를 찾을 것인가? 오직 신만이 아실 것이고, 나는 상관하지 않는다. 이제 내 진정한 죽음의 시간이다. 이 이후 일어나는 일들은 내가 아닌 하이드의 일이다. 이제 나는 펜을 내려놓고 내 고백을 봉할 것이다. 그리고 불행했던 헨리 지킬의 삶에 종지부를 찍으려 한다.

시체 도둑

그해 매일 저녁 우리는 데번햄의 '조지네 집' 가게 작은 방에 함께 모여 앉곤 했다. 장의사, 술집 주인, 페츠, 그리고 나, 이렇게 네 사람이었다. 사람이 더 있을 때도 있었지만, 비가 오나 눈이 오나 바람이 부나 서리가 내리나 우리 네 사람은 각자의 안락의자, 그 자리에 항상 앉아 있었다. 페츠는 스코틀랜드 출신 노인네로 술주정뱅이였지만 분명 제대로 교육을 받은 사람이었고, 빈둥거리며 놀고먹는 것을 보면 재산도 좀 있는 듯했다. 그는 오래전 젊었을 때 데번햄에 왔으며 그저 오래 눌러 살다 보니 자연스럽게 마을 사람이 되었다. 그의 푸른색 소매 없는 외투는 교회 첨탑만큼이나 오래된 동네의 골동품이었다. 조지네 집 가겟방의 그의 자리며, 그가 교회에 가지 않는 일, 폭음하는 오랜 악습 등은 물론 데번햄에서는 다 아는 이야기였다. 그는 좀 모호한 급진적 견해와 덧없는 무신론적 생각들을 갖고 있어서 때때로 떨리는 손으로 테이

시체 도둑 133

블을 두드리며 그 의견들에 대해 주장하고 역설하곤 했다. 그는 럼주를, 그것도 매일 밤 꼭 다섯 잔씩 마셨다. 조지네 가게에 와서는 대부분의 시간을 오른손에 술잔을 들고 술이 머리 꼭지까지 취한 채 우울한 모습으로 앉아 있었다. 우리는 그를 의사라 불렀다. 전문적인 의학 지식이 있는 게 분명했고, 응급 상황이 생기면 골절을 고치거나 탈구를 맞춰준 일도 있었다. 그러나 이런 별것 아닌 몇 가지를 제외하고는 그라는 인물이나 내력에 대해 우리가 아는 바는 없었다.

어느 어두운 겨울밤, 9시 종이 치고 조금 있다가 집주인이 우리와 자리를 같이했다. 가게에 아픈 사람이 있었다. 이웃의 대단한 지주인데 의회에 가는 길에 갑자기 뇌졸중으로 쓰러진 것이다. 이 대단한 양반보다 더 대단한 런던의 주치의에게 환자를 보러 와달라는 전보를 쳤다. 데번햄에는 얼마 전에야 철도가 새로 개통되었고, 그래서 이런 왕진이 처음이라 우리 모두 흥분한 상태였다.

"그 사람이 왔어." 집주인이 파이프를 채워 불을 붙인 후 말했다.

"그 사람이라니?" 내가 말했다. "누구? 의사가 아니고?"

"의사가 왔다니까." 주인이 말했다.

"이름이 뭐래?"

"닥터 맥팔레인." 주인이 답했다.

페츠는 세 번째 잔을 거의 비운 후 취해서 정신이 없는 상태였고, 고개를 꾸벅거리며 얼떨떨한 시선으로 주변을 바라보고 있었다. 그러던 그가 그 마지막 말에 정신을 차린 것 같더니 '맥팔레인'이란 이름을 두 번 반복해서 불렀다. 처음엔 조용히, 하지만 두 번째엔 갑자기 격한 어조가 되었다.

"그래." 집주인이 말했다. "그게 그 사람 이름이야, 닥터 울프 맥팔레인."

페츠는 곧 술에서 깨어났다. 눈을 떴고, 목소리는 크고 또렷하면서도 단호해져 있었다. 그의 언어는 힘차고 진지했다. 우리 모두는 마치 죽은 사람이 깨어난 것을 보기라도 한 것처럼 이런 변화에 놀라워했다.

"뭐라고?" 그가 말했다. "내가 잘 못 들었는데, 울프 맥팔레인이 누구라고?" 그리고 대답을 듣더니 소리쳤다. "그럴 리가 없어, 그럴 리가 없다고! 내가 그자를 직접 봐야겠어."

"아는 사람인가, 의사 양반?" 장의사가 놀라며 물었다.

"아니기를 바라지!" 그는 그렇게 대답했다. "하지만 이름이 특이해서. 그런 이름은 흔치 않지. 이봐, 주인, 그자가 늙은이던가?"

"글쎄, 젊지는 않아, 분명히. 머리도 백발이었고. 그래도 자네보단 어려 보이더군."

"그래도 나보다 나이가 많아. 몇 살 위지." 그는 손바닥으로 테이블을 치며 말했다. "내 얼굴은 럼주 때문에 이렇게 된 거야. 럼주와 죄악이 이렇게 만든 거라고. 그 친구는 아마 양심도 편하고 소화도 잘 시키나 보지. 양심이라! 나 말하는 것 좀 보게. 자네들, 내가 선량하고 점잖게 늙은 기독교신자라고 생각하는 건 아니겠지. 아니지, 난 아니야. 난 결코 신실한 신자인 척 위선을 떤 일이 없지. 하지만 볼테르가 내 처지였다면 그랬을지도 모르지. 그래도 머리는 말이야." 그는 자신의 대머리를 두드리며 말했다. "머리는 맑고 민활했다고. 난 분명 보았고, 추론 따위는 하지 않았어."

"그 의사를 안다면 자네는 그에 대한 주인의 긍정적인 의견에 동의하지 않는다는 뜻이군." 내가 상당한 침묵이 흐른 후 나서며 말했다.

페츠는 내 말을 무시했다. "그래." 그가 갑자기 결정을 내리며 말했다. "직접 대면해야겠어."

또다시 침묵이 흘렀다. 그때 2층에서 문이 급하게 닫히는 소리와 계단에서 발소리가 들려왔다.

"그 의사군." 주인이 말했다. "빨리 가면 볼 수도 있을 텐데."

그 방에서 조지네 여관 문까지는 겨우 두 발자국이었다. 넓은 참나무 계단은 거의 길거리까지 내려와 있었다. 문턱과 마지막 계단 사이에는 터키산 양탄자가 깔려 있었고 그 외에는 다른 것을 둘 만한 공간이 없었다. 하지만 그 작은 공간에는 매일 저녁 불이 밝게 켜져 있었다. 그곳은 계단 위의 조명과 간판 아래 있는 표지등뿐 아니라 술집 창문 덕분에도 따뜻하고 환하게 빛났다. 그래서 조지네 가게는 차가운 거리를 지나는 행인들에게 항상 밝은 모습을 드러내고 있었다. 페츠는 흔들림 없이 그곳을 향해 걸어갔고, 우리도 그 뒤를 따라가 두 사람이 만나는 것을, 페츠의 표현대로라면 대면하는 것을 보았다. 닥터 맥팔레인은 민첩하고 활기차 보였다. 활동적인 용모였지만 백발 때문에 창백하고 차분해 보였다. 그는 최고급 모직과 순백색 리넨 옷을 입고 있었고 값비싼 금시곗줄과 단

추, 그리고 역시 금으로 된 안경을 착용하고 있었다. 넓게 접은 넥타이는 흰색 바탕에 라일락 빛깔 점이 찍힌 것이었다. 팔에는 넉넉한 모피 코트가 걸쳐져 있었다. 누가 보아도 그는 전성기를 맞아 부와 존경을 거머쥔 사람이었다. 그래서 대머리에 지저분한 여드름투성이인 데다 낡은 망토를 걸친 우리의 술고래가 계단 아래에 서서 그 의사와 마주하는 모습은 정말이지 극명하게 대조되었다.

"맥팔레인." 그가 큰 소리로 불렀다. 친구라기보다는 무슨 전령 같은 태도였다.

그 저명한 의사는 네 번째 계단에서 멈춰 섰다. 격식을 갖추지 않고 친숙하게 부르는 소리에 놀라기도 하고 다소 체면이 구겨진 듯 느끼는 것 같았다.

"토디 맥팔레인." 페츠가 다시 불렀다.

그 런던의 의사는 거의 휘청거리다시피 했다. 그는 몇 초 동안 자기 앞에 선 사람을 뚫어지게 바라보았다. 약간 겁먹은 듯 그의 뒤도 흘긋 보고는, 충격받은 목소리로 낮게 말했다. "페츠! 자네군!"

"그래." 페츠가 말했다. "나야. 자네도 내가 죽은 줄 알았나? 우리 인연이 그리 쉬이 끊어지지는 않는군."

"쉿! 쉿!" 의사가 말했다. "전혀 예상치 못했던 만남이군. 자네 사정이 힘들어 보여서 처음엔 자네인지 몰랐다네. 하지만 반갑군. 이렇게 만나다니 정말 반가워. 그런데 지금은 '잘 있었나.' 하고는 금방 '잘 있게.' 해야겠어. 내 마차가 기다리고 있어서 말이야. 기차도 놓쳐서는 안 되고. 그렇지만 자네가, 음, 어떡하면 좋을까, 그래, 자네 주소를 주게. 그럼 가능한 한 빨리 내가 소식을 주겠네. 우리가 자넬 위해 뭔가 해야겠군, 페츠. 궁색해 보여. 하지만 어떻게든 해보세. 옛 우정을 위해서 말이야. 우리가 저녁을 먹으며 우정을 노래했던 때처럼."

"돈!" 페츠가 소리를 질렀다. "자네의 돈! 내가 그날 자네에게 받은 돈은 그 빗속에 던져버렸다고."

우월감과 자신감을 가지고 말했던 닥터 맥팔레인은 의외로 강한 거절에 부닥치자 처음에 그랬던 것처럼 다시 혼란스러워했다. 거의 공경할 만한 그의 얼굴에 무시무시하고 불쾌한 표정이 나타났다가 사라졌다. "여보게, 친구." 그가 말했다. "자네 좋을 대로 하게. 내가 나중에 한 말이 자네에게 상처를 주었나 보군. 나는 누구에게도 강요는 하지 않네. 내 주소를 주고 가지. 하지만…."

"필요 없어. 난 자네가 어디 사는지 알고 싶지 않다고." 페츠가 그의 말을 중단시켰다. "이름을 듣고는 자네일지도 모른다고 생각했어. 나는 정말 신이 존재하는지 알고 싶었을 뿐이야. 그리고 이제 신은 존재하지 않는다는 걸 분명히 확인했네. 가버려!"

페츠는 여전히 양탄자 한가운데에 서 있었다. 계단과 출입구 사이였다. 그 유명한 런던의 의사는 나가려면 한쪽으로 비켜서서 가야만 했다. 의사는 그런 굴욕을 생각하며 망설이는 눈치였다. 그는 창백해졌고 안경 속에서는 겁에 질린 눈이 빛났다. 어떻게 할지 몰라 그가 여전히 우물쭈물하는 동안 그 기이한 광경에 마부가 거리에서 안을 들여다보았다. 그리고 술집 구석에 모여 있던 우리 무리도 동시에 그의 눈에 들어왔다. 보는 사람들이 너무 많아지자 닥터 맥팔레인은 달아나기로 마음먹었다. 그는 몸을 웅크리고 벽에 등을 기댄 채 마치 뱀처럼 문을 향해 달려갔다. 그러나 그의 고난은 아직 완전히 끝난 것이 아니었다. 지나가는 그의 팔을 페츠가 붙잡았다. 그리고 나지막이 말했지만 고통스러울 만큼 또렷하게 들렸다. "그를 다시 본 적 있나?"

그 유명하고 돈 많은 의사는 목이 죄이는 듯 날카롭고 큰 소리로 비명을 질렀다. 그는 페츠를 밀쳐 내며 두 손으로 머리를 감싸 안은 채 마치 도둑질이라도 하다 들킨 사람처럼 문 밖으로 뛰쳐나가 버렸다. 우리 중 누가 어떻게 해볼 여유도 없이 마차는 이미 역을 향해 덜커덩거리며 굴러가고 있었다. 그 광경은 마치 꿈처럼 끝이 났다. 하지만 그 꿈은 지나간 자국과 증거를 남겼다. 다음 날 하인이 문지방에서 깨지고 부러진 고급 금테 안경을 발견한 것이다. 그리고 그날 저녁 우리 모두가 술집 창가에서 숨을 죽이고 서 있지 않았던가? 페츠도 우리 옆에서 술에 취하지 않은 모습으로 창백하고 굳은 표정으로 서 있지 않았던가?

"신의 가호가 있기를! 페츠!" 주인이 제일 먼저 정신을 차리고 말했다. "대체 이게 모두 무슨 일인가? 자네 계속 이상한 말만 하더군."

페츠는 우리를 향해 돌아섰다. 그는 한 사람 한 사람 차례로 우리 얼굴을 보더니 말했다. "어디 자네들이 비밀을 지킬 수 있는지 보자고. 그자는, 맥팔레인은, 배신하기에는 위험한 인물이야. 그의 뜻을 거슬렀던 사람들은 모두 후회했지만 이미 너무 늦은 후였지."

그리고 별다른 말 없이 세 번째 잔을 비운 후 남은 두 잔을 기다리지 않고 우리에게 작별 인사를 하더니 여관 등불 아래를 지나 검은 밤 속으로 사라졌다.

우리 세 사람은 작은 방 각자의 자리에 앉았다. 붉은 불이 환하게 지펴져 있었고 밝은 촛불 네 개도 켜져 있었다. 우리는 조금 전에 일어난 일을 다시 정리해 보았고, 처음의 놀라운 충격은 곧 반짝이는 호기심으로 바뀌었다. 우리는 늦게까지 앉아 있었다. 내가 아는 한 조지네 가게에서 가장 늦게까지 진행된 모임이었다. 우리는 가기 전에 각자 나름대로 이론을 만들고 또 증명해 보려 애썼다. 우리의 모욕당한 친구의 과거를 추적하고 그가 런던의 의사와 공유하고 있는 비밀을 알아내는 일보다 더 중요한 것은 우리 중 누구에게도 있을 수 없었다. 큰 자랑은 아니지만 나는 내가 조지네 가게의 다른 친구들보다는 이야기를 캐내는 솜씨가 낫다고 믿는다. 그래서 아마도 이 구역질 나고 불가사의한 사건을 들려줄 수 있는 사람은 내가 유일하지 않나 싶다.

젊은 시절 페츠는 에든버러에서 의학을 공부했다. 그는 일단 한 번 들으면 빨리 익히고 쉽게 자기 것으로 소화하는 재능이 있었다. 그는 집에서는 그다지 열심히 공부하지 않았다. 하지만 스승들 앞에서는 공손하고 지적이었으며 주의 깊게 강의를 들었다. 곧 교수들은 그를 성실하고 기억력 좋은 학생으로 인정했다. 처음 들었을 땐 나도 이상하게 생각했지만, 당시 그는 외모 또한 반듯하여 모두가 그를 좋아하고 마음에 들어 했다. 그 시기에 외부에서 초빙한 해부학 강사가 있었는데, 나는 그를 K라고 부르겠다. 그 이름은 훗날 매우 유명해진다. K는 후에 변장을 하고 에든버러 거리를 숨어 다니는 신세가 되고, 군중들은 버크의 처형에 환호하며 버크 일당을 고용했던 그 강사의 피도 소리쳐 요구했다.* 하지만 이 이야기 당시의 K는 인기 절정에 있었다. 그는 자신의 재능과 훌륭한 강의, 그리고 경쟁자인 대학교수의 무능력 덕분에 평판이 좋았다. 어쨌든 학생들은 그의 이름을 신뢰했고, 페츠가 이 혜성처럼 유명한 사람의 총애를 얻게 되자 페츠 자신뿐 아니라 다른 이들도 그가 성공이 보장된 길을 가게 될 거라 믿었다. K는 뛰어난 선생이었고, 유쾌한 친구이기도 했다. 그는 철저한 해부 준비뿐 아니라 은밀한 암시도 좋아했다. 페츠는 그 두 가지 능력 모두에서 그의 인정을 받았고 그럴 만한 자격도 있었다. 두 번째 해에 페츠는 강의실의 시범 부조교가 되어 파트타임으로 일하게 되었다.

부조교 자격으로 그는 계단강의실과 교실을 관장했다. 시설의 청결과 다른 학생들의 활동에 책임을 져야 했고, 해부용 시체를 공급하고 받고 나누는 것도 그가 해야 할 일이었다. 그 마지막 의무——당시 그것은 매우 세심한 주의가 필요했는

---

* 버크와 해어, 19세기 스코틀랜드의 2인조 시체 도둑. 연쇄 살인범이자 해부학 강사였던 녹스가 그 시체를 주로 샀다고 한다.

데——를 위해 그는 K와 같은 골목에, 그리고 결국은 해부실이 있는 같은 건물에 함께 거주하게 되었다. 한바탕 요란하게 쾌락을 즐기며 하룻밤을 보내고 나면 그의 손은 떨렸고 눈앞도 여전히 흐릿하고 혼란스러웠다. 하지만 겨울 새벽이 채 오기도 전인 깜깜한 시각, 해부 테이블에 물품을 공급하는 불결하고 치사한 무허가 영업자들이 오면 그는 다시 침대에서 일어나야 했다. 그리고 훗날 이 땅에서 악명을 떨치게 될 그 인간들에게 문을 열어주곤 했다. 페츠는 그들을 도와 비극적인 짐을 들여놓은 다음 불결한 대가를 지불하고, 그들이 떠나면 다시금 의지할 곳 없는 인간 유골과 홀로 남게 되었다. 그러고 나면 다시 한두 시간 잠을 낚아채어 힘들었던 밤의 일과를 보상하고 다음 날의 노동을 위해 기운을 보충하곤 했다.

죽음의 깃발 아래로 들어가 버린 삶의 흔적을 보고도 그렇게 무감각할 수 있는 사람은 드물 것이다. 그의 마음은 아무것도 고려하지 않았다. 그에게는 다른 사람의 운명이나 숙명에 관심을 둘 여유가 없었다. 그는 자신의 욕망과 저속한 야심의 노예였다. 차갑고 가볍고 이기적인 그도 어느 정도는 신중한 면모가 있어서 불편해질 정도로 술에 취한다거나 벌 받을 도둑질은 하지 않았는데, 사람들은 그것을 그의 도덕성으로 잘못 알고 있었다. 그는 스승과 동료들의 존경을 갈망했으며, 삶의 외형적인 면에서 두드러지는 실패 따위는 하고 싶지 않아 했다. 따라서 그는 연구에서 뛰어난 성과를 얻는 것에서, 그리고 매일 자신을 써준 K에게 빈틈없는 도움을 제공하는 일에서 기쁨을 얻었다. 그는 낮에는 열심히 일했고, 밤에는 천박한 즐거움으로 떠들썩하게 놀며 보상받았다. 그리고 그 낮과 밤을 저울질해 본 후 균형이 맞으면 그가 양심이라 부르는 기관에서 만족을 선언했다.

시체 공급은 그에게도 스승에게도 계속 골칫거리였다. 크고 학생이 많은 강의에서 해부학 자료는 계속 소진되기 일쑤였다. 그래서 필연적일 수밖에 없었던 이 거래는 그 자체로 불쾌할 뿐 아니라 관련된 모든 사람들에게도 위험한 결과를 초래할 수 있었다. K에게는 규칙이 있었으니 ─ 거래를 할 때는 질문을 하지 말라는 것이었다. "그쪽은 시체를 가져오고, 우리는 값만 지불하면 되는 거야." K는 '오는 것이 있으면 가는 것이 있다.'라는 표현을 강조해서 쓰며 말했다. 그러고는 다시금 다소 속되게 조교들에게 말하곤 했다. "질문은 하지 말게, 양심을 위해서라도." 하지만 해부용 시체들이 살인이란 범죄를 통해 공급되었다는 공감은 형성되어 있지 않았다. 그런 생각을 K에게 말로 꺼냈더라면 그는 아마도 공포에 질려 뒷걸음질 쳤을 것이다. 그러나 그렇게 무거운 문제에 대해서도 K는 가볍게 얘기했기 때문에 그 자체만으로도 바람직한 태도와는 반대되는 것이었고, 그것이 함께 거래하는 이들에겐 유혹이 되었다. 페츠만 해도 종종 시체가 기이할 정도로 신선하다는 것을 알아차렸다. 그리고 날이 밝기 전에 찾아오는 그 깡패 같은 인간들의 비열하고 가증스러운 모습에 매번 충격을 받고 또 받곤 했다. 그가 혼자서 상황을 종합해 보며 스승의 단순하고 직설적인 조언에 너무 지나치게 비도덕적이고 단정적인 의미를 부여했던 것인지도 몰랐다. 페츠는 자신의 임무를 간단히 세 가지로 이해했다. 즉 가져온 것을 받고, 돈을 지불하고, 범죄의 증거가 있더라도 눈길을 주지 말라는 것이었다.

11월의 어느 날 아침, 이 침묵의 규칙이 엄한 시험에 들게 되었다. 그는 지독한 치통으로 밤새 깨어 있었다. 우리에 갇힌 짐승처럼 방 안을 서성였고 분노 속에 침대 위로 몸을 던지기도 했다. 그러다 고통스러운 밤이면 자주 그렇듯 깊고 불편한 잠에 빠져 들었는데, 그 인간들이 성질을 부리며 약속한 신호를 서너 번 되풀이하는 것을 듣고 간신히 잠에서 깼다. 가녀린 달빛이 밝게 빛나고 있었지만, 쓰라리게 추운 날씨에 바람이 불고 서리도 내리고 있었다. 마을은 아직 깨어나지 않았지만 형용하기 어려운 어떤 움직임이 곧 밝을 날의 소란과 바쁜 움직임을 미리 알리고 있었다. 도굴꾼들은 평소보다 늦게 왔고 유달리 일찍 떠나고 싶어 안달하는 것처럼 보였다. 페츠는 잠에 취한 채 불을 밝히고 그들을 위층으로 안내했다. 그자들이 아일랜드어로 뭐라고 투덜거리는 것을 꿈결에 들었다. 그자들이 자기네 슬픈 상품에서 자루를 벗겨 내는 동안 페츠는 졸음에 젖어 벽에 어깨를 기대고 있었다. 그들에게 돈을 찾아주기 위해서는 자기 몸을 흔들어야 할 지경이었다. 그 와중에 죽은 사람의 얼굴에 우연히 시선이 갔는데, 그는 소스라쳐 놀라고 말았다. 그는 촛불을 들어 올리고 두어 발자국 가까이 다가갔다.

"하느님 맙소사! 이건 제인 갤브레이스잖아!"

사내들은 아무 대답도 하지 않았다. 그러나 그들은 발을 질질 끌며 문 쪽으로 물러섰다.

"내가 아는 여자야." 페츠는 말을 계속했다. "어제까지만 해도 살아 있었고 건강했다고. 그런 여자가 죽는다는 건 불가능해. 당신들은 정당하게 이 시체를 얻었을 리가 없어."

"확실한 거요. 선생이 완전히 잘못 안 겁니다." 사내들 중 하나가 말했다.

하지만 다른 사내는 어두운 눈길로 페츠를 바라보더니 그 자리에서 돈을 요구했다.

위협은 너무나도 확실했고 위험도 과장된 것이 아니었다. 심장이 멎는 것 같았다. 그는 변명을 중얼거리며 돈을 세었고, 가증스러운 방문자들이 떠나는 것을 보았다. 사내들이 가자마자 페츠는 서둘러 자신의 의혹을 확인해 보았다. 열 가지도 넘는 분명한 특징들을 보며, 바로 전날 자신이 희롱했던 아가씨임을 알 수 있었다. 그는 공포에 질린 채, 그녀의 몸에서 폭력의 흔적일지도 모르는 자국들을 보았다. 공황 상태가 된 그는 자기 방에 숨어 오랫동안 자신이 발견한 사실에 대해 깊이 생각해 보았다. 그리고 K가 내린 지시 사항의 취지와, 이렇게 심각한 문제에 자신이 끼어듦으로써 처할 위험에 대해서도 냉정히 고려해 보았다. 그리고 마지막으로, 이 견디기 힘든 혼란 속에서 자기보다 바로 위 직급 조교의 조언을 들어보기로 마음먹었다.

그는 울프 맥팔레인이란 이름의 젊은 의사로, 모든 저돌적인 학생들에게 상당한 인기를 얻고 있었다. 똑똑하지만 방탕했으며 극도로 사악한 사람이었다. 외국을 여행하고 유학 생활도 했다. 성격은 쾌활하고 조금 직선적이었다. 무대 공연의 권위자였으며 얼음이나 링크에서 타는 스케이트 실력도 뛰어났고 골프도 잘 쳤다. 옷도 적당히 대담하게 입었으며, 자신의 성공에 대한 과시로 마차와 튼튼하고 빠른 말도 한 필 가지고 있었다. 페츠와는 가깝게 지내는 사이였다. 실제로 그들과 같은 관계에 있다 보면 생활공동체가 이루어지기 마련이었다. 시체가 부족하면 두 사람은 맥팔레인의 마차를 타고 시골로 나갔고, 외떨어진 묘지를 찾아 무덤을 모독한 후 새벽이 되기 전에 전리품을 가지고 해부실로 돌아오곤 했다.

그날 아침, 맥팔레인은 평소보다 좀 일찍 도착했다. 페츠는 그가 들어오는 소리를 듣고 계단으로 내려가 그를 만났고, 이야기를 들려준 후 자신이 놀란 원인을 보여 주었다. 맥팔레인은 타박에 의한 상처들을 살펴보았다.

"그래." 그가 고개를 끄덕이며 말했다. "수상해 보이는군."

"어떻게 하죠?" 페츠가 물었다.

"어떻게 하다니?" 그가 되물었다. "뭘 하겠다는 건가? 말이 적어야 화근도 적은 법이야."

"이 여자를 알아보는 사람이 또 있을 수도 있어요." 페츠가 반대했다. "캐슬록에서는 잘 알려진 여자예요."

"그러지 않길 바라야지. 그리고 혹 누가 알아보더라도, 음, 자네는 이 여자가 누군지 모르는 거야, 알겠나. 그리고 그걸로 끝이야. 사실 이 일은 너무 오래 계속되었어. 이 진흙탕을 휘저으면 K가 사악한 구렁텅이에 빠지게 돼. 자네 역시 궁지에 빠지게 되는 거야. 나도 마찬가지고. 우리가 기독교 증언대에서 어떻게 보일지, 도대체 무슨 말로 우릴 변명해야 할지 모르겠군. 내가 생각할 때 하나 확실한 건, 실질적으로 우리 시체들은 모두 살해됐다는 거지."

"맥팔레인!" 페츠가 소리쳤다.

"솔직히 말해 봐!" 그가 비웃었다. "전혀 의심하지 않았다는 건가?"

"의심과…."

"증거는 다르다고. 그래, 나도 알아. 자네와 '이것'이 이렇게 만나서 유감이군." 지팡이로 시체를 툭툭 치며 그가 말했다. "내가 생각할 때 차선책은 이걸 알아보지 못하는 척하는 거야." 그가 냉정하게 덧붙였다. "그리고 나는 누군지 모르겠군. 자네는 원하는 대로 하게. 이래라저래라 하지 않겠어. 하지만 세상 사람들은 다 나처럼 처신할 걸세. 그리고 K가 우리에게 바란 도움도 그런 것이라 생각하네. 문제는 왜 그가 우리 두 사람을 조교로 뽑았는가 하는 거야. 그리고 내 대답은 참견하고 잔소리해 대는 늙은 마누라 같은 인간들이 싫었으니까이고."

이런 논조는 페츠 같은 사람의 마음에는 큰 영향을 주는 것이었다. 그는 맥팔레인을 따르기로 동의했다. 불쌍한 여자의 시체는 당연히 해부가 되었고, 아무도 그녀를 안다고 말하지도, 아는 것처럼 행동하지도 않았다.

어느 날 오후, 하루 일과가 끝나고 페츠는 값싼 선술집에 들렀다가 거기서 맥팔레인이 낯선 사람과 앉아 있는 것을 보았다. 작은 체구의 창백한 남자였는데 차갑고 검은 눈매가 어두운 분위기를 풍겼다. 그의 용모는 지적이고 세련되어 보였지만 태도에서는 그것이 제대로 드러나지 않았다. 그는 가까운 지인에게도 거칠고 상스럽고 어리석다는 평판을 받고 있었다. 그런데 그는 맥팔레인에게 상당한 영향력을 행사하고 있었다. 마치 폭군처럼 명령을 내렸고 조금이라도 토를 달거나 늦어지면 불같이 화를 냈다. 그리고 무례하게 맥팔레인의 비굴함을 언급했다. 이렇게 극도로 공격적인 사람인 그가 그 자리에서 페츠를 마음에 들어 하며 술을 권했고, 페츠의 과거에 대해 유별난 자신감을 심어주었다. 그가 고백한 내용의 십분의 일만 사실이라 해도 그는 정말 추악한 악당일 게 분명했다. 그 방면에 아주 경험 많은 사람의 관심이 페츠의 허영심을 불러일으켰던 것이다.

"나 역시 상당히 나쁜 놈이지." 그 사람이 말했다. "하지만 맥팔레인이야말로 그런 놈이야. 토디 맥팔레인, 난 그렇게 부른다네. 이봐, 토디, 자네 친구에게 술 한 잔 더 시켜줘." 아니면, "토디, 벌떡 일어나서 저 문 좀 닫고 와." "토디는 날 미워하지." "그럼, 토디, 너 날 미워하잖아." 이런 식이었다.

"그렇게 모욕적인 이름*으로 날 부르지 마시오." 맥팔레인이 으르렁거렸다.

"저 친구 말하는 것 좀 보게! 저 친구가 칼 다루는 걸 봤나? 아마 내 몸 위에서 휘둘러 보고 싶을걸." 그 사내가 말했다.

"우리 의사들에겐 더 나은 방법이 있죠." 페츠가 말했다. "싫은 친구가 있으면 해부를 해버리면 되거든요."

---

* 토디(toddy)는 스코틀랜드에서 여우, 교활한 인간이란 의미이다.

맥팔레인이 갑자기 고개를 들어 그를 쳐다보았다. 마치 그런 농담은 전혀 생각지도 못했다는 듯이.

오후가 흘러갔다. 그레이가 —— 그 사내의 이름이었다. —— 페츠에게 저녁을 함께 먹자며 호화스러운 연회 음식을 주문했고, 선술집은 그 준비에 한바탕 소란을 떨었다. 저녁을 다 먹고 나자 그는 맥팔레인에게 계산을 하라고 명령했다. 그들이 헤어진 것은 늦은 밤이었다. 그레이라는 사내는 형편없이 취한 상태였다. 맥팔레인은 화가 나서 술이 다 깨어 있었으며, 억지로 낭비하고 만 돈의 목적과 자신이 삼키고 참아야 했던 굴욕에 대해 곱씹어 생각했다. 이런저런 술들이 머릿속에서 노래를 부르고 있어서 페츠는 비틀거리는 발걸음과 멍해진 정신으로 집에 돌아왔다. 다음 날 맥팔레인은 강의에 들어오지 않았다. 페츠는 맥팔레인이 도저히 참아줄 수 없는 그레이의 비위를 맞춰가며 아직도 이 술집 저 술집 다니고 있을 것을 상상하곤 혼자 미소 지었다. 쉬는 시간이 되자마자 그는 전날 밤 함께 있었던 두 사람을 찾으러 여기저기를 돌아다녔다. 하지만 어디에서도 그들을 찾을 수 없었고, 페츠는 일찍 돌아와 잠자리에 들었으며 아주 깊은 잠을 잤다.

새벽 4시, 그는 익숙한 신호에 잠에서 깼다. 문으로 내려간 그는 맥팔레인이 혼자 자기 마차와 함께 서 있는 것을 보고 매우 놀랐다. 마차 안에는 늘 봐서 너무나도 익숙한 기다랗고 소름 끼치는 꾸러미가 있었다.

"뭐예요?" 그가 소리 질렀다. "아니, 혼자 다녀왔어요? 어떻게 혼자 해냈어요?"

그러나 맥팔레인은 거칠게 페츠의 말을 중단시키며 할 일이나 하라고 지시했다. 두 사람은 시체를 위층으로 옮겨 테이블 위에 올려놓았다. 맥팔레인은 처음에는 그냥 가버릴 것처럼 동작을 취하다가 잠시 멈추었는데 뭔가 망설이는 눈치였다. 그러더니 "얼굴을 보는 게 좋을 거야." 하고 거북한 어조로 말했다. 페츠가 놀라 바라보기만 하자 다시 되풀이해 말했다. "보라니까."

"아니, 어디서 어떻게 언제 손에 넣은 거예요?" 페츠가 소리쳤다.

"얼굴을 봐." 그게 대답의 전부였다.

페츠는 당황스러웠다. 갑자기 이상한 의심이 엄습했다. 그는 이 젊은 의사를 바라보다 시체로 시선을 옮겼고, 그리고 다시 의사를 바라보았다. 마침내 머리를 스쳐간 생각에 페츠는 움찔하며 그가 시키는 대로 했다. 눈앞에 펼쳐진 장면은 그가 거의 예측했던 것이었지만 그래도 충격은 잔인했다. 고기를 잔뜩 먹고 방탕하게 놀던, 헤어질 때 근사한 옷차림이었던 사내가 거친 삼베 자루 위에 사후경직으로 굳어진 채 알몸으로 누워 있는 것을 보니 인정 없는 페츠조차 양심의 공포가 깨어남을 느꼈다. '내일은 네 차례'라는 묘비명이 머릿속에 울려 퍼졌다. 그가 아는 사람이 둘이나 이 차가운 테이블 위에 누워 있게 되다니. 하지만 그 생각도 부차적인 것이었다. 우선 걱정스러운 것은 울프였다. 이렇게 심상치 않은 시련은 예상하지 못한 그는 동료의 얼굴을 어떻게 쳐다봐야 할지 몰랐다. 감히 그와 눈을 마주칠 수도 없었고, 그의 지시에 어떤 말도, 소리도 나오지 않았다.

먼저 동작을 취한 것은 맥팔레인이었다. 그가 조용히 뒤로 오더니 부드럽게, 그러면서도 힘을 주어 페츠의 어깨에 손을 올리고는 말했다.

"리처드슨에게 머리를 주게."

리처드슨은 이전부터 인간의 머리 부분을 해부하고 싶어 안달이 난 학생이었다. 대답이 없자 살인자는 말을 이었다. "일 얘기로 돌아와서, 돈은 지불해 줘야지. 장부에 기록 꼭 하고."

"돈을 달라고! 저걸 가져와서는 돈을 달라고?" 페츠가 입을 열었다. 목소리가 유령 같았다.

"그래, 당연히 돈을 지불해 줘야지. 그럼, 어느 모로 보나 돈을 줘야 맞는 이야기지." 맥팔레인이 대꾸했다. "내가 이걸 그냥 내주는 것은 말도 안돼. 자네가 그냥 받는 것도 당치 않고. 돈이 오고 가야 타협이 되겠지. 이 일도 제인 갤브레이스와 마찬가지 경우야. 그릇된 일일수록 우리는 더욱 옳은 일인 듯이 행동해야 해. K가 돈을 두는 곳이 어디야?"

"저기요." 구석에 있는 찬장을 가리키며 페츠가 퉁명스럽게 대답했다.

"열쇠를 주게." 그는 손을 내밀며 침착하게 말했다.

잠깐 망설였지만 주사위는 이미 던져졌다. 맥팔레인은 손가락으로 열쇠를 만지작거렸고, 경련을 일으키는 신경을 억누르지 못했다. 극히 미미한 표시이긴 했지만 크게 안도한 것이다. 그가 찬장을 열고 그중 한 칸에 있던 펜과 잉크, 장부를 꺼냈고 서랍에 있던 돈에서 적당한 액수를 집어 들었다.

"자, 이걸 보라고." 그가 말했다. "이제 돈은 지불된 거야. 자네의 신조가 훌륭하다는 첫 번째 증거지. 자네의 안전을 위한 첫 조치이기도 하고. 이제 자네가 동의하는 걸로 마무리 지어야 하네. 지불 내역을 장부에 적게. 그런 후에는 자네 편에서 악마를 무시해도 좋아."

이어진 짧은 순간, 페츠는 몹시 고민했다. 하지만 여러 두려움을 저울질하는 가운데 가장 급한 두려움이 승리하였다. 지금 당장 맥팔레인과 논쟁하는 것을 피할 수만 있다면 미래의 어려움 따위는 아무래도 좋았다. 그는 그때까지 계속 들고 있던 촛불을 내려놓고 침착하게 날짜와 내용, 그리고 거래한 액수를 적었다.

"자 이제, 자네도 주머니에 이득을 좀 챙겨야 공평한 것 아니겠어. 난 이미 내 몫을 가졌고. 그런데 말이지 세상을 잘 아는 사람이 운이 좋아 주머니에 여윳돈이 좀 들어오면, 말하기 부끄럽지만, 행동 규범이란 게 있어. 한턱을 내지 않는다, 비싼 교과서를 사지 않는다, 채무를 갚지 않는다, 그리고 빌려라, 빌려주지 말고." 맥팔레인이 말했다.

"맥팔레인." 페츠가 입을 열었다. 여전히 목소리는 퉁명스러웠다. "난 당신을 보호해 주기 위해 교수형을 당할 위험도 불사하고 있어요."

"나를 보호해 준다고?" 울프가 소리쳤다. "세상에! 내가 보기에 이 모든 건 순전히 자네 자신을 보호하기 위한 행동이야. 내가 걸렸다고 생각해 보자고. 그럼 자네는 어떻게 되나?

이 두 번째 작은 사건은 분명히 첫 번째 사건과 연결되지. 그레이 씨는 갤브레이스 양의 연속이라고. 일단 시작했으면 멈출 수 없어. 시작을 했으면 계속 다시 시작하는 일뿐이야. 그게 진실이야. 악마에게 휴식은 없어."

무서우리만치 음울한 느낌과 운명의 배반이 불행한 학생의 영혼을 쥐고 흔들었다.

"세상에!" 그가 울부짖었다. "내가 뭘 했고, 내가 언제 뭘 시작했는데요? 조교가 된 것이 ─ 말이야 바른 말이지, 무슨 잘못이에요? 노력으로 자리를 원했고, 노력해서 그 자리에 왔을 뿐인데. 조교라고 다 지금 나처럼 되겠어요?"

"이 친구야." 맥팔레인이 말했다. "자네 어린애로구먼! 도대체 자네가 뭐가 잘못됐다는 거야? 자네가 입을 다문다 해서 뭐가 잘못될 수 있는데? 이봐, 인생이 뭔지나 알아? 이 세상엔 두 종류의 사람들이 있어. 사자와 양이지. 자네가 양이라면 그레이나 제인 갤브레이스처럼 이 테이블 위에 눕게 될 거야. 그리고 자네가 사자라면 살아서 나처럼, 그리고 K처럼 말을 몰겠지. 기지와 용기가 있는 세상 사람들 모두처럼 말이야. 처음에 자네는 흔들렸어. 하지만 K를 보게! 이 친구야, 자넨 똑똑하고 배짱도 있어. 난 자네가 마음에 들어. K도 자네를 좋아하지. 자넨 사냥에 앞장설 인재로 태어났어. 내 명예와 인생 경험을 걸고 말하지. 자네는 앞으로 사흘만 지나면 고등학교 아이가 익살극을 보고 웃듯 그렇게 이 허수아비들을 생각하며 웃게 될 걸세."

맥팔레인은 그렇게 말하고는 일어나 마차를 몰고 골목길을 떠나 해가 밝기 전에 안전한 곳으로 피했다. 페츠는 후회와 함께 홀로 남았다. 그는 자신이 아주 딱한 위험에 연루되었음을 알았다. 그는 말로 형언할 수 없는 괴로움 속에서 자신이 한없이 약하다는 것을, 거듭 양보하다 맥팔레인의 운명을 결정하는 입장에서 돈을 받아 챙긴 속수무책의 공범으로 전락해 버렸다는 것을 깨달았다. 그때 조금이라도 더 용감해질 수만 있었다면 온 세상이라도 다 주었을 것이다. 그러나 그는 지금도 용감해질 수 있다는 생각은 들지 않았다. 제인 갤브레이스의 비밀과 장부의 저주받은 항목이 그의 입을 막아버린 것이다.

몇 시간이 흘렀고 수업 시간이 되었다. 불행한 그레이의 신체 부분들이 이리저리 분배되었지만 아무런 언급도 나오지 않았다. 리처드슨은 머리를 받아 들고 행복해했다. 쉬는 시간 종이 울리기 전, 페츠는 그들이 거의 안전하다는 것을 깨닫고 희열로 몸을 떨었다. 다음 이틀 동안 거짓이 감춰지는 무시무시한 과정을 지켜보며 그의 기쁨은 커져 갔다. 사흘째 되는 날 맥팔레인이 나타났다. 그는 그동안 아팠다고 말했다. 하지만 기운이 넘치는 모습으로 학생들을 지도하며 결강한 부분을 보충했다. 특히 리처드슨에게 그는 매우 유용한 도움과 조언을 제공했고, 그 학생은 조교의 칭찬에 용기를 얻어 야심찬 희망으로 불탔으며 벌써 훈장이라도 쥔 것 같았다.

그 주가 끝나기 전 맥팔레인의 예언은 맞아떨어졌다. 페츠는 공포에서 벗어났고 굴욕은 잊어버렸다. 그는 자신의 용기가 자랑스럽게 여겨지기 시작했고, 이야기를 마음속으로 다시 조작하여 그 사건들을 되돌아볼 때 불건전한 자만심까지 느낄 수 있게 되었다. 그는 공범을 자주 보지는 못했다. 물론 그들은 강의 때문에 만나긴 했다. K로부터 지시를 함께 받았고, 때로는 사적으로 한두 마디 이야기를 나누기도 했는데, 맥팔레인은 한결같이 친절했고 유쾌했다. 그러나 그가 그들의 비밀에 대한 언급을 피하는 것은 분명했다. 페츠가 자신은 맹세코 양이 되길 거부하며 사자가 되는 운명을 택하겠노라 낮게 얘기했을 때조차도 그는 미소를 지으며 침묵을 지키라는 표시를 해 보였을 뿐이다.

마침내 이 두 사람을 다시 한 번 가깝게 엮어주는 일이 일어났다. K는 또 시체가 부족했다. 학생들은 열정적이었고, 그의 강사로서의 명성은 해부할 시체를 공급하는 능력에도 있었다. 때마침 글렌코르스의 시골 묘지에서 매장이 있었다는 소식이 들렸다. 세월이 흘렀지만 그곳은 거의 변하지 않았다. 예나 지금이나 묘지는 인가로부터 멀리 떨어진 네거리에 있었고, 삼나무 여섯 그루에서 떨어진 낙엽이 족히 한 길은 됨직한 깊이로 쌓여 있었다. 근처 언덕에서는 양 떼들의 울음소리가 들렸고, 양쪽으로는 작은 개울이 흐르고 있었다. 한 개울에서는 자갈돌 사이를 지나는 물소리가 요란했고, 다른 한 쪽에서는 물이 여러 개의 웅덩이를 이루며 은밀히 떨어지고 있었다. 산에는 꽃을 피운 오래된 밤나무들 사이로 바람이 휘젓고 있었고, 일주일에 한 번씩 오로지 종소리와 성가대 지휘자의 오랜 가락만이 시골 교회 주변의 침묵을 깨곤 했다. '부활시키는 사람'이 —— 시체 도굴꾼을 당시엔 그렇게 불렀다.——관습적 종교의 신성함에 겁을 먹고 그만둘 수는 없는 일이었다. 옛 무덤들의 성서와 트럼펫을, 참배자와 애도하는 사람들의 발걸음으로 다져진 오솔길을, 무덤 앞에 바쳐진 물건들과 잃어버린 사랑을 말하는 묘비명을 모두 무시하고 모독해야 하는 것이 시체 도굴꾼의 일이었다. 시골 사람들에게 사랑은 보통의 경우보다 훨씬 끈끈했고, 혈연과 우정의 결합이 그 교구 사회 전체를 하나로 묶고 있었다. 시체 도둑들은 이를 자연스럽게 존중하고 물러서는 것이 아니라 오히려 일이 더 손쉽고 안전하다 생각하여 시골로 몰렸다. 전혀 다른 행복한 부활을 기대하며 흙 속에 누인 시신들에게 다가온 것은, 등불 아래 조급한 삽질과 곡괭이질로 두려움에 떨며 무덤을 파헤치는 도굴꾼들이었다. 관이 열어젖혀지고 수의가 찢겨진 후, 우울한 시체는 자루에 담긴 채 달도 없는 샛길을 몇 시간이고 흔들리며 달려야 했고, 결국 입을 벌리고 바라보는 학생들 앞에서 더할 수 없는 굴욕적인 모습을 드러내야 했다.

두 마리의 독수리가 죽어가는 양을 덮치듯이, 페츠와 맥팔레인은 그 녹색의 조용한 묘지에서 무덤 하나를 파헤칠 참이었다. 농부의 아내로 60년을 살아온 여인이었다. 좋은 버터를 만들고 경건한 대화를 나누며 살았을 뿐인 한 여인이 한밤중에 무덤에서 끌어내어져 발가벗겨진 시신의 모습으로, 일요일이면 가장 좋은 옷을 입고 방문하곤 하던 먼 도시로 옮겨지게 된 것이다. 그녀의 가족들 옆 자리는 이제 최후의 심판일까지 비어 있을 것이다. 그리고 나면 그녀의 순진하고 거의 존경스럽기까지 한 사지는 해부학도들의 호기심 앞에 모습을 드러내게 되는 것이다.

어느 늦은 오후, 두 사람은 망토로 몸을 잘 감추고 독한 술 한 병을 챙겨 길을 떠났다. 쉬지 않고 비가 내렸다. 차갑고 빽빽하게 몰아치는 비였다. 때때로 바람이 혹 하고 불어왔지만 커튼처럼 쏟아져 내리는 비는 계속되었다. 그들은 술을 마신 데다 이래저래 우울하여, 조용하게 페니쿠크까지 마차를 몰고 간 후 그곳에서 저녁을 보냈다. 그들은 마차를 한 번 멈추고 교회 묘지에서 멀지 않은 곳의 우거진 수풀 속에 도구들을 숨겨 놓았다. 그리고 '피셔 술집'에서 다시 마차를 세우고는 주방의 화로 앞에서 건배를 하고 위스키에 에일 맥주를 섞어 마셨다. 마침내 목적지에 도달한 그들은 마차를 마구간에 넣은 후 말을 먹이고 편히 쉬게 했다. 그리고 두 젊은 의사는 객실에 앉아 그 여관에서 가장 훌륭한 식사와 와인을 먹고 마셨다. 등불, 난롯불, 창을 두드리는 비, 추위, 그들 앞에 놓인 부조리한 일 등이 식사의 즐거움에 풍미를 더하였다. 술 한 잔을 마실 때마다 우정도 깊어져 갔다. 곧 맥팔레인이 페츠에게 얼마간의 금화를 건네주었다.

"고마움의 표시일세." 그가 말했다. "친구들 사이에서 이런 망할 x의 편의는 파이프 담배 불빛처럼 날려야 하지."

페츠는 그 돈을 주머니에 받아 넣고 그의 생각을 극찬해 주었다. "당신은 철학자예요. 난 당신을 알기 전까지는 바보였지요. 당신과 K, 두 사람이 맹세코 날 대장부로 만들어줄 거예요."

"물론 우리는 그렇게 할 걸세." 맥팔레인도 찬사를 보냈다.

"대장부라? 그날 아침 나를 도와준 것이 바로 대장부다운 일이었네. 덩치만 크고 소리를 질러대는 마흔 먹은 겁쟁이들이었다면 그 망할 x를 보기만 해도 질려버렸을 거야. 하지만 자넨 아니었네. 자넨 침착했지. 난 그런 자네를 보았어."

"그러지 않을 이유가 없죠." 페츠가 자신을 치켜세우며 말했다. "내 문제는 아니었어요. 한편으로 생각하면 마음의 혼란만 얻을 뿐 득 될 게 없더군요. 하지만 다른 한편으론 당신의 감사를 기대할 수 있었어요. 보이지 않아요?" 그러면서 그는 주머니를 두드렸고 금화가 딸랑거리는 소리가 울렸다.

맥팔레인은 이 불쾌한 말들에서 경계하라는 일종의 암시를 느꼈다. 그는 이 젊은 동반자를 너무 성공적으로 가르친 것을 후회했는지도 모른다. 그러나 페츠가 시끄럽게 떠벌리는 말투로 얘기를 계속했기에 끼어들 여유가 없었다.

"중요한 건 두려워하지 않는다는 거예요. 이건 우리끼리 하는 얘긴데 말이에요, 난 교수형당하고 싶지 않아요. 실질적인 문제죠. 하지만 맥팔레인, 그런 모든 위선적인 것들을 난 태생적으로 경멸했단 말이에요. 지옥, 신, 악마, 옳고 그름, 죄악, 범죄, 그런 종류의 모든 골동품들. 그런 것들에 겁먹는 것은 아이들이나 할 짓이에요. 하지만 당신과 나 같은 사내대장부는 무시해 버리지요. 자, 그레이를 기리며, 건배!"

밤이 늦었다. 지시를 받은 마차가 모두 등불을 환히 밝히고 문가에 대기하고 있었다. 두 젊은이는 계산을 마치고 길을 떠났다. 그들은 피블스로 간다고 말해 두었고, 또 그쪽 방향으로 마차를 몰았다. 그러다 마을의 마지막 집을 벗어나자 등불을 끄고 왔던 길을 되돌아가 샛길로 해서 글렌코르스로 향했다. 주위에선 그들이 지나가는 소리와 끊임없이 세차게 쏟아붓는 빗소리뿐, 어떤 소리도 들리지 않았다. 완전한 어둠이었다. 여기저기 흰색 문이나 벽의 흰색 돌들만이 어둠 속을 지나는 동안 거리를 가늠하게 해주었을 뿐, 대부분 한 발자국 앞도 보기 힘들었다. 그들은 거의 더듬다시피 하여 짙게 퍼진 어둠 속을 뚫고 그들의 엄숙하고 외딴 목적지를 향해 나아갔다. 묘지 근처를 통과하는 움푹 파인 내리막길에서 마지막 불빛이 사라졌고, 어쩔 수 없이 성냥을 켜서 마차 랜턴 중 하나에 불을 밝혀야 했다. 그리고 마침내 빗방울이 뚝뚝 떨어지는 나무들 아래로 흔들리는 거대한 그림자들이 에워싼 곳, 그들이 모독적인 일을 할 장소에 도착했다.

두 사람 모두 그런 일에 경험이 있었기에 힘껏 삽질을 했다. 일을 시작한 지 20분도 채 되지 않아 관 뚜껑을 건드리는 둔탁한 소리가 들려왔다. 그 순간, 돌에 손을 다친 맥팔레인이 그 돌을 머리 위로 아무렇게나 던져버렸다. 무덤은 묘지의 평지 부분이 끝나는 곳 가까이에 있었고 그들은 거의 어깨 높이까지 파 내려간 곳에 서 있었다. 마차의 등불은 일하는 주변을 더 잘 비추도록 나무에 기대어 받쳐져 있었고, 가파른 둑의 끝은 곧장 개울을 향해 내리뻗어 있었다. 우연히도 맥팔레인이 던진 돌이 정확하게 램프를 향했다. 쨍그랑 유리 부서지는 소리가 났고, 곧 암흑이 내려앉았다. 둔탁한 소리와 울리는 소리가 교대로 나는 것으로 보아 등불이 개울가로 굴러떨어지는 모양이었다. 나무와 부딪히는 소리, 그리고 등불이 굴러 떨어지면서 건드린 돌 한두 개가 그 뒤를 따라 골짜기의 깊은 바닥을 향해 구르는 소리가 들려왔다. 그러고는 침묵이 밤과 함께 지배를 시작했다. 그들은 짙은 암흑 속에서 잔뜩 귀를 기울였지만 오직 빗소리뿐, 아무 소리도 들리지 않았다. 비는 이제 바람과 맞서며 황량한 시골 위로 줄기차게 쏟아지고 있었다.

그들은 혐오스러운 일이 거의 끝나 가고 있던 차였기에 어둠 속에서라도 일을 마치는 것이 낫겠다고 판단했다. 관을 꺼내고 부수어 열었다. 시체를 물이 뚝뚝 흐르는 자루에 넣은 후 둘이 앞뒤로 잡아 마차로 날랐다. 한 사람이 올라가 시체를 제자리에 놓은 후 다른 한 사람이 재갈을 잡아 말을 데리고 벽과 수풀을 더듬어 따라 나왔고, 마침내 '피셔 술집' 옆 넓은 도로에 닿을 수 있었다. 거기서부터 보이는 희미하긴 하지만 엷게 퍼진 불빛에 그들은 대낮을 맞기라도 한 것처럼 반가워했다. 그들은 그 불빛에 힘을 입어 상당한 속도로 말을 몰았고, 도시를 향해 거의 즐거운 기분으로 덜커덩거리며 길을 가기 시작했다.

두 사람 모두 작업을 하느라 뼛속 깊이까지 젖어 있었는데, 마차가 깊게 팬 바큇자국들 사이를 지나며 튀어 오르자 그들 사이에 기대어 있던 시체가 한 사람 위로 넘어졌다가 또 다른 한 사람 위로 넘어지곤 했다. 이 끔찍한 접촉이 반복될 때마다 두 사람은 본능적으로 황급히 그것을 밀어버리곤 했다. 자연스러운 일이긴 했으나 두 사람은 신경이 곤두서기 시작했다. 맥팔레인은 농부의 아내에게 악의 어린 야유를 했으나 그 말은 그의 입술에서 희미하게 흘러나와 침묵 속으로 사라지고 말았다. 음산한 이 짐은 여전히 이쪽에서 저쪽으로 부딪히더니 이제는 거리낄 것 없다는 듯 머리를 그들의 어깨 위에 올려놓았고, 그러면 흠뻑 젖은 자루가 차갑게 그들의 얼굴을 덮곤 했다. 소름 끼치는 냉기가 페츠의 영혼을 사로잡기 시작했다. 그는 그 자루를 주의해서 살펴보았는데, 어쩐지 처음보다 더 커진 것처럼 보였다. 시골 마을 사방 여기저기서, 가까이서도 멀리서도, 농장의 개들이 그들이 지나가는 길을 따라 비극적으로 짖어댔다. 그의 마음속에서 뭔가 비정상적인 기적이 이루어졌다는, 뭔가 이름 붙이기 힘든 변화가 이 시신에게 일어났다는, 그리고 개들이 저렇게 울어대는 것은 이 불경스러운 짐 자루를 무서워해서라는 생각이 갈수록 커졌다.

"젠장." 그가 간신히 말을 뱉어냈다. "젠장, 제발 불 좀 켜 보자고."

맥팔레인도 같은 영향을 받고 있는 듯했다. 아무런 대꾸도 없었지만 그는 말을 멈추고 고삐를 페츠에게 넘겨준 후 마차에서 내렸고 남아 있는 등불에 불을 붙이러 갔다. 그들은 멀리 오지도 못한 채 오첸클리니로 내려가는 교차로에 도달했을 뿐이었다. 대홍수라도 다시 일어날 듯 비는 여전히 퍼붓고 있었고 그렇게 젖고 어두운 세상에서 불을 붙이기란 쉽지 않았다. 마침내 깜박거리는 푸른 불꽃이 심지로 옮겨 붙더니 점점 커지며 분명해졌고, 마차 주변에 안개 같은 밝은 원을 커다랗게 비춰주었다. 이제 두 젊은이는 서로를, 그리고 그들과 같이 온 그것을 보는 일이 가능해졌다. 비에 젖은 거친 삼베 자루는 땅속에서 꺼낸 시체의 윤곽을 드러내 보였다. 머리가 몸과 뚜렷하게 구분되어 보였고 어깨도 분명하게 형상이 드러났다. 유령 같으면서도 인간적인 뭔가가 함께 타고 온 이 송장에서 그들의 시선을 뗄 수 없게 만들었다.

맥팔레인은 한동안 손을 든 채 꼼짝도 않고 있었다. 형언할 수 없는 공포가 젖은 헝겊처럼 그 시체를 감싸고 있었고, 하얗게 질린 페츠의 얼굴을 굳어지게 했다. 무의미한 두려움과 그럴 리가 없는 것에 대한 공포가 그의 뇌 속에서 점차 차오르고 있었다. 다시 한 번 자루를 본 후 그가 입을 벌렸다. 그러나 먼저 말을 한 것은 맥팔레인이었다.

"이건 여자가 아니야." 맥팔레인이 숨죽인 목소리로 말했다.

"우리가 넣었을 땐 여자였는데." 페츠가 속삭였다.

"등불을 들어봐." 맥팔레인이 말했다. "얼굴을 봐야겠어."

페츠가 등불을 들자 맥팔레인은 자루를 동여맸던 끈을 풀고 머리부터 자루를 벗겨 내렸다. 불빛은 매우 분명하게 검고 잘생긴 얼굴과 매끈하게 면도한 뺨을 비춰주었다. 그것은 너무나 익숙한 얼굴이었고, 때로 이 두 젊은이의 꿈속에도 나타나던 사람이었다. 커다란 비명 소리가 깊은 밤을 울렸다. 두 사람은 길을 향해 자리에서 뛰어내렸고 등불은 굴러 떨어져 부서지며 불이 꺼졌다. 이 기이한 소동에 놀란 말이 펄쩍 뛰며 에든버러를 향해 전속력으로 달렸다. 말과 함께 달려간 마차의 유일한 승객은 오래전 죽어서 이미 해부되어 버린 그레이의 시신이었다.

오랄라

"자." 하고 의사가 말했다. "내 할 일은 다했네. 자랑 삼아 말하자면 그것도 아주 잘해 냈네. 이제 이 차갑고 독기 서린 도시에서 자네를 벗어나게 하는 일만 남았어. 자네가 두 달간 신선한 공기 속에서 편안한 마음으로 지내게 하는 일이지. 편안한 마음은 자네에게 달렸어. 하지만 처음엔 내가 도울 수 있을 걸세. 사실 일이 좀 이상하게 되었어. 바로 며칠 전 파드레가 시골에서 날 찾아왔더군. 그와 나는 극과 극의 직업을 갖고 있지만 오랜 친구였고, 그래서 그가 자기 교구민의 고민을 의뢰해 왔어. 한 가족 이야기였는데——자넨 스페인을 잘 모르지. 대공들의 이름조차 아는 게 없을 거야. 그렇다면 한때 대단했던 사람들이 지금은 극빈의 처지로 떨어졌다고만 말해 두지. 이제 가진 것이라곤 집과 황폐한 산 얼마뿐인데, 그 산에선 염소 한 마리 살 수 없다네. 그래도 집은 훌륭한 고택이며 산에 둘러싸여 상당히 높은 곳에 있고 살기 좋은 곳이야. 나는 내 친구의 이야기를 듣자마자 자네 생각이 나더군. 그래서 그 친구에게 부상당한 장교가 한 사람 있는데, 그것도 대의를 위한 일을 하다 부상당한 사람이고 이제 요양을 할 만한 상태가 되었으니 그 집에 머물게 해줬으면 좋겠다고 말했네. 파드레의 얼굴이 순간 어두워지더군. 난 그러리라고 이미 심술궂게 예상하고 있었지만 말일세. '절대 불가능해.' 하더군. '그럼 굶어 죽으라고 하던가.' 하고 내가 말했어. 나는 누더기를 걸치고도 자존심만 내세우는 이들은 동정할 수 없거든. 그러고 나서 우리는 서로를 못마땅해하며 헤어졌네. 그런데 어제 놀랍게도 파드레가 다시 돌아와 중재를 하더군. 물어보니 걱정했던 것보다 어려움이 덜하더라는 거야. 다시 말해, 이 자존심 강한 사람들이 이제 자존심을 주머니에 넣어버렸단 얘기지. 나는 제안을 받아들여 그 저택에 자네의 방을 구해 놓았으니, 이제 자네가 동의하기 나름일세. 산의 공기가 자네의 피를 순화해 줄 것이고, 그렇게 조용하게 지낸다면 이 세상 어떤 약보다 좋을 걸세."

"박사님." 내가 말했다. "박사님은 줄곧 제게 천사처럼 대해 주셨으니 박사님 조언이라면 명령처럼 따라야죠. 그런데 제가 함께 거주할 가족에 관해 좀 말씀해 주시겠습니까?"

"그 얘길 하려던 참이었네." 나의 친구, 박사가 대답했다. "아, 그리고 실은 난관도 좀 있다네. 이 빈털터리들이 말일세, 아까도 얘기했지만 높은 가문 출신이긴 하지만 까닭 없이 허영심만 가득해. 이들은 여러 세대에 걸쳐 점차 세상을 등지며 고립되어 살아왔네. 가까이 하기엔 너무 먼 부자들로부터도,

여전히 천하다고 간주하는 가난뱅이들로부터도 멀어졌어. 심지어 가난 때문에 하숙생에게 문을 열어주어야 하는 지금도 아주 불친절한 계약 조건을 내세우더군. 자네에게 계속 손님으로만 남아달라는 거야. 필요한 일들은 해주겠지만 애초부터 조금이라도 그들과 가깝게 지낼 생각은 사절이래."

기분이 상했음을 부정하지는 않겠다. 어쩌면 그런 감정 때문에 더 가고 싶어졌는지도 모르겠다. 왜냐하면 내가 마음만 먹으면 그 벽을 깰 수 있을 거라는 확신이 들었기 때문이다. "그 계약 조건은 전혀 불쾌하지 않습니다. 오히려 그런 것을 만든 심정에 동정이 가는군요."

"그 사람들이 자넬 보지 못해서 그래." 박사가 나를 배려하여 말했다. "자네가 영국에서 온 사람들 중에 가장 잘생기고 가장 유쾌한 남자란 걸 알았다면(영국엔 잘생긴 남자는 많아도 유쾌한 남자는 별로 없더군.) 그 사람들도 당연히 더 친절하게 자넬 환영했을 걸세. 어쨌든 자네가 편하게 받아들여 주니 크게 문제 되진 않겠군. 사실 나는 그들이 무례하다고 생각하네. 그러나 결국은 자네가 얻는 게 많을 거야. 그 가족은 그다지 관심을 끌 만한 인물들이 못 돼. 어머니와 아들, 딸이 다인데, 좀 모자라는 여인과 시골뜨기 청년, 그리고 고해신부로부터 상당히 좋은 평을 받는, 그러므로 보나 마나 무미건조할 게 틀림없는 시골 아가씨일세." 박사가 낄낄 웃으며 말했다. "세련된 장교의 마음을 끌 만한 점은 별로 없지."

"그래도 뼈대 있는 가문이라면서요." 내가 물었다.

"글쎄, 그 점에 관해서는 구분을 분명히 해야지." 박사가 대답했다. "어머니는 그런데 자식들은 아니야. 어머니는 한 왕족 혈통의 마지막 자손인데, 육신도 재산도 모두 쇠락한 사람이야. 그녀의 아버지는 가난한 데다 돌았었다더군. 딸은 아버지가 죽을 때까지 제멋대로 저택을 돌아다니며 살았대. 그러고는 아버지가 죽으면서 재산도 많이 사라지고 가문의 맥도 끊긴 거지. 딸은 더욱더 미친 듯이 돌아다니다 결국 결혼을 했다는군. 누구와 했는지는 아무도 몰라. 혹자는 노새 마부라고도 하고, 혹자는 밀수꾼이라고도 하지. 아예 결혼 같은 것은 없었다고 주장하기도 해. 펠리페와 오랄라가 사생아라는 거지. 어쨌든 그 결합은 몇 년 전 비극으로 끝났어. 이들이 워낙 은둔 속에 살았고 당시 시골이 몹시 혼란스러웠기 때문에 그 남자가 정확하게 어떤 결말을 맞았는지는 오직 신부만이 알 걸세. 그가 안다면 말이지."

"제가 신기한 경험을 하게 될 거란 생각이 드는군요."

"나라면 로맨스는 생각하지 않겠어." 박사가 말했다. "자네가 매우 천박하고 진부한 현실을 보게 되지 않을까 싶네. 예를 들어, 펠리페는 내가 본 적이 있는데, 뭐라고 할까? 아주 촌스럽고 매우 교활하며 버릇없는 얼빠진 아이야. 다른 식구들도 마찬가지일 거야. 아니, 아니, 장교, 자네가 거기서 찾아야 할 것은 우리나라 산의 멋진 경치 속에 존재하는 쾌적한 분위기일세. 그 산속에서는 최소한 자연에 관련된 일들을 사랑하는 사람이라면 결코 실망하는 일은 없을 걸세. 내 약속하지."

다음 날 펠리페가 노새가 끄는 소박한 시골 수레를 타고 나를 데리러 왔다. 정오가 되기 조금 전, 나는 의사와 여관 주인, 내가 아픈 동안 친절하게 대해 준 좋은 사람들과 작별 인사를 나누고 출발했다. 동문을 통해 도시를 벗어난 후 시에라를 향해 올라가기 시작했다. 호송군을 잃은 후 뒤처져 죽어가던 순간부터 나는 너무 오래도록 갇혀 지냈기 때문에 흙냄새를 맡는 것만으로도 절로 미소가 떠올랐다. 우리가 지나가는 시골은 거칠고 바위투성이였으며 코르크나무와 커다란 스페인 밤나무가 군데군데 성긴 숲을 이루고 있었다. 종종 산에서 내려오는 개울로 길이 나뉘기도 했다. 햇살은 빛났고 바람은 기분 좋게 살랑거렸다. 몇 마일쯤 가자 우리 뒤편의 평원 위로 작게 줄어든 도시가 조그마한 언덕처럼 보였다. 그러자 내 시선도 수레를 모는 내 동행에게 옮겨 갔다. 겉보기에 그는 자그마했고 박사가 말했던 대로 투박하고 튼튼한 시골 청년이었다. 매우 민첩하고 활발할 것도 같았다. 그러나 그 어떤 문화의 혜택도 접하지 못한 듯했다. 첫인상이 대부분의 사람에게는 마지막 인상이다. 그런데 나를 놀라게 한 것은 그가 허물없이 수다스럽게 말을 한다는 것이었다. 내가 받은 계약 조항과는 너무나도 다르지 않은가. 그의 이야기는 발음이 불완전하고 주제가 일관성 있게 연결되지 않아 상당히 정신을 집중하지 않으면 따라가기가 매우 어려웠다. 나는 이전에도 비슷한 정신세계를 가진 사람들과 이야기해 본 일이 있었다. 그들은(그도 그렇듯) 느끼는 대로 살았고, 순간순간 눈에 들어오는 것에 사로잡혀 그 인상을 마음에서 떨쳐 버리지 못하는 것 같았다. 내가 보기에(옆에 앉아 듣고 있노라니) 그가 하는 대화는 마차를 모는 이들이 하기 마련인 얘기 같았다. 마부는 시간의 대부분을 지적인 공백 상태에서 보내고, 친숙한 시골 풍경을 계속 스쳐 지나가며 지내지 않는가. 그런데 펠리페의 경우는 꼭 그런 것만도 아니었다. 그는 집에 틀어박혀 있길 좋아한다 했다. "지금 집에 있었다면 좋았을 텐데." 그는 그렇게 말했다. 그러고는 길가의 나무들을 살피더니 갑자기 전에 한번은 나뭇가지 사이에서 까마귀 한 마리를 본 적이 있다고 했다.

"까마귀?" 내가 되물었다. 그런 말을 하기엔 부적절한 상황이어서 내가 잘못 들었다고 생각했다.

그러나 그때 이미 그의 머릿속은 새로운 생각으로 채워진 후였다. 그는 아주 정신을 집중해서 머리를 한쪽으로 향한 채 얼굴을 잔뜩 찌푸리고 뭔가를 귀 기울여 듣고 있었다. 그러면서 나를 무례하게 치며 조용히 하란 몸짓을 해 보였다. 그러더니 미소를 짓고는 고개를 흔들었다.

"뭘 들은 건가?" 내가 물었다.

"아, 다 괜찮아요." 그는 이렇게 말했다. 그러고는 크게 소리를 지르며 노새를 몰았고, 그가 지른 소리는 사람 소리 같지 않은 메아리가 되어 우리를 둘러싸고 있는 산 위로 퍼졌다.

나는 그를 좀 더 가까이 바라보았다. 상당히 균형 잡힌 몸은 가볍고 유연하면서도 강해 보였다. 그리고 잘생긴 얼굴이었다. 황금색 눈은 매우 컸지만 그다지 풍부한 표정을 담고 있는 것 같지는 않았다. 전체적으로 볼 때 사람 좋게 생긴 청년이었고, 피부가 검고 털이 많은 편이라는, 내가 싫어하는 그 두 가지를 제외하고는 그에게서 어떤 결점도 찾을 수 없었다. 한편으론 나를 당황하게 하는 그의 마음에 끌리기도 했다. 박사의 표현이 ─얼빠졌다는─ 기억났고, 나는 그것이 사실적인 묘사였을까 궁금했다. 길은 이제 격류가 흐르는 좁고 헐벗은 협곡으로 내려가기 시작했다. 저 아래에서 물소리가 천둥치듯 요란하게 들려왔다. 골짜기를 내려가는 동안 사방이 온통 물소리와 엷은 물보라, 그리고 바람이 부딪히는 소리로 가득했다. 분명 인상적인 광경이었다. 그 부분의 길은 매우 안전하게 벽 쪽으로 들어가 있었고 노새도 계속 똑바로 앞을 향해 가고 있었다. 그런데도 나는 그의 얼굴이 겁으로 하얗게 질려 있음을 알아차렸다. 나는 그것이 놀라웠다. 거친 강에서 나는 소리는 변덕스러워서 이제 피곤하다는 듯이 조용히 흐르다가도 갑절로 소란스러워지기도 했다. 강은 일시적으로 물이 불어 수량이 늘어났는지 협곡을 휩쓸고 내려가면서 부딪히는 곳마다 포효하며 으르렁거렸다. 번번이 그런 요란한 소리에 가까워질 때마다 그가 특히 더 몸을 움츠리고 창백해짐을 알 수 있었다. 스코틀랜드 미신과 사람을 익사시키는 물의 요정 켈피가 생각났다. 나는 혹시 스페인의 이 지방에도 비슷한 전설이 있는지 궁금해졌고, 그래서 펠리페를 바라보며 그에게 말을 시켰다.

"왜 그러나?" 내가 물었다.

"무서워서요." 그가 대답했다.

"뭐가 무서운가? 위험한 길이긴 하지만 여기가 그래도 제일 안전해 보이는데."

"소리가 나잖아요." 그는 두려움을 단순하게 표현했고 나는 안심할 수 있었다.

이 청년은 지적인 면에서는 어린아이였다. 그의 마음도 그의 몸과 같아서 활동적이고 민첩했지만 발달이 멈추어 있었다. 그때부터 줄곧 나는 상당히 측은한 마음으로 그를 보게 되었다. 그리고 처음에는 응석을 받아주듯 제대로 이어지지도 않는 그의 서툰 이야기를 들어주었지만, 나중에는 오히려 즐겁게 그의 이야기를 듣게 되었다.

오후 4시쯤 되자 우리는 산등성이를 넘었고 서쪽으로 지는 햇빛에 작별 인사를 보내며 반대편 산 아래로 내려가기 시작했다. 골짜기 여러 곳의 가장자리를 따라, 어두운 숲 그림자를 지나 계속 나아갔다. 사방에서 물 떨어지는 소리가 났지만 협곡의 강에서처럼 강렬하고 무섭지는 않았으며, 소리는 흩어져 골짜기에서 골짜기로 명랑한 음악 소리처럼 퍼졌다. 이곳에 오자 펠리페의 기분도 좋아졌는지 그는 가성으로 크게 노래를 부르기 시작했다. 음악적 감각이 매우 둔해서 멜로디도 음조도 전혀 맞지 않았고 그저 마음 내키는 대로 불러대는 노래였지만 마치 새들의 노래처럼 자연스러웠고 귀를 즐겁게 해주었다. 어둠이 깊어질수록 나는 점점 더 이 예술과는 거리가 먼 노랫소리의 마법에 사로잡히고 말았다. 들으면서 뭔가 제대로 된 노래가 나오길 바랐지만 계속 실망만 거듭되었다. 마침내 나는 그에게 무슨 노래를 부른 것인지 물었다. "아!" 그가 소리쳤다. "그냥 노래한 거예요!" 무엇보다 나는 그가 짧은 간격을 두고 같은 음을 지치지 않고 반복하는 것이 좋았다. 그것은 마치 우리가 나무의 모습이나 고요한 연못에서 그려내고 싶어 하는 것과 같은, 그런 행복한 만족감을 호흡하는 것처럼 보였다.

밤이 깊어 어두워진 후에 우리는 분지로 나왔고, 조금 더 가니 어떤 커다랗고 시커먼 어둠 덩어리와 만날 수 있었다. 이것이 그 저택인 모양이었다. 여기에 도착해 펠리페는 수레에서 내렸고 올빼미 같은 소리를 내며 휘파람을 불었는데, 꽤 오랫동안 아무 반응이 없더니 마침내 늙은 농부가 어두운 곳 어딘가에서 손에 촛불을 들고 우리를 향해 다가왔다. 그 불빛 덕분에 나는 무어풍의 커다란 아치형 입구를 알아볼 수 있었다. 징이 박힌 여러 개의 문들이 닫혀 있었고, 펠리페는 그중 쪽문 하나를 열었다. 농부는 수레를 끌고 바깥채로 갔고 펠리페와 나는 문으로 들어간 후 다시 닫았다. 희미한 촛불 빛 속에서 우리는 마당을 지나 돌계단을 오른 후 넓게 트인 회랑을 지나서 다시 계단을 올랐고 마침내 커다란, 하지만 다소 휑뎅그렁한 방문 앞에 이르렀다. 짐작건대 내가 사용할 방이었다. 그 방엔 세 개의 창문이 있었고 벽은 윤기 나는 널빤지로 마감되어 있었다. 바닥에는 여러 종류의 야생동물 가죽이 깔려 있었고 난로에서 밝게 타오르는 불이 끊임없이 깜박거리며 내부를 넓게 비추었다. 불 가까이에 놓인 테이블 위에 저녁 식사가 차려져 있었다. 한구석에는 침대가 마련되어 있었다. 나는 그들이 나를 위해 이렇게 준비해 준 것이 기뻤고, 펠리페에게도 그렇다고 말했다. 그는 내가 이미 말한 바 있는 소박한 성격 그대로 따뜻한 호의를 보이며 내가 한 찬사를 되풀이해서 말했다. "좋은 방이에요, 아주 좋은 방이에요. 그리고 불도요. 불이 좋죠. 불은 당신 뼈에서 기쁨이 녹아내리게 하죠. 그리고 침대에는…." 그가 촛불을 침대로 가지고 가며 말했다. "이불이 얼마나 좋은지 보세요. 아주 부드럽고 매끈하죠. 매끈해요." 그러면서 그는 손으로 이불을 계속 쓰다듬었고 머리를 대더니 두 뺨을 비비며 매우 만족스러워했다. 나는 다소 불쾌해졌고, 그의 손에서 촛불을 빼앗아 (침대에 불을 내지 않을까 염려스러웠다.) 저녁 식탁 쪽으로 다시 갔다. 와인의 양을 가늠해 본 후 컵에 따라 그에게 와서 마시라고 했다. 그는 즉시 일어나더니 매우 기대에 찬 모습을 보이며 단숨에 내게로 왔다. 그러나 와인을 본 그는 눈에 띄게 몸서리를 쳤다.

"아, 아뇨." 그가 말했다. "그건 아니에요. 그건 당신 거고, 난 싫어요."

"알았네." 내가 말했다. "그럼 내가 자네의 건강을 축복하고, 자네의 집과 가족의 번영을 기원하며 마시지." 와인을 마신 후 내가 덧붙였다. "그런데 말이 나온 김에 말인데, 자네 어머니께 직접 인사드릴 기회는 없는 건가?"

이 말에 그의 얼굴에서 어린아이 같던 모습이 사라지면서 형언할 수 없이 교활하고 비밀스러운 표정이 뒤따랐다. 그리고 동시에 내가 그를 덮치려 하는 동물이나 되는 듯, 아니면 무기를 든 위험인물이나 되는 듯 내게서 물러섰다. 그가 문 가까이 갔을 때 갑자기 눈을 가늘게 뜨며 나를 노려보았다. "안 돼요." 마침내 그는 이렇게 말하고는 다음 순간 소리 없이 방을 나갔다. 나는 그의 발소리가 빗방울처럼 가볍게 계단을 내려가며 점차 사라지는 것을 들었다. 그리고 침묵만이 집을 감쌌다.

저녁 식사를 마치고 테이블을 침대 가까이 가져다 놓은 후 쉴 준비를 했다. 빛을 새로운 자리로 옮기니 벽에 걸린 그림이 갑자기 드러났다. 아직 젊은 여인의 모습이었다. 옷과 캔버스 전체를 지배하고 있는 부드러운 통일성을 볼 때 오래전에 죽은 여인이었다. 하지만 태도에서 나타나는 생생함과 눈빛, 그리고 얼굴을 보고 있노라니 마치 거울을 통해 살아 있는 모습을 보는 것만 같았다. 여인은 매우 날씬하고 강인해 보였으며 균형 잡힌 체형이었다. 붉은색의 삼단 같은 머리는 마치 왕관처럼 눈썹을 덮고 있었다. 황금빛이 도는 갈색의 눈이 내 눈길을 사로잡았다. 여인의 얼굴은 완벽한 형태였지만 잔인하고 음울하면서도 관능적인 느낌으로 훼손되어 있었다. 얼굴과 몸매 둘 다에서 뭔가가, 마치 메아리의 메아리처럼 극히 섬세하고 모호한 뭔가가 펠리페의 모습과 태도를 보여 주고 있었다. 나는 그 기이하게 닮은 점에 놀라워하면서도 불쾌하게 매혹당해 한동안 그렇게 서 있었다. 원래는 캔버스에서 나를 내려다보고 있는 귀부인처럼 고귀한 신분이 될 예정이었던, 그런 혈통에서나 볼 수 있었을 육신이 천박하게 추락하여 촌스러운 옷을 입고 노새 수레에 고삐를 잡고 앉아 하숙생을 집에 데리고 온 것이다. 아마도 실제로 연관 관계가 있을 것이다. 어쩌면 죽은 여인이 한때 비단과 수단 옷을 입었던 섬세한 피부가 얼마간이라도 남아 있어서, 펠리페의 보풀투성이 옷과 닿으면 그 거칠음에 인상을 찌푸릴지도 모른다.

아침 첫 햇살이 초상화를 환히 비추고 있었다. 잠에서 깬 나는 누운 채로 초상화에 시선을 두고 있었는데, 어느새 기쁨이 서서히 자라고 있었다. 그 아름다움은 슬며시 내 가슴을 뒤덮으며 내 의혹을 하나씩 침묵시키고 있었다. 그런 여인을 사랑한다는 것은 나를 스스로 타락시키는 상징이나 징표라는 것을 알면서도, 그녀가 살아 있었다면 내가 그녀를 사랑했으리라는 것을 알았다. 날이 갈수록 그녀의 사악함과 내 허약함에 대한 인식이 둘 다 명확해졌다. 그녀는 나의 수많은 공상의 주인공이 되었고, 그 속에서 그녀의 눈은 범죄로 나를 인도했으며, 또 충분히 그에 대한 보상을 해주었다. 그녀는 내 공상에 어두운 그림자를 던지고 있었다. 밖으로 나가 천국과 같은 자유로운 공기를 쐬면서 활동적으로 운동을 하고 건강하게 혈액순환을 새로이 할 때면, 나를 유혹하는 그녀가 무덤 속에 누워 있다는 것이, 아름다움이라는 요술 지팡이가 이미 부러졌고 입술은 침묵 속에 닫혔으며 마법의 약도 쏟아져 버렸다는 것이 다행이란 생각이 들었다. 그러면서도 어쩌면 그녀가 완전히 죽은 것은 아닐지도 모른다는, 어떤 후손의 몸으로 다시 깨어났을지도 모른다는 두려움이 좀처럼 없어지지 않았다.

펠리페가 내 방으로 식사를 가져다주었다. 그가 초상화와 너무 닮았다는 생각이 줄곧 나를 따라다녔다. 때로는 전혀 아니었으나, 태도에 약간 변화가 있다거나 순간적으로 어떤 표정이 드러날 때면, 마치 유령처럼 초상화의 여인이 나를 향해 뛰쳐나오는 것만 같았다. 가장 그 둘이 비슷하다고 느꼈을 때는 그가 성질을 부릴 때였다. 그는 분명 나를 좋아했다. 내가 자신에게 관심 가져주는 것을 좋아했고, 그래서 단순하고 아이 같은 행동들로 내 관심을 끌려고 노력했다. 내 방 난로 앞에서 내 옆에 가까이 앉아 두서없이 얘기를 하거나 끝도 없고 가사도 없는 이상한 노래를 부르는 것도 좋아했다. 때로는 애정 어린 손길로 내 옷을 만지기도 했는데 그럴 때마다 나는 당황했고, 그렇게 당황하는 것이 부끄럽게 여겨지기도 했다. 그럼에도 불구하고 그는 이유 없이 순간순간 화를 내거나 발작처럼 완전히 토라지기도 했다. 꾸중을 듣자 내가 먹으려던 음식 그릇을 뒤집어엎어 버리는 것도 보았다. 그것도 눈을 피해 슬쩍 한 행동이 아니라 대놓고 도전한 것이었다. 그리고 그는 내가 무언가를 캐묻는다고 느껴도 비슷한 태도를 취했다. 내가 호기심을 갖는 것은 당연한 일로, 나는 낯선 장소에서 낯선 사람들에 둘러싸여 있기 때문이다. 그러나 조금이라도 내게 질문의 기색이 있으면 그는 뒤로 물러서며 험악하고 겁나는 모습을 보였다. 바로 그 순간이었다. 아주 찰나이지만, 이 거친 사내가 그림 속 여인의 형제였을지도 모른다는 느낌이 들었다. 그러나 그 변덕스러운 행동은 순식간에 지나가고 닮았다는 느낌도 함께 사라졌다.

처음 며칠 동안 나는 펠리페 외에는 아무도 보지 못했다. 초상화를 포함하지 않는다면 말이다. 정신이 박약하고 순간적으로 분노를 발산하는 이 청년과 함께 있는 위험한 시간들을 내가 어떻게 침착하게 견뎌냈는지 궁금할지도 모른다. 사실 좀 짜증이 나는 때도 있었다. 하지만 머지않아 그에 대한 완전한 지배력을 가지게 되면서 내 불안도 해결할 수 있었다.

이야기는 이렇다. 그는 천성적으로 나태했고 규칙적인 생활을 하지 못했다. 그럼에도 그는 집을 돌보고 내 시중을 들었을 뿐 아니라 매일같이 정원이나 집 남쪽에 있는 작은 농장에서 일을 했다. 농장에는 내가 도착하던 날 밤에 보았던 농부도 오곤 했는데, 그는 이 집안 영지 한끝에 있는 반 마일 정도 떨어진 곳의 초라한 별채에 살고 있었다. 내가 보기에는 두 사람 가운데 펠리페가 대부분의 일을 하는 것이 분명했다. 때때로 그가 삽을 던져버리고 자기가 파낸 풀 더미 가운데에서 잠을 자는 것도 보았지만, 그의 성실함과 에너지는 그 자체만으로도 존경스러운 것이었고, 특히 그의 본성과는 낯선 것으로 상당히 지루한 노력을 통해 얻은 결실이었기에 더욱 가상했다. 나는 그렇게 감탄하면서도 한편으로는 이 정신이 오락가락하는 청년으로 하여금 무엇이 그렇게 지속적인 의무감을 불러일으키게 하는지 궁금해졌다. 어떻게 유지되는 것일까 하고 자문해 보았다. 얼마나 오랜 시간 동안 의무감이 그의 본능을 지배해 왔을까? 그의 사제가 정신적인 힘을 제공했을 수도 있다. 하지만 사제는 이 집에 단 한 번 왔을 뿐이다. 나는 그가 거의 한 시간 정도의 간격으로 들어오고 나가는 것을 언덕에서 스케치를 하다가 보았다. 그리고 그동안 펠리페는 정원에서 찾아오는 사람 없이 계속 일을 하고 있었다.

마침내 나는, 별로 칭찬받지 못할 의도였지만, 이 청년의 굳은 결심을 흔들어보기로 하고 문에서 기다리고 있다가 나와 함께 산책을 가자고 설득했다. 그는 쉽게 넘어왔다. 아주 좋은 날씨였다. 나는 그를 데리고 숲으로 갔다. 숲은 온통 초록빛으로 마음을 즐겁게 했다. 달콤한 향기가 피어오르는 숲은 곤충들의 윙윙거리는 소리와 함께 살아 있었다. 숲 속에서 그는 매우 생기 넘치는 모습을 드러내며 더없이 즐거워하여 나를 무안하게 했고, 힘이 넘치는 우아한 움직임을 보여 주어 보는 이의 눈을 유쾌하게 했다. 그는 기뻐 날뛰며 내 주위를 구르고 달렸다. 그러고는 갑자기 멈춰 서서 잠시 바라보다 귀를 기울이곤 했는데, 기운을 돋우는 술이라도 한잔 마신 사람 같았다. 그는 단숨에 나무 위로 뛰어올라 아주 편안하게 매달린 채 장난을 치기도 했다. 그는 나에게 말을 거의 하지 않았지만 그건 그리 중요하지 않았다. 시끄럽게 떠들어대는 사람과도 함께 있어보았지만 그다지 즐겁지 않았기 때문이다. 그가 기뻐하는 것을 보는 것만으로도 나는 흐뭇했다. 빠르고 정확하게 움직이는 그를 보면 진정 기분이 좋아졌다. 그런 내 기쁨이 매우 야만스러운 결말만 맞지 않았더라면 나는 정기적으로 함께 산책을 해야겠다고 경솔한 생각을 품었을지도 모르겠다. 민첩해서인지 손재주가 좋아서인지 그는 나무 위에서 다람쥐 한 마리를 잡았다. 그때 그는 나를 조금 앞서 가고 있었는데 그가 땅으로 뛰어내려 웅크리고 있는 것이 보였다. 그는 마치 아이처럼 즐겁게 소리를 지르고 있었다. 그 소리가 내 심금을 울렸다. 그것은 전혀 가공되지 않은 아주 순수한 소리였다. 하지만 내가 좀 더 가까이 다가가자 다람쥐의 비명 소리가 내 가슴을 쳤다. 난 그때까지 어린아이나 농부들의 잔인함을 많이 보고 들었지만 지금 내가 보고 있는 장면은 나를 분노와 충격에 휩싸이게 했다. 나는 그를 옆으로 밀쳐 내고 그 불쌍한 짐승을 그의 손에서 낚아채어 고통을 없애 주기 위해 빨리 숨을 끊어주었다. 그리고 다람쥐를 고문하던 펠리페를 바라보며 몹시 비분한 마음으로 오랫동안 얘기를 했다. 내가 나쁜 인간으로 몰아붙이며 비난하자 그는 움츠러드는 것 같았다. 결국 집을 가리키며 가버리라고, 내게서 꺼지라고 소리쳤다. 나는 사람과 산책을 하고 싶은 것이지 짐승만도 못한 이와는 함께 산책할 수 없노라 했다. 그는 무릎을 꿇고 앉았다. 그러면서 그가 한 말들은 그 어느 때보다 또렷했다. 가장 감동적인 애원을 쏟아놓으며 자애로운 마음으로 용서해 달라고, 자신이 한 행동은 잊고 앞일을 생각해 달라고 빌었다. "열심히 노력할게요." 그가 말했다. "장교님, 제발 이번 한 번만 펠리페를 봐주세요. 다시는 짐승처럼 굴지 않을 겁니다!" 내가 표현하려고 했던 것보다 더 감동을 받은 나는 마침내 설득당하여 그와 악수를 하고 화해했다. 하지만 참회한다는 뜻에서 다람쥐를 묻어주게 하였다. 그리고 그 불쌍한 짐승의 아름다움에 관해 말했고, 그것이 겪었을 고통에 대해 얘기하며 힘을 남용한다는 것이 얼마나 저속한 짓인지 설명했다. "이보게, 펠리페." 내가 말했다. "자넨 정말 힘이 세지. 하지만 내 손아귀에서 자네는 저 나무의 불쌍한 짐승처럼 무력하다네. 자네 손을 이리 줘보게. 손을 빼지 못할 거야. 내가 자네처럼 잔인하다고, 그래서 고통을 주는 일에서 쾌감을 느낀다고 해보세. 난 그저 내 손에 힘을 줄 뿐이지만 그로 인해 자네가 얼마나 고통을 받는지 보라고." 그는 크게 비명을 질렀고, 얼굴은 잿빛으로 변하면서 땀방울이 송송 솟아났다. 내가 손을 놓아주자 그는 땅바닥에 털썩 주저앉아 손을 어루만지며 아기처럼 끙끙거렸다. 하지만 그는 성심껏 교훈을 받아들였다. 그것이 아픔 때문이었는지, 내가 한 얘기 때문이었는지, 혹은 내 육체적 힘을 높이 평가하게 되어서인지는 모르겠으나, 처음에 보이던 애정이 이제는 강아지처럼 사랑스러운 충성심으로 바뀌었다.

그동안 나는 빠르게 건강을 되찾았다. 그 저택은 돌이 많은 평지에 왕관처럼 우뚝 서 있었고 산들이 병풍처럼 사방을 둘러싸고 있었다. 망루가 있는 지붕에 올라가야만 산꼭대기들 사이로 아주 멀리 푸르른 작은 평지 한 조각을 볼 수 있었다. 그 높이에서 공기는 자유롭고 움직임이 컸다. 커다란 구름이 그곳에 모였다가 바람에 흩어지면서 산꼭대기마다 조각조각 걸려 있었다. 거칠면서도 희미하게 개울을 흐르는 물소리가 여기저기서 올라왔다. 여기에서라면 자연의 보다 원시적이고 보다 오래된 모든 특징들을 그 태고의 힘 속에서 연구해 볼 수 있을 것이다. 나는 처음부터 이 힘찬 경치와 끊임없이 변화하는 날씨가 마음에 들었다. 그리고 내가 지내고 있는 이 오래되고 황폐한 저택도 좋았다. 이 집은 커다란 타원형으로 측면의 두 끝이 요새의 보루처럼 툭 튀어나왔는데, 그중 하나는 문을 내려다보고 있었고, 양쪽에 모두 소총을 쏠 수 있는 총안(銃眼)이 뚫려 있었다. 아래층에는 창문이 없어서 만일 그 건물을 병력이 포위하더라도 포대가 없이는 함락시킬 수 없었다. 저택이 둘러싸고 있는 넓은 마당엔 석류나무가 심겨 있었다. 이 마당으로부터 널찍한 대리석 계단을 따라 올라가면 회랑이 나왔는데, 집 전체를 에두르고 있는 이 회랑엔 마당을 향하여 늘씬한 기둥들이 세워져 있었다. 거기서 다시 안쪽에 있는 몇 개의 계단을 오르면 저택의 위층으로 올라갈 수 있었고, 거기서부터는 몇 개의 구획으로 나뉘었다. 창문들마다 안에서나 밖에서나 빈틈없이 덧문이 달려 있었다. 윗부분의 석조조각 일부가 떨어져 나갔고, 지붕은 한군데가 돌풍으로 깨져 있었다. 돌풍은 이런 산간 지역에서는 일반적인 현상이었다. 강렬하게 내리쬐는 햇빛 아래, 먼지를 잔뜩 뒤집어써서 색깔도 변해 버린 성장 멈춘 코르크나무 숲 위로 솟아오른 저택을 보면 잠자는 숲속의 미녀 이야기에 나오는 성 같았다. 특히 마당이 잠의 집 같았다. 비둘기들이 처마를 떠나지 않으며 쉰 소리로 구구거렸고 바람도 비껴갔다. 하지만 바람이 바깥에서 불 때면 산 먼지들이 비처럼 굵게 마당으로 떨어지면서 석류나무의 붉은 꽃을 뒤덮었다. 덧문이 달린 창들, 여러 개 있는 지하실의 닫힌 문들, 회랑의 열린 아치문 등이 그 마당을 둘러싸고 있었다. 낮 내내 태양은 건물의 사면을 띄엄띄엄 비추었고 회랑 바닥에 기둥의 그림자를 늘어세웠다. 아래층에는 기둥 사이로 벽을 안으로 깊숙이 물린 정자 같은 휴식 공간이 있었는데, 그 공간에는 사람이 살고 있다는 흔적이 남아 있었다. 그 정자는 마당을 향해 앞이 트여 있었지만 난로가 있어 나무 장작이 항상 아름답게 타올랐고 타일 바닥엔 동물 가죽이 깔려 있었다.

바로 이곳에서 나는 안주인을 처음 보았다. 그녀는 가죽 하나를 덮고 기둥에 기댄 채 햇빛 속에 앉아 있었다. 무엇보다 우선 내 눈길을 끈 것은 그녀의 드레스였다. 드레스는 색이 매우 짙고 밝았으며, 환하게 빛나게 하는 무언가가 있어서 마치 석류꽃처럼 두드러져 보였다. 다시 보았을 때 나를 사로잡은 것은 그녀 자체의 아름다움이었다. 그녀가 뒤로 기대어 앉아 나를 바라보면서 — 그녀의 눈은 보이지 않았지만 나는 나를 본다고 생각했다. — 거의 백치 같은 기분 좋고 만족스러운 표정을 짓고 있었는데, 조각상을 뛰어넘는 완벽한 자태와 조용하고 고상한 태도였다. 나는 지나가면서 모자를 벗어 그녀에게 인사했다. 그러자 그녀의 얼굴에, 바람결에 연못에 물결이 일듯 빠르고 가볍게 의심의 물결이 스치고 지나갔다. 하지만 그녀는 내 인사에 답하지 않았다. 나는 좀 소침해졌지만 하던 산책을 계속했다. 그녀의 신상(神像) 같은 무심함이 줄곧 뇌리를 떠나지 않았다. 내가 다시 돌아왔을 때 그녀는 여전히 같은 자세였지만 햇빛을 따라서 옆 기둥으로 옮긴 모습을 보고 조금 놀랐다. 이번에는 그녀가 살짝 고개를 숙여 보이며 뭐라고 말을 했다. 충분히 예의 바르게 느껴졌다. 가슴 깊은 곳에서 나오는 목소리였는데 알아듣기 힘든 그 혀 짧은 소리는, 상당히 정밀한 내 청력으로도 알아듣지 못한 적이 있는 그녀의 아들이 내는 소리와 똑같았다. 나는 되는대로 대답을 했다. 그녀가 한 말의 의미를 이해하지 못했기 때문이기도 했고, 갑자기 크게 뜬 그녀의 눈을 보고 당황했기 때문이기도 했다. 유별나게 큰 그 눈은 펠리페처럼 홍채가 황금빛이었다. 하지만 순간적으로 눈동자가 갑자기 크게 팽창되어 눈 전체가 거의 검은색으로 보였다. 그런데 내가 당황했던 것은 눈의 크기 때문이라기보다는, (그로 인한 결과일) 그 시선에서 느껴지는 독특한 무의미함 때문이었다. 지금껏 한 번도 보지 못했던 텅 비고 멍한 시선이었다. 그 앞에서 나는 시선을 떨어뜨리고 말을 했고, 당혹스럽고 부끄러워져서 곧장 위층 내 방으로 올라갔다. 그리고 방에 들어가 초상화의 얼굴을 보았을 때, 나는 다시 한 번 가계 혈통의 기적을 떠올려야 했다. 여주인은 실제로는 초상화보다 더 나이 들고 풍만했다. 눈의 색깔이 달랐을 뿐만 아니라 그림에서 나를 불쾌하게 하면서도 끌어당겼던 악의에 찬 느낌은 그녀의 얼굴에서는 찾아볼 수 없었다. 여주인의 얼굴은 선도 악도 존재하지 않는, 말 그대로 아무것도 표현하지 않는 도덕적 백지였다. 그러면서도 초상화와 유사한 점이 있었다. 그것은 생생하게 드러나진 않았지만 어딘가에 은밀히 숨어 있었고, 특히 어느 부분이 닮았다기보다는 전체적인 모습이 그러했다. 나는 생각했다. 이 초상화를 그린 거장은 커다란 캔버스에 전력을 쏟아 부으면서, 단순히 미소를 짓고 있는 사실적이지 않은 눈을 가진 여인의 모습만을 옮긴 것이 아니라, 한 혈통의 가장 본질적인 특성을 그대로 드러낸 것이라고.

그날부터 나는 내가 나가든 들어오든 부인이 기둥에 기댄 채, 혹은 불 앞 양탄자 위에서 다리를 뻗은 채 햇빛 속에 앉아 있는 모습을 볼 수 있었다. 가끔씩 돌계단 제일 위 층계참으로 자리를 옮기는 경우도 있었는데, 내가 바로 옆을 지나가도 그녀는 마찬가지의 무심함으로 일관했다. 그녀가 최소한의 활기라도 보일 때는 고작 해야 그녀의 풍성한 구릿빛 머리채를 빗고 또 빗는다거나, 그 깊고 툭툭 끊어지는 허 짧은 거친 목소리로 내게 예의상 태평하게 인사를 할 때뿐이었다. 내 생각에 그 두 가지 행동이 그냥 가만히 있는 일을 제외하고는 그녀의 유일한 낙인 것 같았다. 그녀는 자기가 말을 해놓고도 대단히 재치 있는 말이라도 한 것처럼 자랑스러워하는 것 같았다. 비록 그 말들에 알맹이가 없긴 했지만 실제로 그건 많은 존경받는 사람들의 대화도 마찬가지가 아닌가. 그리고 아주 지엽적인 화제이긴 했지만 전혀 무의미하거나 조리에 닿지 않는 이야기는 아니었다. 오히려 그 말들은 나름대로 어떤 아름다움이 있었고, 그녀의 전체적인 만족감을 호흡하고 있었다. 때로 그녀는 따뜻함에 대해 얘기하곤 했다. 그녀의 아들이 그렇듯 그녀는 그 따뜻함에 매우 행복해했다. 때로는 석류나무 꽃에 대해, 때로는 날갯짓하며 마당의 공기를 움직이는 흰 비둘기와 긴 날개의 제비에 대해 얘기했다. 새들은 그녀를 흥분하게 만들었다. 새들이 빠르게 날며 처마를 스치거나 그녀 옆을 미끄러지듯 날며 바람을 일으키면 그녀는 동요하곤 했고, 몸을 약간 세워 앉으며 나른한 만족에서 깨어나는 것처럼 보였다. 그러나 나머지 시간 동안에는 그렇게 호사롭게 앉은 채 나태와 단순한 기쁨 속에 빠져 있었다. 처음엔 그녀의 부서질 것 같지 않은 견고한 만족스러움이 거슬렸다. 하지만 점차 그 광경에서 편안함을 발견하게 되었으며 결국 나는 하루에 네 번씩 나가고 들어올 때마다 그녀 곁에 앉아서 조용히 이야기하는 것이 —무슨 얘기를 했는지는 모르겠으나—습관처럼 되어버렸다. 나는 그녀가 멍하게 거의 동물이 곁에 있듯 그렇게 가까이 있는 것이 좋아졌다. 그녀의 아름다움과 멍청함이 내 마음을 가라앉히고 위로를 주었다. 나는 그녀가 하는 말에 일종의 초월적인 좋은 감각이 있음을 발견하기 시작했다. 그리고 그녀의 끝을 알 수 없는 긍정적인 성격을 감탄하며 부러워하게도 되었다. 그녀 역시 호의를 보였다. 반 무의식적이긴 했지만 내가 곁에 있는 것을 좋아했다. 마치 깊은 명상에 잠긴 사람이 시냇물 흐르는 소리를 좋아하는 것과 같았다. 내가 다가갔을 때 그녀가 더 환해졌다고 말하기는 힘들다. 그녀의 얼굴은 마치 바보 같은 조각상인 양 항상 만족스러운 표정이었기 때문이다. 하지만 나는 눈으로 보는 것보다 더 친밀한 소통을 통해 그녀의 기쁨을 인식할 수 있었다. 하루는 내가 대리석 계단 위에서 그녀 가까이 손이 닿을 만한 거리에 앉아 있을 때였다. 갑자기 그녀가 한 손을 뻗어 내 손을 살짝 두드렸다. 내 마음이 이 손길을 이해하기도 전에 상황은 끝났고 그녀는 이미 원래의 모습으로 돌아가 있었다. 내가 고개를 돌려 그녀의 얼굴을 보았을 땐 답이 될 만한 어떤 감정도 읽어낼 수 없었다. 그녀는 그 행동에 어떤 의미도 부여하지 않은 것이 분명했다. 나는 내 마음이 혼란스러워진 것에 대해 스스로를 비난해야 했다.

어머니를 보고, (이렇게 말해도 된다면) 그녀와 가까워지고 나니, 내가 아들을 보면서 했던 판단이 맞았음을 알 수 있었다. 이 집안의 혈통은 병들었다. 아마 오랜 기간의 근친혼이 문제였을 텐데, 고고하고 폐쇄적인 가문들에서는 일반적으로 행해진 잘못이었다. 사실 신체에서는 어떠한 쇠퇴의 흔적도 찾아볼 수 없었다. 아름다운 용모와 강한 체력은 손상되지 않고 유전되었다. 지금 내가 보는 얼굴들은 마치 조폐국에서 찍어 낸 화폐를 보는 듯 초상화에서 나를 보며 미소 짓던 두 세기 전의 얼굴 그대로이다. 그러나 지능은 (이것이야말로 가문의 보물인데) 퇴화했다. 조상의 기억이 전해 주는 보물은 극히 일부만 남았을 뿐이다. 힘이 세고 천한 마부든 산속의 밀수꾼이든 그들과의 이종교배가 있었기에 그나마 어머니의 느리고 우둔한 성질을 아들의 아주 활발하고 괴짜 같은 성질로 키워 낼 수 있었을 것이다. 그래도 나는 이 두 사람 중에 어머니가 더 마음에 들었다. 펠리페는 가끔 앙심을 품긴 해도 달래기는 쉬웠으나, 갑자기 놀라 뛰어오르는가 하면 뒤로 물러서는 등 토끼처럼 변덕스러워서 나는 그가 언제든 위험해질 수 있는 괴물처럼 느껴졌다. 그런데 어머니를 볼 때면 친절함만이 떠올랐다. 사실 방관자 입장에서는 아무 생각 없이 한쪽 편을 드는 경향이 있듯이, 나는 두 사람 사이에 쌓인 적대감을 감지하면서 한쪽을 열렬히 지지하게 되었다. 그 적대감은 주로 어머니 쪽에서 느끼는 것으로 보였다. 그녀는 아들이 근처에 오면 숨을 들이쉬었고 텅 빈 눈동자가 공포와 두려움으로 작아졌다. 그녀의 감정은 있는 그대로 얼굴에 드러나거나 쉽게 느껴졌다. 이 잠재된 반감이 내 관심을 끌었고, 나는 그 이유가 무엇인지, 그것이 아들의 잘못인지 궁금해졌다.

저택에서 열흘쯤 보낸 후였다. 높고 거친 바람이 불면서 먼지 구름이 몰려왔다. 바람은 독기 어린 저지대에서 시작되어 눈 쌓인 산봉우리 몇 개를 넘어왔다. 바람을 맞은 사람들의 신경이 팽팽하게 당겨지고 곤두섰다. 눈은 먼지 때문에 쓰라렸고 다리는 몸을 지탱하느라 힘이 들었으며 손과 손이 맞닿는 것만으로도 불쾌했다. 게다가 골짜기를 타고 내려와 집에 몰려온 바람이 윙윙 웅웅 하고 낮은 소리로 계속 울어대어 듣는 사람의 귀를 피곤하게 하고 마음을 우울하게 짓눌렀다. 돌풍같이 치고 빠지는 바람이 아니라 폭포처럼 지속적으로 끊임없이 퍼붓는 바람이었기에 바람이 부는 동안엔 불쾌함이 쉼 없이 계속되었다. 하지만 저 산 더 높은 곳에서는 아마도 이곳보다 더 다양한 힘의 변주로 바람이 격렬하게 몰아치고 있는 것 같았다. 때때로 아주 먼 곳에서 바람의 울음소리가 내려왔는데 가없이 슬픈 소리였으며, 때로는 높은 산비탈이나 고원에서 먼지 기둥이 시작되었다가 마치 폭발 때의 연기처럼 퍼져나가기도 했다.

나는 잠에서 깨어나자마자 곤두선 신경과 우울한 날씨를 인식할 수 있었고, 그런 증상은 시간이 갈수록 점차 심해졌다. 그 기분을 떨쳐 버리려 했지만 소용이 없었고 아침마다 하는 산책을 나가 보았지만 역시 허사였다. 폭풍의 비이성적이며 한결같은 맹위에 내 힘은 소진되었고 신경은 지치고 말았다. 결국 나는 집으로 돌아왔다. 몸은 땀도 나지 않는 열기로 뜨거웠고 먼지 때문에 더럽고 버석거렸다. 마당은 버려진 모습이었다. 이따금씩 햇빛 한 줄기가 흘러내리기도 했지만,

바람이 흔들고 지나가는 석류나무에서는 꽃이 떨어져 흩어졌고, 창문의 덧문이 벽에 부딪히며 덜그럭 소리를 냈다. 부인은 정자에서 상기된 얼굴로 눈을 반짝이며 앞뒤로 계속 오가고 있었다. 그녀는 화난 사람처럼 혼잣말을 하고 있는 것 같았다. 하지만 내가 늘 하듯이 그녀에게 인사를 하며 말을 걸자, 그녀는 잠깐 몸짓으로만 대답을 하고는 다시 그렇게 걷기를 계속했다. 날씨가 이 무감각한 인간의 정신조차 변화시킨 것이다. 그래서 나는 위층으로 올라가면서 내 불안정한 상태가 좀 덜 부끄럽게 느껴졌다.

바람은 하루 종일 계속되었다. 나는 방에 앉아 책을 읽는 시늉도 해보았고 방 안을 이리저리 걸어도 보았으며 머리 위에서 일어나는 바람의 소동에 귀도 기울여 보았다. 밤이 되었다. 나에겐 초 한 자루조차 없었다. 나는 사람이 그리워지기 시작했고 그래서 마당으로 내려갔다. 마당은 이제 어둠이 시작되어 푸르스름한 어스름에 잠겨 있었다. 하지만 정자는 불이 지펴져 붉게 빛나고 있었다. 나무 장작이 높이 쌓여 있었고 그 위에서 불꽃이 왕관처럼 타오르며 난로 통풍구로 바람이 들어갈 때마다 앞뒤로 흔들렸다. 그 강렬하게 춤추는 불빛 속에서 부인은 벽에서 벽으로 계속 오가고 있었다. 연결되지 않는 몸짓을 하다가 두 손을 마주 잡는가 하면 팔을 앞으로 뻗기도 했다. 그리고 하늘에 호소라도 하듯 머리를 뒤로 젖히기도 했다. 그렇게 혼란스러운 동작들 속에서도 여인의 아름다움과 우아함은 더욱 선명히 드러났다. 하지만 그녀의 눈에서 뭔가 선득한 빛이 비쳤는데 그것이 매우 기분 나쁜 느낌을 주었다. 나는 잠시 더 조용히 그 모습을 바라보다가—그쪽에서는 나를 보지 못한 것 같았다.—몸을 돌려 더듬더듬 내 방으로 올라갔다.

펠리페가 저녁 식사와 불을 가져왔을 때 나는 완전히 기진맥진해 있었다. 그가 평소 내가 보아오던 상태였다면 나는 그를 (필요하다면 억지로라도) 머물게 했을 것이다. 그래서 내 지긋지긋한 고독으로부터 벗어나려 했을 것이다. 하지만 펠리페 역시 바람의 영향을 받고 있었다. 그는 하루 종일 안절부절못했고, 이제 밤이 되자 그 역시 기분이 가라앉고 소심해져 내 우울과 상호 작용을 일으키고 있었다. 겁먹은 그의 얼굴, 놀라 창백해진 모습, 그러다 갑자기 귀를 세우는 행동, 그런 것들이 내 절제력을 약하게 만들었다. 그래서 그가 접시 하나를 떨어뜨려 깼을 때 나는 정말 의자에서 펄쩍 뛰어오르다시피 했다.

"오늘은 우리 모두가 제정신이 아닌 것 같군." 나는 애써 웃는 척하며 말했다.

"이건 불길한 바람이에요." 그가 음울하게 말했다. "뭔가 해야 할 것 같은데 그게 뭔지 모르겠어요."

나는 그 표현이 아주 적절한 것에 주목했다. 실제로 펠리페는 때때로 몸이 느끼는 감각을 말로 나타낼 때 기이할 정도로 적확한 표현을 사용했다.

"그리고 어머니도 날씨가 이러니 힘이 드신 것 같더군. 어머니가 편찮으실까 걱정되지 않나?" 내가 말했다.

그는 잠시 나를 바라보더니 말했다. "아뇨." 거의 도전적인 어투였다. 그러고는 곧 손을 눈썹에 대며 슬픈 목소리로 바람에 대해, 물레방아처럼 그의 머리를 빙글빙글 돌게 하는 그 소리에 대해 큰 소리로 얘기했다. "그러니 누군들 괜찮을 수 있겠어요?" 그가 소리쳤다. 나 역시 그의 물음을 되풀이할 뿐이었다. 나 또한 충분히 괴로웠으므로.

 나는 일찍 잠자리에 들었다. 온종일 불편했던 심기 때문에 몹시 지쳐 있었다. 하지만 표독스러운 바람과 사악하고 끊일 줄 모르는 그 포효가 나를 잠들게 내버려 두지 않았다. 나는 누운 상태로 뒤척였고 신경과 온몸의 감각이 곤두섰다. 때때로 깜빡 졸다가도 무서운 꿈에 시달리며 잠에서 다시 깨야 했다. 잠깐씩의 이런 망각 때문에 몇 시쯤 된 것인지 혼란스러웠다. 어쨌든 매우 늦은 밤이었다. 나는 갑자기 들려오는 불쌍하면서도 불쾌한 비명 소리에 소스라치게 놀랐다. 나는 내가 꿈을 꾼 것이라 생각하며 자리에서 벌떡 일어났다. 그러나 그 비명 소리는 여전히 집 안을 가득 채우고 있었다. 고통의 비명 소리 같았다. 분노에 찬 소리인 것은 분명했다. 그 소리가 너무나 거칠고 불쾌하여 심한 충격처럼 가슴을 때렸다. 환상이 아니었다. 뭔가 살아 있는 것이, 뭔가 광폭한 야생동물 같은 것이 지독한 고문을 당하는 소리였다. 펠리페와 다람쥐 생각이 불현듯 떠올랐고 나는 문을 향해 달려갔다. 그러나 문은 밖에서 잠겨 있었다. 아무리 흔들어보아도 나는 꼼짝할 수 없이 갇힌 몸이었다. 비명은 아직도 계속되고 있었다. 이제는 신음 소리로 약해지긴 했으나 더욱 분명하게 들렸다. 사람 소리라는 것을 확실히 알 수 있었다. 그러다 다시 비명이 터져 나오면서 지옥과도 같은 광기의 소리가 온 집 안을 울렸다. 나는 그렇게 문 앞에 서서 그 소리가 사라질 때까지 듣고 있었다. 소리가 완전히 들리지 않게 된 이후에도 한참 동안 나는 여전히 불어오는 바람 소리와 함께 환청처럼 그 소리를 들을 수 있었고 또 듣고 있었다. 마침내 내가 침대에 기어 들어갔을 때 내 가슴에는 죽을 것만 같은 아픔과 검은 공포가 가득 차 있었다.

내가 더 이상 잠들지 못한 것은 당연했다. 왜 나를 가둔 것일까? 무슨 일이 일어난 걸까? 그렇게 형언할 수 없는 충격적인 비명 소리의 주인공은 누구였을까? 사람이었나? 상상할 수조차 없었다. 짐승이었나? 그 비명은 짐승 소리 같지는 않았다. 어떤 짐승이, 사자나 호랑이 같은 그 무엇이 그렇게 이 저택의 단단한 벽을 뒤흔들 수 있단 말인가? 그렇게 미스터리의 여러 면모를 따져보는 동안, 내가 아직까지 이 집안의 딸을 보지 못했다는 데 생각이 미쳤다. 부인의 딸이, 펠리페의 누이가 미치광이라는 것보다 더 그럴듯한 설명이 있을까? 아니면 이 무지하고 반편이 같은 인간들이 제정신이 아닌 가족을 폭력으로 괴롭히는 것보다 더 있을 법한 얘기가 있을까? 결론은 이랬다. 그 비명을 다시 떠올려보면 (그때마다 나는 차가운 전율을 느꼈다.) 그 어떤 설명도 부족했다. 그 어떤 잔혹함도 광기로부터 그런 비명을 짜낼 수는 없을 것이다. 하지만 한 가지는 분명했다. 나는 그런 일이 조금이라도 가능한 집에서는 살 수 없었다. 그리고 그 문제를 철저히 밝히고, 필요하다면 개입하지 않을 수 없었다.

다음 날이 되자 바람은 잠잠해졌고, 어젯밤의 사건을 떠올리게 할 만한 그 무엇도 남아 있지 않았다. 펠리페는 쾌활한 모습으로 내 침실에 들어왔다. 내가 마당을 지나갈 때 부인은 여느 때와 다름없이 미동도 않고 햇볕을 쬐고 있었다. 내가 대문을 나서자 꾸밈없이 미소 짓고 있는 자연의 모습도 그대로 볼 수 있었다. 차가운 푸른색 하늘에 커다란 구름이 섬처럼 뿌려져 있었고 산비탈에는 빛과 그림자가 지도처럼 군락을 이루고 있었다. 잠깐의 산책으로 나는 맑은 정신을 되찾았고 이 미스터리의 진상을 알아내겠다는 결심도 새로워졌다. 언덕 위에서 보니 펠리페가 정원으로 일하러 나가는 것이 보였다. 나는 즉시 저택으로 돌아가 내 계획을 실행에 옮겼다. 부인은 잠 속에 빠진 것처럼 보였다. 잠시 서서 그녀를 지켜보았지만 그녀는 움직이지 않았다. 설사 내 의도가 지각없는 것이라 해도 저런 감시자를 두려워할 필요는 없었다. 나는 돌아서서 회랑으로 올라간 후 집 안을 다니며 조사하기 시작했다.

아침 내내 나는 이 방에서 저 방으로 돌아다녔다. 넓고 빛바랜 방들이었다. 되는대로 덧문을 달아놓은 곳도 있었고 한낮의 밝은 빛이 가득 들어오는 곳도 있었지만, 모두 텅 빈 채 따뜻한 느낌이라곤 없었다. 풍요했던 집이었다. 단지 세월이 흐르면서 광택을 잃고 먼지가 그 미몽을 흩어지게 했을 뿐이었다. 거미가 매달려 있었고 비대한 독거미가 천장 바로 아래를 기어 다니고 있었다. 개미들이 응접실 바닥을 무리 지어 지나가고 있었다. 썩은 고기를 먹고 살며 종종 죽음의 사자이기도 한 크고 불결한 파리가 썩은 목조 틈새에 둥지를 틀고 있다가 이 방 저 방 윙윙거리며 몰려다녔다. 여기저기 등받이 없는 의자 한두 개, 소파, 침대, 조각으로 무늬가 새겨진 커다란 안락의자 등이 마치 작은 섬처럼 아무것도 깔리지 않은 맨바닥 위에 남겨져서 한때 사람이 살았던 자취를 보여 주고 있었다. 벽마다 고인이 된 사람들의 초상화가 걸려 있었다. 이 빛바래 가고 있는 초상화들로 미루어 볼 때 이 집은 한때 용모가 아름다운 대단한 가문이 살고 있었던 게 분명했다. 많은 남자들이 가슴에 훈장을 달고 귀족 장교의 품위를 지니고 있었다. 여자들은 모두 화려한 복색이었다. 그림도 대부분 대가들의 솜씨였다. 그러나 내 마음을 사로잡은 것은 그런 위대한 영광의 증거들보다는 오히려 그와 완전히 대조되는, 대가 거의 끊기고 한때 대단했던 집의 황폐해진 모습이었다. 아름다운 얼굴과 균형 잡힌 체형들이 대대로 물려지는 모습을 보면서 내가 읽어낸 것은 오히려 가족생활이라는 우화였다. 이전에는 혈통이 연속되는 기적을, 태어나고 다시 태어나고, 신체의 특징들을 직조하고 바꾸며 물려주는 그런 과정을 이렇게 직접 깨달은 적이 없었다. 아이가 어머니에게서 태어나고 성장하고 (어떻게인지는 모르지만) 인간다움을 부여받고, 물려받은 외모를 드러내며 선조 중 누군가처럼 고개를 돌리고, 또 다른 선조 누군가의 몸짓 그대로 손을 내미는 것은 수없이 반복되어 우리에게는 이미 무뎌진 기적이다. 그런데 그 기적이 저택 벽에 걸린 그림 속 여러 세대의 사람들에게서 보이는 표정의 독특한 일관성, 공통된 용모와 공통된 태도에서 뛰쳐나와 내 얼굴과 마주하고 있었다. 때마침 오래된 거울이 놓여 있기에 나는 그 거울 앞에 서서 한동안 내 자신의 모습을 살펴보았다. 손으로 내 혈통의 핏줄을, 나와 내 가족을 이어주는 연결선을 더듬으며.

이렇게 하나하나 뒤지다 마침내 나는 사람이 사는 흔적이 있는 방의 문을 열었다. 북쪽을 바라보는 커다란 방이었는데 거기서 바라보이는 풍경은 대부분 거친 산이었다. 난로에는 타다 남은 불이 그을린 채 연기를 피워 올리고 있었고 불 옆으로 의자가 가까이 놓여 있었다. 방은 여러모로 엄격하다 할 정도로 절제되어 있었다. 의자에는 방석도 없었고 바닥과 벽엔 아무것도 없었다. 이곳저곳 어지러이 놓인 책들 외에는 일이든 놀이든 아무것도 할 것이 없었다. 이런 가족이 사는 집에서 책을 본다는 것이 나로서는 상당히 흥미로웠다. 나는 서둘러서, 그리고 혹시 방해받을까 순간적으로 두렵기도 해서 이 책 저 책 무슨 내용인지 빠르게 훑어보기 시작했다. 모든 종류의 책이 다 있었다. 종교, 역사, 과학, 하지만 대부분 상당히 오래된 것이었고 라틴어였다. 어떤 책들엔 지속적으로 읽고 또 읽은 흔적이 남아 있었고, 어떤 책들은 마음에 들지 않거나 인정할 수 없다는 듯이 찢어진 채 옆으로 던져져 있었다. 마지막으로 그 빈 방을 돌아보다가 나는 창가 테이블 위에 연필로 글을 써놓은 종이들을 발견했다. 나는 별생각 없이 호기심으로 그중 한 장을 집어 들었다. 시 한 구절을 옮겨 적은 것이었는데 아주 투박한 운율이었다. 스페인어로 된 그 시를 번역하자면 이렇다.

기쁨은 고통과 부끄러움과 함께 다가왔고,
슬픔은 백합 화관과 함께 왔네.
기쁨이 아름다운 태양을 보여 주었네.
주여, 태양은 얼마나 아름답게 빛나던가!
슬픔은 그녀의 야윈 손이 가리키는 것과 함께 왔네,
주여, 바로 당신과 함께!

부끄러움과 혼란스러움이 함께 찾아왔다. 종이를 내려놓고 나는 그 방에서 즉시 나왔다. 펠리페도, 그의 어머니도 그 책들을 읽거나 비록 거칠긴 하지만 그렇게 감성적인 시를 썼을 리가 없다. 내가 우연히 침입하게 된 방은 그 집 딸의 방인 것이 분명했다. 내 지각없는 행동 때문에 나는 진실로 심한 가책을 느꼈다. 내가 은밀히 한 소녀의 사적인 공간을 침범했다는 것은 생각만 해도 기이한 경우여서 혹시라도 그녀가 이 이야기를 듣게 될지도 모른다는 두려움이 죄의식처럼 나를 짓눌렀다. 그리고 전날 밤 내가 품었던 의혹에 대해서도 스스로를 비난했다. 그렇게 충격적인 비명 소리를 지금은 내가 성자(聖者)로 생각하고 있는 사람의 것으로 생각했어야 했을까. 이제 그녀는 유령 같은 모습을 지닌 것으로 상상되었다. 수척하고 쇠약해진 채로 한결같은 경건한 신앙을 실천하며, 자신과는 너무 다른 피붙이들과 외떨어져 고립된 영혼을 가지고 생활하고 있는 것이 아닐까. 그러다 나는 회랑의 난간에 기대서 석류나무가 가득한 환한 마당과 화려한 옷을 입고 졸고 있는 여인의 모습을 내려다보았다. 그녀는 기지개를 켜더니 나태함이 주는 관능적인 모습으로 부드럽게 입술을 핥았다. 그 순간 나는 그 장면과 북쪽으로 산을 바라보는 그녀의 딸이 지내는 차가운 방을 비교하고 있었다.

그날 오후 나는 내가 늘 가는 언덕 위에 앉아 있다가 파드레가 저택 대문으로 들어가는 것을 보았다. 딸의 인물 됨됨이를 알고 나자 기분 좋은 충격을 받았고 그로 인해 전날 밤의 공포가 거의 지워진 상태였다. 그런데 사제의 모습을 보니 기억이 되살아났다. 나는 언덕에서 내려와 숲 속을 맴돌며 길옆에서 그가 지나가길 기다렸다. 사제가 나타나자마자 나는 앞으로 다가가 저택의 하숙인이라 소개를 했다. 그는 매우 강인하고 정직한 얼굴이었으며, 그 표정에서 나를 외국인이자 이교도로 생각하는, 그렇지만 대의를 위해 다친 사람인 것을 아는 복잡한 감정을 쉽게 읽을 수 있었다. 나는 아직 딸을 보지 못했다고 말했고, 이에 사제는 애초에 그렇게 하기로 했던 것임을 지적하며 약간 미심쩍은 눈으로 나를 바라보았다. 마침내 나는 용기를 내어 전날 밤 나를 혼란스럽게 했던 비명 소리에 대해 언급했다. 그는 아무 말 없이 내 말을 듣다가, 더 이상 듣지 않겠다는 의사 표시인 듯 나를 돌아보았다.

"코담배 하시오?" 그가 코담뱃갑을 내밀며 말했고, 내가 거절하자 말을 이었다. "난 늙은이요. 늙은이가 한마디 해도 좋다면, 당신은 그저 손님이라는 거요."

"그렇다면 신부님 말씀은 이곳 일들은 이곳 순리에 맡기고 관여하지 말라는 뜻이군요?" 나는 신부의 말에 묻어 있는 질책에 얼굴이 붉어지면서도 굳은 목소리로 말했다.

그는 "그렇소."라고 말하더니 다소 불편한 인사를 하며 돌아서 가버렸다. 하지만 그는 나에게 두 가지를 안겨 주었다. 그는 내 양심을 편하게 해주는 한편 내 섬세함도 일깨워 주었다. 나는 애써 다시 한 번 그날 밤의 기억을 지우려 노력했고, 다시 한 번 나의 성자 같은 시인에 대해 골똘히 생각했다. 그러면서도 내가 방에 갇혔던 것을 잊을 수 없었기 때문에, 그날 밤 펠리페가 저녁 식사를 가져왔을 때 그 두 가지 관심사에 대해 조심스럽게 그를 공략했다.

"누이는 좀처럼 보이지 않는군." 나는 아무렇지 않은 듯 말했다.

"아, 그렇죠. 착한, 착한 아이예요." 그는 그렇게 말하더니 벌써 다른 일에 관심을 보이고 있었다.

"누이가 신앙심이 깊은가 보지?" 나는 그가 말을 중단했을 때 다시 물었다.

"오! 성자 같지요. 그 아이 덕분에 제가 신앙을 계속 유지한답니다." 그는 매우 열정적으로 두 손을 마주 쥐고 말했다.

"자넨 아주 운이 좋군. 왜냐하면 나를 포함한 대부분의 사람들은 타락하기가 더 쉽거든."

"장교님." 펠리페가 진지하게 말했다. "그런 말씀하지 마세요. 천사를 노하게 하면 안 된답니다. 한번 신앙을 잃기 시작하면 어디서 멈추겠어요?"

"이런, 펠리페, 난 자네가 전도를 하리라고는 전혀 짐작도 못 했네. 그것도 훌륭한 전도사로군. 하지만 내가 보기엔 자네 누이가 하는 말들 같은데?"

그는 동그란 눈으로 나를 바라보며 고개를 끄덕였다.

나는 말을 계속했다. "그렇다면 누이는 자네가 저지른 잔인한 죄에 대해 분명 비난을 했겠군?"

"열두 번이나요!" 이 괴짜 같은 청년은 자주라는 표현을 그렇게 했다. "장교님도 저를 꾸지람하셨다는 얘기를 했더니─기억하고 있었죠." 그는 자랑스럽게 덧붙였다. "그 아이가 흐뭇해하더군요."

"그런데 펠리페, 지난밤 내가 들은 비명 소리들은 분명 누군가가 고통을 당하는 소리였어."

"바람이었어요." 펠리페가 불을 바라보며 말했다.

나는 그의 손을 잡았다. 그는 내가 자기 손을 만져준다고 생각하고는 환하게 기쁜 미소를 지었고, 나는 그 미소를 보며 거의 내 결심을 무너뜨릴 뻔했다. 하지만 나는 약해지는 마음을 다잡았다. "바람이었다고." 나는 그 말을 되풀이하곤 그의 손을 위로 들어 올리며 말했다. "그런데 나는 이 손이 먼저 나를 방에 가둔 것 같은데." 그는 눈에 띄게 동요했지만 단 한마디도 하지 않았다. "어쨌든 나는 이방인이고 손님일 뿐이지. 그러니 이 집안의 일에 참견하거나 함부로 판단해서도 안 되고. 이 일에 대해서라면 자네 누이의 조언을 따르게. 당연히 훌륭한 조언이겠지. 하지만 내 문제에 대해서는 말이지, 나는 방에 갇히는 것은 용납할 수가 없네. 열쇠를 내놓게." 반시간 후 갑자기 방문이 열리더니 짤랑하고 열쇠가 바닥으로 떨어졌다.

하루인가 이틀 후, 정오가 되기 조금 전에 나는 산책에서 돌아왔다. 부인은 정자 문지방 위에서 잠에 빠져 있었고, 그 아래에는 비둘기들이 눈이 쌓인 것처럼 하얗게 모여 졸고 있었다. 집은 한낮의 고요 속에 마법에 취해 있었다. 산에서 부드럽게 불어오는 바람만이 살며시 회랑 여기저기를 돌아다니다 석류나무 사이를 바스락거리며 지나쳤고 그러다 기분 좋게 그림자를 흔들기도 했다. 이 정적 속의 무언가가 나에게도 그리하라 말하는 듯한 느낌에 나는 아주 조용조용 마당을 건너 대리석 계단을 올라갔다. 내 발걸음이 제일 위의 계단에 이르렀을 때였다. 문이 열리면서 나는 내 앞에 얼굴을 마주하고 선 오랄라를 볼 수 있었다. 놀라움에 나는 그대로 못 박힌 듯 서 있었다. 그녀의 아름다움이 내 가슴을 치고 들어왔다. 그녀는 회랑의 짙은 그림자 속에서도 색깔 있는 보석처럼 밝게 빛났다. 그녀의 눈이 내 눈을 사로잡더니 그대로 고정되어 마치 손을 마주 잡은 것처럼 우리를 하나로 묶어버렸다. 우리가 그렇게 얼굴과 얼굴을 마주한 채 넋을 잃고 서로를 바라보았던 그 순간들은 신성했고 영혼의 결혼과도 같았다. 얼마나 시간이 흘렀을까, 나는 깊은 무아지경에서 깨어났고 황급히 고개를 숙여 인사한 후 그 곁을 지나 위층으로 올라갔다. 그녀는 움직이지 않았지만 커다랗고 갈망하는 듯한 눈이 나를 뒤따라왔다. 내가 시야에서 벗어나자, 그녀는 창백해지며 서서히 희미해지다 사라져버리는 것만 같았다.

나는 내 방으로 들어와 창문을 열고 밖을 내다보았다. 도대체 무슨 변화가 이 산속 저 엄숙한 들판에 일어났기에 저 높은 하늘 아래의 풍경이 노래를 부르며 환히 빛나는 것일까.

나는 그녀를 보았다.──오랄라! 그러자 바위산이 대답했다. 오랄라! 그 깊은 속을 헤아릴 수 없던 말없는 푸른 하늘도 대답했다. 오랄라! 내 꿈속에 나타나던 창백한 성자는 영원히 사라지고, 이제 그 자리에서 나는 이 여인을 보노라. 신은 그녀를 세상에서 가장 화려한 빛깔로 치장하고 그녀에게 가장 역동적인 삶의 힘을 부여했으니, 그녀는 사슴처럼 기운차고 갈대처럼 가녀렸다. 그런 그녀의 커다란 눈에 신은 영혼의 횃불을 밝혀 놓았다. 야생동물처럼 팽팽한 젊은 생명력이 전율하며 내게로 들어왔다. 영혼의 강력한 힘이 그녀의 눈을 통해 밖을 내다보더니 내 영혼을 정복하여 내 가슴을 감싸고는 노래가 되어 내 입술에서 뛰쳐나왔다. 그녀가 내 핏줄 속에 흐른다. 그녀는 나와 하나가 되었다.

이 열정이 줄어들 수는 없다. 오히려 내 영혼은 황홀경이라는 튼튼한 성안에서 차갑고 슬픈 생각들에 포위당한 채 버티고 있었다. 내가 첫눈에 그녀를 사랑하게 되었다는 것엔 의심의 여지가 없었다. 이미 나는 이전엔 경험하지 못했던 정열로 몸을 떨고 있었으니까. 그럼 이제 어떻게 할 것인가? 그녀는 저주받은 혈통의 자손이었다. 안주인의 딸이었고 펠리페의 누이였다. 그녀의 아름다움에서조차 그것은 드러나고 있었다. 그녀는 한 사람의 가벼움과 민첩함을 가지고 있었다. 화살처럼 빨랐고 이슬처럼 가벼웠다. 그리고 다른 한 사람처럼 창백한 세계를 배경으로 화사한 꽃이 되어 빛나고 있었다. 나는 그 반편이 청년을 그녀의 오빠라고 부를 수도, 그 움직일 줄 모르는 아름다운 살덩어리를 그녀의 어머니라 부를 수도 없었다. 멍청한 눈과 반복되는 그 바보 같은 웃음이 지긋지긋하게 계속 떠올랐다. 내가 결혼할 수 없다면, 그렇다면 어떻게 할 것인가? 그녀는 보호받지도 못하는 무력한 상태였다. 우리의 유일한 사랑의 행위였던 그 단 한 번의 길고 긴 눈맞춤 속에서 그녀의 눈은 나와 같은 연약함을 고백하고 있었다. 하지만 내 마음속의 그녀는 차가운 북향 방의 학생이었고 슬픈 시를 쓰는 시인이었다. 그리고 한 짐승의 마음을 누그러뜨리는 지식이었다. 도망을 간다는 것은 내가 가진 용기를 넘어서는 일이었다. 나는 대신 쉬지 않고 세심한 주의를 기울이리라 스스로 맹세했다.

창문으로부터 돌아서자 그 초상화에 눈길이 갔다. 태양이 떠오르고 난 뒤의 촛불처럼 그 그림은 이미 무의미한 것이었다. 그림의 눈이 계속 나를 따라왔다. 닮았다는 것을 알았다. 그리고 이 쇠락하는 혈통 속에 남아 있는 그 끈질김에 감탄했다. 하지만 닮은 점은 다른 점에 가려져 있었다. 나는 그 그림을 실제에서는 가능하지 않은 어떤 것으로 보았었다. 자연의 중용이라기보다는 화가의 솜씨에서 태어난 창조물로 보았던 것을 기억한다. 나는 오랄라를 생각하며 감탄했고 오랄라의 모습에서 기쁨을 느꼈다. 이전에도 미인은 본 적이 있지만 매력을 느끼지 못했었고, 모두들 아름답지 않다고 했지만 나는 끌렸던 여인들도 종종 있었다. 그러나 오랄라는 내가 열망했던 모든 것을, 내가 감히 상상하지 못했던 모든 것까지 다 함께 가지고 있었다.

다음 날 나는 그녀를 보지 못했다. 마음이 아팠고, 마치 아침을 애타게 기다리듯 내 눈은 애타게 그녀를 찾아 헤매었다. 그러다 그다음 날 내가 여느 때와 같은 시간에 돌아왔을 때 그녀는 회랑에 있었고, 우리의 시선은 다시 한 번 마주치며 엉켰다. 내가 말을 걸 수도, 더 가까이 다가갈 수도 있었겠지만, 그녀가 자석이 끌어당기듯 나를 끌며 내 마음을 휘어잡을수록 더욱 오만한 무언가가 나를 제지했다. 그래서 나는 고개를 숙여 인사만 하고 그대로 곁을 지나갔다. 그녀는 내 인사에는 답하지 않은 채 우아한 시선으로 나를 뒤쫓았을 뿐이다.

나는 이제 그녀의 이미지를 고스란히 알고 있다. 기억 속에서 그녀의 모습을 하나하나 더듬어보면 마치 그녀의 마음을 읽고 있는 것만 같았다. 그녀에게서는 그녀의 어머니가 지닌 교태 같은 것이 묻어났고 긍정적인 빛깔의 사랑스러움도 배어났다. 자신의 손으로 만들어 입은 것이 분명한 그녀의 옷은 아주 세련되고 우아하게 잘 어울렸다. 그 나라 방식대로 그녀의 조끼는 가운데가 길게 트여 열려 있었는데 거기엔 집안의 궁핍에도 불구하고 리본에 매단 황금 동전이 그녀의 갈색 가슴 위에 놓여 있었다. 이는 삶에 대한 그녀의 타고난 기쁨의, 그녀의 고유한 사랑스러움의 증거였다. 증거라는 것이 굳이 필요했다면 말이다. 다른 한편, 내 눈에 와 닿던 그녀의 눈에서 나는 깊고 깊은 열정과 슬픔을, 빛나는 시와 희망을, 음울한 절망과 지상을 초월하는 생각을 읽을 수 있었다. 아름다운 육신이었다. 그러나 그 안에 깃들어 있는 영혼은 육신보다 훨씬 더 가치가 있었다. 이 비길 데 없이 아름다운 꽃이 이 거친 산속에 감춰진 채 시들어가도록 내버려 두어야 할까? 그녀의 눈이 침묵 속의 표현으로 내게 주는 이 커다란 선물을 무시해야 하는 것일까? 여기 감금된 한 영혼이 있다. 나는 그 감옥을 무너뜨리지 말아야 하는 것인가? 모든 부수적인 염려들은 내게서 떨어져 나가 버렸다. 그녀가 헤롯왕의 딸이라 해도 맹세코 나는 그녀를 내 사람으로 만들 것이다. 그날 저녁 나는 배반과 수치스러움이 섞인 감정으로 그녀 오빠의 마음을 사로잡기로 마음먹었다. 아마도 나는 좀 더 우호적인 시선으로 그를 바라보고, 그의 누이를 생각하는 마음으로 인해 그 불완전한 영혼에서 좀 더 나은 면을 보게 되었던 것도 같다. 어쨌든 그는 그 어느 때보다 사랑스러워 보였다. 그가 오랄라와 매우 닮았다는 것이 신경에 거슬리면서도 내 마음을 부드럽게 해 주었다.

헛되이 사흘이 흘러갔다. ──빈 사막과도 같은 시간이었다. 나는 기회를 잃고 싶지 않았다. 그래서 오후 내내 마당에서 배회를 했고, (그런 나의 체면을 세우려) 평소보다 부인과 더 많이 이야기를 했다. 이제 나는 매우 애정 어리고 진지한 관심으로 부인을 살펴보게 되었다. 펠리페에게도, 그리고 이젠 그의 어머니에게도 점차 커져 가는 따뜻한 관용을 가지게 되었음을 깨달았다. 그러면서도 여전히 그녀의 모습은 경이로웠다. 내가 말을 하고 있는 동안에도 부인은 졸면서 잠시 잠이 들었다가 곧 깨어나곤 했는데 전혀 부끄러워하지 않았고, 그런 침착함이 나를 당황하게 했다. 그리고 그녀가 아주 조금씩 자세를 바꾸며 그런 동작에서 육체적 쾌락을 음미하며 즐기고 있다는 것을 알 수 있었고, 그 수동적인 관능의 깊이에 놀라지 않을 수 없었다. 그녀는 자신의 육체 속에서 살았다. 그녀의 의식은 모두 육체 속에 가라앉아 있었고 육체의 일부를 통해 나타났으며 그 위에 관능적으로 머물렀다. 결국 나는 그녀의 눈에 익숙해질 수 없었다. 그녀가 그 대단히 아름답고 아무 의미도 깃들어 있지 않은 눈동자로 나를 바라볼 때마다 나는 그것이 밝은 햇빛에는 활짝 열려 있지만 인간의 질문에는 닫힌 눈이라는 것을 알 수 있었고, 그때마다 나는 그녀의 눈동자가 잠깐 사이에도 커졌다 줄어들었다 생동감 있게 변화하는 것을 볼 수 있었다. 그리고 도대체 내게 무슨 변화가 생긴 것인지는 모르겠지만, 갑자기 내 신경에 거슬리는 실망과 짜증과 혐오가 한꺼번에 몰려왔고 나는 그것을 뭐라고 불러야 할지 알 수 없었다. 나는 여러 가지 화제를 다양하게 꺼내 보았지만 모두 허사였고, 마침내 그녀의 딸 이야기를 하기에 이르렀다. 하지만 딸 얘기에서조차 그녀는 무심했다. "예쁘지요." 그녀는 그렇게 말했다. (마치 어린아이들이 그렇듯) 그 말이 그녀가 할 수 있는 최고의 칭찬이었을 뿐 더 이상의 고차원적인 사고는 할 수가 없었던 것이다. 내가 다시 한 번 오랄라는 조용한 성격인 것 같다고 말했을 때 그녀는 그냥 내 얼굴에 대고 하품을 하더니, 할 말이 없을 땐 말이란 별 소용이 없는 것이라고 대답했다. "사람들은 말을 많이 해요. 너무 많이 하죠." 그녀는 이렇게 덧붙이면서 커다랗게 뜬 눈동자로 나를 바라보았다. 그러곤 다시 한 번 하품을 하며 장난감처럼 자그만 입을 내게 내밀어 보였다. 이번에는 눈치를 채고 나는 그녀가 휴식할 수 있도록 자리에서 일어나 내 방으로 올라갔다. 그리고 열린 창가에 앉아 산을 내다보긴 했지만, 경치에 주목하기보다는 깊고 빛나는 꿈에 잠겨 환상 속에서라도 한 번도 들어보지 못한 그 목소리를 듣기 위해 귀를 기울였다.

다섯째 날 아침, 나는 밝게 빛나는 기대감과 함께 깨어났고 그것을 운명에 대한 도전처럼 느꼈다. 나는 자신이 있었다. 마음도 발걸음도 날아갈 듯했고, 내 사랑을 지체 없이 알려야겠다고 결심했다. 더 이상 침묵의 결합 아래 말없는 것이 되어, 짐승의 사랑처럼 그렇게 오직 눈으로만 살아 있는 사랑이 되게 해서는 안 된다. 영혼의 사랑이 아닌, 인간으로서의 온전히 친밀한 접촉, 그 기쁨으로 들어가고 싶었다. 나는 열정적인 희망에 들떠 생각했다. 마치 엘도라도를 향해 떠나는 모험가처럼 그녀의 영혼이라는 미지의 사랑스러운 나라로 찾아가는 것이다. 나는 더 이상 이 모험 앞에서 떨고 있지 않았다. 그러나 실제로 그녀와 마주쳤을 때에는 똑같은 정열의 힘이 내려오긴 했지만, 동시에 내 정신까지 침몰되어 버렸다. 어린아이가 버릇처럼 그러듯 나는 말을 할 수가 없었다. 하지만 나는 어지러운 사내가 물가로 다가가듯 그녀에게 다가갔다. 그러자 그녀가 조금 뒤로 물러섰는데, 눈만은 흔들리지 않고 나를 향하고 있었다. 나는 그 눈에 이끌려 더 가까이 다가섰다. 마침내 손이 닿을 만한 거리에서 멈춰 섰다. 말이 나오지 않았다. 내가 한 발짝만 더 갔더라면 나는 아무 말 없이 그녀를 내 가슴에 끌어안았을지도 모른다. 그러나 내 속에 남아 있던 이성이, 아직 극복하지 못한 모든 것들이 그런 식으로 말을 거는 것에 반발하고 있었다. 그래서 우리는 그렇게 짧은 순간 가만히 서 있었다. 우리의 모든 생명을 눈에 담고 매력을 서로에게 발산하며, 그러면서도 서로에게 저항하며. 그러다 나는 굉장한 의지의 힘으로, 그리고 동시에 갑작스러운 실망의 씁쓸함을 맛보며 돌아서서 가버렸다. 여전히 침묵만이 이어지고 있었다.

도대체 나는 어떤 힘에 사로잡혀 말을 할 수 없었던 걸까? 그리고 그녀는, 왜 그녀도 그렇게 말이 없었을까? 왜 그녀는 그렇게 매혹된 눈으로 내 앞에서 말없이 뒤로 물러섰을까? 그것은 사랑이었을까? 아니면, 마치 쇠가 자석에 끌리듯 그렇게 무심하고 불가피한 맹목적인 이끌림이었을까? 우리는 한 번도 얘기를 나눈 적이 없다. 우리는 완전히 이방인이다. 하지만 어떤 영향력이, 거인의 손아귀처럼 강력한 힘이 말없이 우리를 함께 휩쓸었다. 내 쪽은 조급함으로 가득했다. 그녀에게 그럴 만한 가치가 있는 것은 분명했다. 나는 그녀의 책들을 보았고, 그녀의 시를 읽었다. 따라서 어떤 의미에서 나는 내 연인의 영혼을 발견한 것이다. 하지만 그녀의 입장을 생각하자 거의 충격적이었다. 그녀는 육체적 호감 외에는 나에 대해 아는 것이 없었다. 마치 돌이 땅에 떨어지듯 그렇게 내게 끌렸던 것이다. 지구에 작용하는 법칙이 그녀의 동의 없이 그녀를 내 팔로 이끌었을 뿐이다. 그런 혼례를 생각하는 것만으로도 나는 뒷걸음질이 쳐졌고 나 스스로를 경계하기 시작했다. 나는 사랑을 받고자 그녀를 욕망했던 것은 아니었다. 그리하여 나는 그녀에게 큰 연민을 느끼기 시작했다. 그녀가, 학생이자 은둔자이며 펠리페에게는 성자 같은 정신적 지주인 그녀가, 말 한 마디 해보지 않은 남자에게 지나치게 약해졌음을 인정했다면, 그녀는 얼마나 가혹한 굴욕감을 느꼈겠는가. 그런 연민을 느끼자 다른 모든 생각은 사라졌다. 그녀를 찾아서 위로하고 안심시켜 주고 싶다는 생각뿐이었다. 그녀에게 얘기하고 싶었다. 내가 온전히 그녀의 사랑을 돌려줄 것이며, 그녀의 선택은 비록 맹목적으로 이루어진 것이지만 절대 무가치한 것이 아니었다고.

다음 날, 화창한 날씨였다. 깊고 깊은 푸른 하늘이 산을 가득 덮고 있었다. 햇빛이 널리 퍼지고 숲을 지나는 바람과 산속 여기저기에서 떨어지는 격류의 물소리가 섬세한 음악이 되어 대기를 가득 채운 채 떠돌고 있었다. 하지만 나는 아직도 슬픔으로 지쳐 있었다. 내 가슴은 어린아이가 어머니를 찾으며 울듯 오랄라가 그리워 울고 있었다. 나는 평지의 북쪽 경계를 이루는 나지막한 절벽 끝 바위 위에 앉아 있었다. 거기서 시냇물이 흐르는 숲이 우거진 계곡을 내려다보았다. 지금의 내 기분으로는 아무도 없는 장소를 바라보고 있는 내 자신이 애처롭기까지 했다. 그곳엔 오랄라가 없었다. 그리고 나는 이 강렬한 공기 속에서, 이 거칠고도 아름다운 자연 속에서 전적으로 그녀와 함께 보내는 기쁨과 찬란한 아름다움으로 가득한 인생을 생각해 보았다. 처음엔 처량했던 감정이 곧 격렬한 기쁨이 되어 삼손처럼 그 힘과 크기가 점점 자라나는 것 같았다.

그러다 문득 나는 오랄라가 가까이 다가오고 있음을 깨달

앉다. 그녀는 코르크나무 숲에서 나와 곧장 나를 향해 걸어오고 있었다. 나는 자리에서 일어나 기다렸다. 그녀의 걷는 모습에서 느껴지는 생동감과 열정, 가벼움을 보며 감탄했다. 그녀는 그러면서도 조용히, 천천히 오고 있었다. 그녀의 활기는 그런 느릿느릿함 속에 독특한 힘을 가지고 있었다. 나는 그녀가 나에게 달려오는 것처럼, 날아오는 것처럼 느꼈다. 그녀는 시선을 아래로 두고 땅을 내려다보며 걸어오고 있었다. 그녀는 가까이 다가온 후 눈길 한 번 주지 않고 내게 말했다. 그녀의 목소리가 처음 흘러나오는 순간 나는 흠칫 놀랐다. 내가 그렇게 기다리던 순간이었고, 이것이 내 사랑의 마지막 시험이었다. 그리고 보라, 그녀의 발음은 정확하고 깨끗했다. 다른 가족들처럼 혀 짧은 소리가 나지도 불완전하지도 않았다. 여자치고는 깊은 목소리였지만 여전히 젊고 여성스러웠다. 그녀는 풍부한 음조로 말했다. 황금빛 알토 어조에 허스키한 음색이 섞여 있었다. 마치 그녀의 갈색 머리에 붉은빛이 섞여 있는 것과 같았다. 내 마음에 직접 이야기를 한 것은 단순한 목소리가 아니라, 그녀의 마음에 대해 얘기하는 목소리였다. 그녀의 말은 곧 나를 다시 절망에 빠뜨렸다.

"떠나세요." 그녀가 말했다. "오늘요."

그녀가 말을 하자 막혔던 내 말문도 열렸다. 나는 갑자기 가벼워지기라도 한 것처럼, 마치 마법에서 풀려나기라도 한 것처럼 느꼈다. 나는 정확히 어떤 말로 대답을 했는지는 알지 못한다. 그러나 절벽 위에서 그녀 앞에 선 채 나는 내 사랑의 열정을 모두 쏟아내었다. 내가 그녀 생각에 빠져 살았다는 것을, 잠이 들어서도 꿈에서 그녀의 사랑스러운 모습을 보았다는 것을, 영원히 그녀 곁에 있을 수 있다면 내 조국도, 내 언어도, 내 친구도 기쁜 마음으로 부인할 수 있을 것임을 말했다. 그리고 나 자신을 힘껏 억제하며 어조를 바꿨다. 나는 그녀에게 용기를 주고 위안을 주었다. 내가 그녀에게서 성스럽고 고결한 정신을 발견했으며, 그것을 기꺼이 공감하며 함께 나누고 짐을 가벼이 해주고 싶다고 말했다. 나는 그녀에게 말했다. "본성은 신의 목소리이며, 인간이 그에 복종하지 않는 것은 위험에 빠지는 일입니다. 사랑의 기적처럼 우리가 서로에게 말없이 이끌렸다면, 신께서도 우리 영혼이 잘 어울린다는 것을 암시하는 것입니다. 우리는 분명 운명입니다. 그러니 우리가 이 본능을 따르지 않는다면 그건 미쳐서 신을 거역하는 것입니다. 신에 대한 광기 어린 거역이란 말입니다."

그녀는 고개를 흔들었다. "오늘 떠나세요." 그녀가 다시 말했다. 그리고 격한 몸짓을 하며 갑자기 날카로운 음조로 말했다. "아뇨, 오늘은 아니에요." 그녀가 소리쳤다. "내일요."

하지만 이렇게 약해지는 기미를 발견하자 알 수 없는 힘이 마치 파도처럼 내게 몰려왔다. 나는 두 팔을 뻗으며 그녀의 이름을 불렀고, 그녀는 내게 달려와 나를 끌어안았다. 우리를 둘러싼 산들이 흔들리고 대지가 요동했다. 한 대 맞은 것 같은 충격이 내 몸을 휘감으며 눈앞이 캄캄하고 어지러워졌다. 하지만 다음 순간 그녀는 나를 밀쳐 내며 내 팔을 뿌리치고 사슴처럼 빠르게 코르크나무 숲으로 사라져버렸다.

나는 그 자리에 서서 산을 향해 소리쳤다. 그리고 돌아서서 저택을 향했다. 허공 위를 걷는 것 같았다. 그녀는 나를 떠나보내려 했지만 내가 이름을 부르자 그대로 내게 달려왔다. 그것이 여자들의 약점이다. 성에 대해 무지한 그녀조차도 그 약점은 가지고 있었다. 가다니? 나는 아니오, 오랄라, 오, 나는 가지 않소, 오랄라, 나의 오랄라! 가까이에서 새 한 마리가 노래를 부르고 있었다. 새를 보기 힘든 계절이었다. 그 노래가 한껏 더 내 기운을 북돋았다. 다시 한 번 자연의 장관이, 장중하고 흔들림 없는 산에서부터 숲 그림자 속의 가장 가벼운 잎새와 날아오르는 가장 작은 날것 하나까지 내 앞에서 춤을 추며 생명력을 띠기 시작했고 크나큰 기쁨의 표정을 보여 주었다. 햇빛이 마치 모루를 두드리는 쇠망치처럼 기운차게 온 산에 부딪혔고 그에 산이 흔들렸다. 대지는 강렬한 햇살에 짙은 향기를 뿜어 올렸고 숲은 연기를 피워 올리며 그을리고 있었다. 나는 산고의 전율과 기쁨이 대지를 타고 흐르는 것을 느낄 수 있었다. 내 가슴속에서 노래하는 이 사랑에는 무언가 가장 근본적인 것이, 무언가 원초적이고 난폭한 날것이 있어 자연의 비밀을 여는 열쇠가 된 것 같았다. 내 발밑을 구르는 돌들까지도 모두 살아 있는 듯 다정하게 다가왔다. 오랄라! 그녀의 손길이 내게 생기를 주고 나를 새로이 태어나게 했으며, 나를 고조시켜 거친 대지의 오랜 노랫소리를 듣게 하고, 예의 바른 모임에서는 잊어야 하는 것으로 배웠던 영혼의 너울거림을 느끼게 해주었다. 사랑은 내 안에서 맹렬하게 타올랐고, 부드러움이 그 격렬함을 감싸 주었다. 나는 황홀함 속에서 그녀를 미워했고, 흠모했고, 연민을 느꼈으며 또 숭배했다. 그녀는 나를 한편으로는 죽은 것들과, 다른 한편으로는 죽은 것을 불쌍히 여기는 우리의 순수한 신과 결합해 주는 연결 고리 같았다. 난폭하면서도 신성했고, 순수함과 대지의 방종한 힘을 동시에 닮은 그런 것이었다.

머리가 어지러운 상태로 나는 저택의 마당에 도착했고, 그녀의 어머니의 모습이 마치 계시처럼 내게 다가왔다. 그녀는 거기 그렇게 앉아 있었다. 아주 나태하고 만족스러운 듯한 모습으로 강렬한 햇빛 아래 눈을 깜박이며 꼼짝 않고 즐거움을 누리고 있었다. 오랄라와는 전혀 다른 인간이었고, 그녀 앞에서는 마치 부끄러운 것인 양 내 애정이 사라졌다. 나는 잠시 멈춰 서서 흔들리는 어조를 가능한 한 억제하며 한두 마디 말을 건넸다. 그녀는 헤아리기 힘든 친절함으로 나를 바라보았다. 대답하는 그녀의 목소리는 그녀가 잠들어 있던 평화의 나라에서 희미하게 흘러나오는 듯했다. 그 순간 나는 처음으로 그렇게 한결같이 순진하고 행복한 사람에 대한 존경의 감정을 느꼈다. 그리고 내가 흔들리고 있다는 것에 생각이 미치며 나 자신이 경이롭게 보였다.

내 방 테이블 위에 노란색 종이가 놓여 있었다. 북쪽 방에서 본 것과 같은 종이였다. 연필로 쓴 글이었는데 오랄라와 같은 필체였다. 그 종이를 집어 드는 순간 경고처럼 가슴이 철렁 내려앉았다. '당신이 진정 오랄라를 생각하신다면, 이 연약한 인간에게 기사도를 갖고 계시다면, 오늘 이곳에서 떠나주세요. 우리를 위해 돌아가신 그분의 이름으로 연민과 명예를 위해 떠나주시길 간절히 애원합니다.' 나는 얼이 빠진 상태로 그 편지를 한동안 보고 있었다. 그러다 곧 삶의 피곤함과 두려움을 느끼기 시작했다. 창밖의 황량한 산 위로 햇빛이 어두워졌고 나는 공포에 질린 사람처럼 떨기 시작했다. 내 삶에 갑자기 생겨난 텅 빈 공허가 마치 몸이 사라져버린 것처럼 나를 무력하게 만들었다. 내게는 단순히 내 마음과 내 행복뿐 아니라, 인생 자체가 달려 있는 문제였다. 나는 그녀를 잃을 수 없어. 나는 이렇게 말하곤 계속 그 말을 되뇌며 서 있었다. 그리고는 마치 꿈속에서처럼 창문으로 다가가 손을 뻗었고, 그 손은 유리창을 깨고 지나갔다. 손목에서 피가 솟아났다. 즉시 침착함과 자제력을 되찾은 나는 엄지손가락으로 샘처럼 피가 솟구치는 상처를 누르며 무엇을 할지 생각했다. 텅 빈 방에는 내 목적에 필요한 것이 아무것도 없었다. 게다가 나는 도움이 필요한 상황이라 느꼈다. 오랄라가 나를 도와줄 수 있을 거란 희망이 생겨났고, 나는 엄지로 상처를 계속 누른 채 돌아서서 계단을 내려갔다.

오랄라도 펠리페도 보이지 않았다. 그래서 나는 정자로 내려갔다. 부인은 아직 들어가지 않고 불 옆에 앉아 졸고 있었다. 불이 아무리 뜨거워도 그녀는 괜찮아 보였다.

"죄송합니다." 내가 말했다. "방해하고 싶지는 않지만 부인의 도움이 필요해서요."

그녀는 졸린 눈으로 나를 쳐다보더니 무슨 일인지 물었다. 그 말을 하면서 부인은 코를 크게 열어 숨을 들이마셨고 갑자기, 그리고 완전히 깨어난 것처럼 보였다.

"베었습니다, 좀 많이요. 보시지요!" 나는 피가 뚝뚝 떨어지는 두 손을 내밀었다.

그녀의 커다란 눈이 더욱 커졌고 눈동자는 작아져 점이 되었다. 베일 하나가 떨어져 나간 것처럼 그녀의 얼굴에서 날카로우면서도 불가해한 표정이 떠올랐다. 그녀의 얼굴에 나타난 동요를 이상하다 여기는 순간 그녀가 빠르게 내 쪽으로 다가왔고 상체를 구부려 내 손을 잡더니, 다음 순간 내 손은 이미 그녀의 입속에 들어가 있었다. 그녀는 뼈에 가 닿을 만큼 내 손을 깊이 깨물었다. 깨물린 고통, 갑작스러운 피의 분출, 그 행동에서 느낀 끔찍한 공포가 한꺼번에 내 몸으로 퍼져갔고, 나는 그녀를 힘껏 떠밀었다. 하지만 그녀는 다시, 그리고 또다시 달려들며 짐승 같은 소리를 내질렀다. 나는 그 소리를 알아들었다. 바로 바람이 높이 불던 그날 밤 나를 깨웠던 그 비명이었다. 그녀는 광인처럼 힘이 세었고, 나는 피를 잃으면서 빠르게 힘이 빠져나가고 있었다. 게다가 정신은 이 공격의 끔찍한 기이함에 현기증을 느끼며 빙글빙글 돌고 있었다. 나는 벽으로 밀쳐졌고, 그때 오랄라가 우리 둘 사이로 달려 들어왔으며, 뒤이어 펠리페가 단숨에 뒤따라와 자기 어머니를 바닥에 쓰러뜨렸다.

최면에 빠진 것처럼 몸에 힘이 빠졌다. 나는 보고 듣고 느꼈지만 움직일 수가 없었다. 나는 바닥을 앞뒤로 구르며 몸싸움하는 소리와 부인이 나를 잡으려고 버둥거리며 하늘까지 닿도록 질러대는 스라소니 같은 소리를 들었다. 오랄라의 팔이 나를 부축하는 것을, 그녀의 머리카락이 내 얼굴에 닿는 것을, 남자의 힘이 나를 들어 올려 끌다시피 안고서 위층 내 방으로 옮기고 그녀가 나를 침대에 눕히는 것을 느낄 수 있었다. 나는 그녀가 서둘러 문을 잠그고는 잠시 서서 온 집 안을 뒤흔드는 그 야수 같은 울음소리를 듣고 있는 것을 보았다. 그리고 그녀는 빠르고 가볍게 다시 내 곁으로 돌아와 내 손을 붕대로 감은 후 그녀의 가슴으로 가져가더니 비둘기 같은 울음을 울며 슬퍼하고 안타까워했다. 그녀가 내는 소리는 말이 아니었다. 그것은 말보다 더 아름다웠고, 가없이 감동적이었으며 한없이 부드러웠다. 하지만 내가 그렇게 누워 있는 동안, 생각 하나가 내 가슴을 찔러 마치 칼처럼 내게 상처를 주었다. 그 생각은 꽃에 있는 벌레처럼 내 사랑의 신성함을 속되게 하였다. 그렇다, 그 소리는 아름다웠다. 인간적인 부드러움이 깃든 소리였다. 하지만 그 아름다움이 정말 인간의 것일까?

하루 종일 나는 그렇게 누워 있었다. 오랜 시간 모자란 반편이 자식과 싸우는 그 이름 없는 암컷의 울음소리가 집 안을 울리며 절망적인 슬픔과 혐오로 나를 찔러댔다. 그것은 내 사랑이 죽었음을 알리는 소리였다. 내 사랑은 살해당했다. 죽었을 뿐 아니라 나를 모욕하였다. 원하는 대로 생각했고 의당 느껴야 할 바를 느꼈지만, 내 안에서는 달콤함의 폭풍처럼 사랑이 차올랐고, 내 마음은 그녀의 모습과 손길에 녹아내렸다. 갑자기 솟아난 이 공포, 오랄라에 대한 의심, 그리고 오랄라네 가족의 모든 행동을 따라 흐를 뿐 아니라 우리 사랑의 가장 깊은 근저에 자리한 이 야만적이고 짐승 같은 혈통, 이 모든 것이 사람을 질리게 했고, 이 모든 것이 내게 충격을 주고 고통스럽게 했다. 하지만 그럼에도 아직 그녀에 대한 내 열중의 단단한 매듭을 끊을 만한 힘이 되지는 못했다.

그 소리가 멈추고 난 후, 문 앞에서 나는 삐걱거리는 소리에 펠리페가 밖에 왔음을 알 수 있었다. 오랄라가 나가서 얘기를 했다.──무슨 얘기를 했는지는 알 수 없다. 그때를 제외하고 그녀는 계속 내 곁에 가까이 있었다. 때로는 내 침대 옆에 무릎을 꿇고 열심히 기도를 했고, 때로는 내 눈을 바라보며 앉아 있었다. 그리하여 그 여섯 시간 동안 나는 그녀의 아름다움에 흠뻑 빠져 말없이 그녀의 얼굴에서 그녀의 이야기를 읽었다. 그녀의 가슴 위 황금 동전을 보았고, 그녀의 눈이 어두워지고 밝아지는 것을, 여전히 아무 이야기도 하지 않았지만 바닥 모를 친절함을 보여 주고 있는 것을 보았다. 밤이 되었다. 방의 어둠은 점차 깊어져 갔고 그녀의 모습도 그 어둠 속에 서서히 녹아들었다. 하지만 그때도 그녀의 부드러운 손길은 내 손 위에 머무르며 내게 이야기를 하고 있었다. 그렇게 지독한 쇠잔함 속에 누워 사랑하는 사람의 매력에 취해 있다 보니 환멸의 충격으로부터 사랑이 다시 일깨워졌다. 나는 내 자신을 설득했다. 공포에는 눈을 감아버렸다. 그리고 다시 한 번 매우 대담해져서 최악의 경우를 받아들였다. 뭐가 문제가 되겠는가? 이 피할 수 없는 감정이 살아남았는데, 그녀의 눈이 아직도 나를 부르고 애착을 갖고 있는데, 전에도 그랬듯이 지금도 내 둔한 몸의 모든 신경 하나하나가 그녀를 그리워하고 그녀를 향하고 있는데. 그날 밤 나는 기운을 조금 되찾은 후 말했다.

"오랄라, 아무것도 문제 될 건 없어요. 나는 아무것도 요구하지 않아요. 나는 지금으로도 만족합니다. 당신을 사랑해요."

그녀는 잠시 무릎을 꿇고 기도를 했다. 나는 그녀의 헌신을 진심으로 존경했다. 달빛이 세 개의 창문을 하나하나 비추며 빛나기 시작했다. 방은 어렴풋하게나마 밝아졌고, 나는 그녀를 희미하게 볼 수 있었다. 그녀는 일어나며 십자가를 그었다.

"제가 얘기를 하겠습니다. 당신은 들어주세요. 압니다. 당신은 추측만 할 수 있을 뿐이죠. 저는 기도했답니다. 당신이 이곳을 떠나기를 얼마나 기도했는지요. 제가 당신에게 간청했었죠. 당신이 제 청을 들어주었으리라는 것을 압니다. 이런 일이 일어나고 말았지만요. 만일 그렇지 않았더라면, 아, 제발 그랬더라면!"

"당신을 사랑합니다." 내가 말했다.

"당신은 바깥 세계에서 살아왔습니다." 그녀가 말했다. 그러더니 잠시 말을 멈추었다 계속했다. "당신은 남자이고 현명하신 분입니다. 저는 아이에 불과합니다. 저 산의 나무들처럼 무지한 제가 가르치려 드는 것처럼 보인다면 용서하세요. 하지만 많이 배우는 사람들은 지식의 표피만을 배웁니다. 법을 배우고 목적의 존엄성을 이해합니다. 하지만 생생한 사실에 대한 공포는 그들의 기억에서 사라집니다. 그것을 기억하는 것이 바로 악마와 함께 이 집에 살고 있는 우리들이라 생각합니다. 우리는 불행한 앞날을 경고받은 불쌍한 이들입니다. 가세요, 차라리 지금 떠나세요. 그리고 저를 마음속에 간직해

주세요. 그러면 저는 당신의 기억이라는 소중한 자리에서 살아갈 겁니다. 제가 이 육신 속에서 살아가는 것처럼 그 삶 역시 또 하나의 제 삶일 것입니다."

"당신을 사랑합니다." 나는 다시 한 번 말했다. 그리고 힘없는 손을 내밀어 그녀의 손을 잡은 후 내 입술로 가져와 입을 맞추었다. 그녀는 저항하진 않았지만 약간 주춤했다. 나는 그녀가 찌푸린 표정으로 나를 보는 것을 알 수 있었다. 하지만 불쾌한 것은 아니었고 단지 슬프고 당황한 얼굴이었다. 그리고 결심을 한 듯 보였다. 그녀는 내 손을 자신을 향해 잡아당기는 동시에 약간 앞으로 몸을 기울여 그녀의 뛰는 가슴에 올려놓았다. "여기서 내 생명의 발자국을 느껴보세요. 오직 당신을 위해서만 움직이는 당신의 것입니다. 하지만 이 생명이 애초에 나의 것이긴 한 걸까요? 당신에게 드리기 위해서라면 진정 제 것이지요. 제 목에서 이 황금 동전을 벗는 것처럼, 나무에서 살아 있는 가지 하나를 꺾는 것처럼 그렇게 당신에게 드릴 수 있다면요. 하지만 이건 제 것이 아니랍니다! 저는 멀리 떨어진 곳에 삽니다. 혹은, 산다고 생각합니다.(제가 존재하기라도 하는 거라면 말입니다.) 무기력한 죄수의 몸으로 제가 인연을 끊은 한 무리에 의해 이리로 데려와졌고 귀를 막고 삽니다. 이 작은 몸은 마치 동물의 옆구리에서 뛰는 맥박처럼 당신을 압니다. 한 번의 손길에 주인을 압니다. 당신을 사랑합니다! 하지만 내 영혼은, 내 영혼도 그럴까요? 아니라고 생각합니다. 저는 모릅니다. 묻기가 두렵습니다. 당신이 제게 말을 했을 때 당신의 말은 영혼의 것이었습니다. 당신이 바라는 것은 영혼이지요. 당신이 저를 취하는 것은 오직 영혼으로부터지요."

"오랄라." 내가 말했다. "영혼과 육신은 하나입니다. 그리고 사랑할 때도 대부분 그렇습니다. 육신이 선택하는 것을 영혼이 사랑하는 것이지요. 육신이 매달리는 것에 영혼도 매달립니다. 육신과 육신, 영혼과 영혼, 그들은 신의 뜻에 따라 함께 온답니다. 낮은 부분은(우리가 낮다고 부를 수 있다면) 다만 가장 높은 것의 받침대이자 기초일 뿐입니다."

그녀가 말했다. "당신은 이 집에 있는 우리 조상들의 초상화를 보셨나요? 우리 어머니와 펠리페 오빠를 보지 않으셨나요? 당신 침대 옆에 걸린 그림을 보지 않으셨나요? 저 초상화의 주인공은 오래전에 죽었습니다. 살아생전 악행만을 일삼은 사람이죠. 하지만 다시 보세요. 우선 제 손이 저기 있어요. 제 눈과 제 머리도 저기 보인답니다. 그렇다면 무엇이 제 것이고, 저는 무엇인가요? 이 불쌍한 제 육신의 곡선이(당신이 사랑하는, 실은 당신이 저를 사랑한다고 맹목적으로 꿈꾸는) 제 것이 아니라면, 제가 만들어 보이는 몸짓이 제 것이 아니라면, 제 목소리의 음색도, 제 눈의 표정도, 제가 사랑하는 사람에게 말하고 있는 지금 이 순간도 제 것이 아니라 다른 이들의 것이라면? 그 다른 이들은 이미 오래전에 죽은 사람들이죠. 하지만 그들도 제 눈으로 다른 남자들의 사랑을 갈구했고, 그 다른 남자들도 당신 귀에 지금 들리는 바로 이 목소리의 간청을 들었습니다. 죽은 사람들의 손이 제 가슴 속에 있습니다. 그들이 저를 움직이게 하고 그들이 저를 잡아당기고 안내합니다. 저는 그들의 명령을 따르는 꼭두각시입니다. 오랫동안 조용한 무덤 속 악마 곁에 놓여 있던 모습과 특징들을 재현하고 있을 뿐이에요. 자, 당신이 사랑하는 것이 저인가요? 아니면 저를 만든 제 가문인가요? 자신의 가장 작은 부분에 대해서도 알지 못하고 대답할 수 없는 소녀인가요? 아니면 그녀는 지나가는 소용돌이일 뿐인 그 시냇물을, 혹은 곧 떨어질 과일일 뿐인 그 나무를 사랑하는 건가요? 가문은, 혈통은, 존재합니다. 그것은 오래되었지요. 하지만 계속 젊기도 합니다. 가슴 깊은 곳에 가문의 영원한 운명을 지니고 있기 때문이지요. 그것은 바다의 파도처럼 한 사람의 뒤를 이어 또 한 사람이 옵니다. 스스로를 통제하는 시늉을 하면서요. 그러나 그들은 아무것도 아니랍니다. 우리는 영혼에 대해서 말하고 있었지요. 그 영혼은 바로 혈통 안에 있답니다."

"당신은 보편적인 법칙을 거부하며 슬퍼하는군요." 내가 말했다. "당신은 신의 목소리에 저항하고 있어요. 그 목소리가 당연히 승리한다고 확신시켜 주고, 꼭 필요하다며 명령하고 있지 않습니까. 들어봐요, 우리 사이에서 어떻게 말을 하고 있는지! 당신의 손은 내 손을 꼭 잡고 있고, 당신의 가슴은 내 손길에 팔딱이며 뜁니다. 우리를 결합시키는 미지의 힘들이 서로를 보기만 해도 깨어나 함께 달려옵니다. 대지의 흙은 그들이 빚었던 생명을 기억하고 우리를 결합해 주고 싶어 합니다. 우리는 우주에서 별들이 움직이듯, 파도가 밀려오고 나가듯, 우리보다 훨씬 오래되고 위대한 법칙에 의해 서로에게 끌리고 있는 겁니다."

"아아!" 그녀가 말했다. "제가 무슨 말을 할 수 있을까요? 우리 조상들은 팔백 년 전에 이 지방 전체를 다스렸습니다. 그들은 현명하고 위대했고, 교활하고 잔인했습니다. 그들은 스페인 최고의 가문이었고, 가문의 깃발은 항상 전쟁의 선두에 섰습니다. 왕은 그들을 형제라 불렀습니다. 그러나 백성들은 자신들의 목에 밧줄이 걸릴 때, 자신들의 오두막이 불타고 있는 것을 볼 때, 우리 조상들의 이름을 모독하고 저주했습니다. 그러자 머지않아 변화가 일어났습니다. 인간은 동물에서 일어서서 걷고 사람이 되었지요. 인간이 동물에서 그렇게 발원한 것이라면, 다시 동물과 같은 수준으로 내려갈 수도 있답니다. 권태의 숨결이 그들의 인간다움을 타락시켰고 굴레가 느슨해졌죠. 그들은 추락하기 시작했습니다. 그들의 정신은 잠에 빠져 들고 분노가 폭풍처럼 깨어났습니다. 마치 깊은 산골짜기에서 일어나는 바람처럼 무분별하고 무감각했습니다. 아름다움은 여전히 유전되었지만 더 이상 길을 밝히는 지력도 인간적인 마음도 후손에게 전해지지 않았습니다. 그 씨앗은 계속 물려졌습니다. 뼈와 살에 싸이고 덮인 채였지만 그 뼈와 살은 짐승의 것이었고, 그 정신은 날벌레의 것과 같았습니다. 제가 감히 말씀드립니다만, 당신도 직접 인간의 수레바퀴가 제 저주받은 가문에서 어떻게 거꾸로 뒷걸음쳤는지 보지 않으셨습니까. 저는, 말하자면, 이 절망적인 후손들 가운데에서 남들보다 조금 높은 언덕에 서 있기 때문에 이전과 이후를 모두 볼 수 있을 뿐입니다. 우리가 무엇을 잃었는지, 우리가 얼마나 더 추락하도록 저주를 받았는지 모두 보고 있는 것이지요. 죽은 자의 집에서 홀로 떨어져 사는 제가, 제 육신이, 그 삶을 끔찍해하는 제가, 그 저주를 되풀이해야 할까요? 제가 다른 영혼을, 저처럼 내키지 않아 하는 다른 영혼을, 제가 고통받으며 살고 있는 마법과 폭풍우에 휩쓸린 이 집에 속박해야 할까요? 제가 이 저주받은 인간의 술잔을, 신선한 생명이라는 신선한 독을 더 부어 물려주어야 할까요? 불을 던지듯 그렇게 후손의 얼굴에 던져주어야 할까요? 그러나 저는 이미 맹세했습니다. 이 혈통은 이 지상에서 멈출 것입니다. 지금 오빠가 채비를 하고 있습니다. 곧 계단을 올라올 것이고, 그러면 그와 함께 나가 제 눈앞에서 영원히 사라져주시기 바랍니다. 때때로 저를 생각해 주세요. 인생의 가르침을 혹독하게 들어야 했던, 하지만 용기 있게 받아들였던 그런 사람으로, 당신을 진정으로 사랑했지만 자신을 너무나 미워했기에 그 사랑을 미워할 수밖에 없었던 그런 사람으로, 당신을 멀리 떠나보냈지만 진심은 당신을 영원히 가지고 싶어 했던 그런 사람으로, 당신을 잊는 것보다 더 무서운 바람은 없었고 당신으로부터 잊히는 것보다 더 큰 두려움은 없었던 그런 사람으로요."

그녀는 이렇게 말하며 문을 향해 걸어갔다. 그녀의 깊은 목소리가 점점 부드럽게 그리고 점점 멀어져 갔다. 마지막 말과 함께 그녀는 떠났고 나는 달빛이 비추는 방에 홀로 누워 있었다. 그렇게 극도의 쇠약함에 꼼짝없이 누워 있지만 않았더라면 내가 그때 어떤 행동을 했을지 나로서는 알지 못한다. 하지만 커다랗고 텅 빈 공허감이 내게 밀려들었다. 잠시 후, 불

그스레한 등불 빛이 문을 비추면서 펠리페가 들어왔고, 한 마디 말 없이 나를 어깨에 둘러멘 그는 수레가 기다리고 있는 대문으로 갔다. 달빛 속에서 산이 마치 마분지로 만든 것처럼 날카롭게 도드라져 보였다. 빛을 받아 반짝이는 분지와 바람에 이리저리 흔들리며 빛을 발하는 나지막한 나무들 위로, 저택이 커다란 검은 덩어리가 되어 육중하게 드러나 보였다. 건물의 시커먼 어둠이 깨진 곳이라곤 대문 위, 북쪽으로 난 희미하게 빛나는 세 개의 창뿐이었다. 오랄라의 창이었다. 수레가 덜커덩거리며 앞으로 가는 동안 내 눈은 계속 그 창에 고정되어 있었다. 마침내 길은 계곡으로 내려가기 시작했고 그 창문은 영원히 내 시야에서 사라졌다. 펠리페는 침묵 속에서 수레 옆을 걸었다. 가끔씩 노새를 확인하고 뒤돌아 나를 보기도 했다. 그러다 가까이 다가와 내 머리에 그의 손을 얹었다. 그 손길이 너무나 다정하고 마치 짐승의 접촉처럼 너무나 순수하여 나는 그만 동맥이 터지듯이 눈물을 터뜨리고 말았다.

"펠리페, 사람들이 아무것도 물어보지 않을 곳으로 데려다 주게."

그는 한 마디도 하지 않았지만 노새의 방향을 반대로 돌려 우리가 왔던 길을 얼마간 되짚어가다가 다른 길로 접어들었고, 스코틀랜드 식으로 말하면 촌락이라고 불릴, 사람이 아주 드문드문 사는 산마을로 향했다. 그날에 대한 기억들이 단편적으로 내 머릿속을 떠도는 동안 평야가 나타났고, 수레가 멈추더니 나는 수레에서 내려져 비어 있던 방으로 옮겨졌다. 그리고 잠이 드는 것처럼 기억이 천천히 사라졌다.

다음 날, 그리고 그 다음 날들에도 그 나이 든 사제가 코담배와 기도서를 들고 내 곁에 앉아 있었다. 얼마가 지난 후 내가 기운을 되찾기 시작하자 그는 내가 곧 회복할 것 같으니 가능한 한 서둘러 떠나야 한다고 말했다. 그리고 아무 이유도 대지 않은 채 코담배를 한 번 들이마시며 나를 비스듬히 바라보았다. 나는 모르는 체하지 않았다. 나는 그가 분명 오랄라를 만났음을 알았다. "신부님, 제가 아무 까닭 없이 묻는 것이 아님을 아시지요. 대체 그 가족은 어떻게 된 겁니까?"

그는 그들이 매우 불행한 사람들로 몰락한 가문이며, 가난하고 제대로 교육도 받지 못했다고 말했다.

"하지만 그녀는 아니지요." 내가 말했다. "짐작건대 신부님 덕분에 그녀는 교육을 받았고 보통 여자 이상으로 현명합니다."

"그렇소." 그가 말했다. "그 아가씨는 교육을 잘 받았지. 하지만 다른 가족은 그렇지 못하오."

"그 어머니는요?" 내가 물었다.

"그 어머니도 무지하오." 파드레가 코담배를 마시며 말했다. "하지만 펠리페는 착한 청년이오."

"그 어머니는 이상한가요?"

"아주 이상하지." 신부가 대답했다.

"제 생각에는 우리가 요점을 피하고 있는 것 같습니다." 내가 말했다. "인정하시는 것보다 훨씬 더 제 일을 많이 알고 계시지요. 제가 궁금해하는 것이 여러 가지 면에서 정당하다는 것도 아실 겁니다. 솔직히 말씀해 주시지 않겠습니까?"

"장교님." 나이 든 신부가 말했다. "내가 아는 문제들에 대해선 솔직히 말해 주리다. 하지만 내가 전혀 모르는 것에 대해선 침묵을 지키려 조심할 필요도 없는 것이오. 얼버무리는 것이 아니오. 당신 말을 완전히 이해하오. 하지만 내가 무슨 말을 할 수 있겠소. 그저 우리 모두는 신의 손에 달렸다는 것밖에는. 그분의 길이 우리의 길과 같지 않은 것을. 나는 교회의 윗사람들에게도 얘기를 해보았지만, 그 사람들도 잠자코 있을 뿐이었소. 큰 미스터리요."

"부인은 미친 건가요?"

"내 믿음에 따라 대답하리다. 미치지 않았소, 혹은 미치지 않았었소. 그녀가 어렸을 땐——오, 하느님, 내가 그 길들지 않은 양을 돌보지 않은 건 아닌지 두렵군.——그녀는 분명 멀쩡했었소. 물론 아주 심하지는 않았지만 비슷한 기질이 이미 보이긴 했었소. 하지만 그건 그녀 이전에 그녀 아버지도 그랬고, 그 이전에도 그랬소. 그래서 아마도 내가 너무 가볍게 생각했던 것 같소. 그런데 그 기질이 점차 커졌던 거요. 그 사람이 성장하는 과정에서도, 그 혈통을 따라 내려가면서도."

"그 여자가 어렸을 때…." 나는 말을 시작했지만 잠시 목소리가 나오지 않았다. 그리고 애써 노력을 한 끝에야 말을 이을 수 있었다. "오랄라 같았나요?"

"무슨 그런 말을!" 파드레가 소리쳤다. "내 가장 소중한 신자를 그렇게 모욕적으로 생각하는 것은 하느님께서도 금하실 것이오. 아니오, 아니었소. 그 아가씨는(그녀의 아름다움을 제외한다면, 솔직히 나는 그녀가 차라리 그렇게 아름답지 않았으면 하고 바라기도 하는데) 어머니의 그 나이 때 모습과 머리털 하나도 닮지 않았소. 당신이 그렇게 생각한다면 나는 참을 수가 없을 것이오. 어쨌든 그래도 그녀의 어머니는 당신이 추측하는 것보다는 훨씬 나은 모습이었소."

그 말을 듣고 나는 침대에서 몸을 일으켜 그에게 내 마음을 열었다. 그에게 우리의 사랑과 그녀의 결심을 얘기했고, 내게 공포와 일시적 환상이 있었음을 인정했으며, 그것들은 이미 모두 끝났다고도 말했다. 그리고 매우 진지하고 정중하게 그의 판단을 부탁했다.

그는 상당한 인내심으로, 그리고 놀라지도 않은 채 내 얘기를 들어주었다. 내가 얘기를 마치자 그는 한동안 침묵을 지켰다. 그리고 말했다. "교회는…." 그러고는 곧 말을 중단하고 사과를 해왔다. "내가 잊고 있었군. 당신은 가톨릭이 아니지. 어쨌든 이렇게 매우 보기 드문 경우에 대해서는 교회로서도 결정을 내릴 수가 없구려. 하지만 내 개인의 의견을 들으시겠소? 이 문제에 관한 한 그 아가씨가 가장 잘 판단할 것이오. 나라면 그녀의 결정을 따르겠소."

그렇게 말하고 그는 떠났다. 그리고 그 후로는 전처럼 열심히 찾아오시 않았다. 실제로 내가 다시 걷기 시작했을 때부터는 나와 함께 있는 것을 단순히 두려워하고 저어했다. 싫어한다기보다는, 사람이 수수께끼를 내는 스핑크스를 피하기 마련이듯 그렇게 피하는 것이었다. 마을 사람들 역시 나를 피하고 있었다. 그들은 산에서 나를 안내해 주는 일도 꺼려했다. 그들은 나를 의심쩍은 눈으로 보았고, 더 미신적인 사람들은 내가 다가가면 성호를 긋기도 했다. 처음에 나는 내가 이교도이기 때문이라고 생각했다. 그러나 마침내 내가 그렇게 의혹을 받고 있는 것은 그 저택에 머물렀기 때문이라는 데 생각이 미쳤다. 사람들은 그런 시골 사람들의 미개한 개념들을 업신여긴다. 그러나 나는 내 사랑 위에 떨어져 계속 머물고 있는 차가운 그림자를 의식하게 되었다. 그 그림자가 내 열정을 완전히 정복한 것은 아니었지만, 어느 정도 억눌렀음은 부정할 수 없었다.

마을에서 서쪽으로 몇 마일 가면 연결되던 산맥이 중간에 끊어진 곳이 있고, 그곳에서 저택이 바로 보였다. 그곳에 가는 일이 내 하루의 일과가 되었다. 꼭대기에는 숲이 있고 그 주변으로는 오솔길이 나 있었다. 그 위로는 상당히 큰 바위가 튀어나와 있었고 바위 위에는 사람 크기만 한 십자가가 세워져 있었는데 그 모습이 심히 조악했다. 그 바위가 나만의 자리가 되었다. 그때부터 나는 매일 그곳에서 분지와 그 오래된 저택을 내려다보았다. 펠리페가 조그만 점 하나만 한 크기로 정원에서 오가는 것이 보였다. 때로는 안개가 전망을 가렸다가 산바람에 다시 흩어지기도 했다. 때로는 평야가 계속되는 햇빛 속에 내 아래에서 잠들기도 했고, 때로는 빗속에 모두 지워지기도 했다. 이렇게 멀리에서 내 인생을 매우 기이하게 바꿔놓은 장소의 모습이 중간 중간 끊겼다 이어졌다 하는 것을 바라보는 일은 내 우유부단한 성격과도 잘 어울렸다. 나는 하루 종일 거기 그렇게 앉아 내 자신과 더불어 내 처지의 여러 문제들을 토론하곤 했다. 때로는 사랑으로 기울었다가, 때로는 신중함에 귀 기울였다가, 결국은 그 둘 사이에서 결정을 내리지 못한 채 멈추곤 했다.

하루는 그렇게 바위 위에 앉아 있는데 저쪽에서 망토를 뒤집어쓴 다소 수척한 촌사람 하나가 다가왔다. 처음 보는 사람이었는데 그는 나에 대한 소문에도 불구하고 나를 전혀 알아보지 못했다. 거리를 두지 않고 내 곁으로 와 바로 옆에 앉았기 때문이다. 그리고 우리는 곧 이야기를 나누기 시작했다. 그는 한때 노새 마부였다고 했다. 이전에는 이 산을 자주 다녔으나 후에 노새들을 데리고 군부대를 따라갔고 제법 재산을 모은 후 이제 은퇴하여 가족과 함께 살고 있다고 했다.

"저 집을 아시오?" 마침내 내가 그 저택을 가리키며 물었다. 나는 나와 오랄라에 대한 생각 사이에 끼어드는 그 어떤 이야기도 지루했던 것이다.

그는 어두운 표정으로 나를 보더니 성호를 그었다.

"너무 잘 알지요." 그가 말했다. "바로 저기서 내 동료 하나가 악마에게 자신을 팔았으니까요. 성모마리아시여, 우리를 유혹으로부터 보호하소서! 그는 대가를 치르고 지금은 지옥의 가장 뜨거운 곳에서 불타고 있어요."

두려움이 엄습해 왔다. 나는 아무런 대꾸도 할 수 없었다. 그 남자는 곧 마치 혼잣말을 하듯 이야기를 이었다. "그래요, 맞아요, 난 알아요. 내가 그 문들을 지나갔으니까. 지나가는 길에 눈이 있었고 바람이 그 눈을 쓸고 다녔어요. 물론 그날 밤 산에서도 죽음이 있었지만, 그 집에서는 더 끔찍한 일이 있었어요. 나는 그 친구 팔을 붙잡고 대문을 향해 끌고 갔지요. 그에게 애원했어요. 그 친구가 사랑하고 존경하는 모든 것들의 이름을 대며 제발 저와 함께 거기서 나가자고 했지요. 그 눈 속에서 무릎까지 꿇었고, 내 간청에 그 친구 마음이 움직이는 것을 볼 수 있었어요. 그런데 바로 그때, 그녀가 회랑에 나와 그의 이름을 불렀어요. 그가 뒤돌아보니 그녀는 손에 등불을 들고 웃음을 지으며 그에게 돌아오라고 하더군요. 나는 소리쳐 하느님을 부르며 그를 붙잡았지만, 그는 나를 혼자 남겨 둔 채 뿌리치고 가버렸어요. 그는 스스로 선택한 겁니다. 나는 그를 위해 기도하곤 했지만, 무슨 소용이 있나요? 교황께서도 자유로울 수 없는 죄악이 있는 것을."

"그럼 당신 친구는 어떻게 되었소?"

"아무도 모르죠." 마부가 대답했다. "들리는 소문이 모두 사실이라면 그 친구의 끝은 그 죄악의 끝과 같았어요. 머리가 쭈뼛 설 일이지요."

"죽임을 당했단 말이오?" 내가 물었다.

"충분히 그러고도 남았을 겁니다. 그는 살해되었을 거라고요. 하지만 어떻게? 어떻게요? 그건 입에 담는 것만으로도 죄가 되는 일들이지요."

"그 집 사람들은…." 내가 말을 시작했다.

그러나 그는 화를 벌컥 내며 내 말을 중단시켰다. "사람이라고요?" 그는 소리쳤다. "무슨 사람이오? 그 악마의 집에는 남자도 여자도 없어요! 여기서 그렇게 오래 살고도 한 번도 들은 일이 없어요?" 그리고 그는 자기 입을 내 귀에 대고 낮은 소리로 말했다. 마치 이 산의 날짐승들이 듣고 공포에 질릴 것을 걱정하는 것 같았다.

그가 내게 한 이야기는 사실도 아니었고 처음 듣는 것도 아니었다. 사실 새로운 각색이긴 했지만, 시골의 무지와 미신으로 더 살을 붙였을 뿐 이 이야기는 거의 인류의 역사만큼이나 오래된 것이었다. 나를 경악하게 한 것은 이야기 자체보다 그 목적이었다. 그의 말은 이랬다. 예전이었다면 교회에서 악의 원천인 바실리스크*의 둥지를 모두 태워버렸을 것이다. 하지만 지금은 교회의 권력이 많이 약해졌다. 그의 친구 미구엘은 사람들의 손에 벌받지 않고 모욕당한 신의 더 무서운 심판을 받았다. 이는 잘못된 일이었고, 더는 이런 일이 있어서는 안 된다. 파드레는 나이가 들어 약해졌다. 어쩌면 그도 마법에 걸렸을 수 있다. 하지만 그의 동료들은 자신들의 위험에 눈을 떴다. 언젠가 가까운 시기에 그 집이 불타는 연기가 하늘로 올라야 할 것이다.

그는 내게 공포와 두려움을 남겨 주고 떠났다. 어떻게 해야 할지 알 수 없었다. 먼저 파드레에게 경고를 해야 하는지, 아니면 내가 직접 이 나쁜 소식을 위험에 처한 저택의 가족들에게 가져가야 하는지. 그때 운명이 내게 결정을 내려주었다. 내가 그렇게 서서 망설이는 동안, 나는 베일을 쓴 여인 하나가 오솔길을 따라 나를 향해 걸어오고 있는 것을 보게 되었다. 어떤 베일도 내 눈을 가릴 수는 없었다. 모든 선과 모든 동작에서 나는 그녀가 오랄라임을 알 수 있었다. 나는 바위 한구석에 몸을 숨기고 그녀가 꼭대기로 올라오기를 참고 기

---

* 눈만 마주쳐도 죽게 된다는 전설 속의 동물.

다렸다. 그리고 앞으로 나섰다. 그녀는 나를 알아보고 멈춰 섰지만 아무 말도 하지 않았다. 나 역시 침묵을 지켰다. 우리는 열정 어린 슬픔을 담고 서로를 오래 바라보았다.

"가신 줄 알았는데요." 마침내 그녀가 말했다. "저를 위해 하실 수 있는 일은 그게 다였습니다. 떠나는 일이오. 그게 제가 유일하게 당신에게 부탁한 일이었는데. 그런데 당신은 아직도 계시는군요. 하지만 아시나요? 매일 죽음의 위험이 커지고 있다는 것을, 당신뿐 아니라 우리도 위협받고 있다는 것을요. 산에 소문이 돌았습니다. 당신이 저를 사랑한다는 이야기였고 사람들은 그냥 두고 보지 않을 것입니다."

나는 그녀가 이미 위험을 깨닫고 있다는 것을 알게 되자 기뻤다. "오랄라, 나는 당장 오늘이라도, 바로 지금이라도 떠날 준비가 되어 있습니다. 하지만 혼자서는 아닙니다."

그녀는 옆으로 비켜서더니 십자가 앞에 무릎을 꿇고 기도하기 시작했다. 나는 옆에 서서 그녀와 그녀가 숭앙하는 대상을 바라보았다. 살아 있는 신도의 모습을 바라보았고, 그림으로 그려진 유령 같은 모습을, 색을 칠한 상처를, 튀어나온 갈비뼈의 그림을 바라보았다. 침묵을 깨는 것은 옆을 맴돌고 있는 커다란 새들의 울음소리뿐이었다. 놀란 듯한, 혹은 뭔가를 경고하는 듯한 그 새소리가 산 위에 울려 퍼졌다. 잠시 후 오랄라가 다시 일어섰고 나를 향해 돌아서더니 베일을 위로 올렸다. 그리고 여전히 한 손으로 십자가를 짚은 채 창백하고 슬픈 모습으로 나를 바라보았다.

"저는 제 손을 십자가에 얹었습니다." 그녀가 말했다. "파드레는 당신이 가톨릭이 아니라고 말했습니다. 하지만 잠시 저의 눈을 통해 위를 보세요. 그리고 저 예수님의 얼굴을 보세요. 우리는 모두 저분과 같습니다. 즉, 죄인이지요. 우리 모두는 우리의 것이 아닌 과거를 참고 견디고 그 죄를 갚아야 합니다. 우리 모두의 안에는, 아, 심지어는 제게도 성스러운 불꽃이 있습니다. 그분처럼 우리는 아침이 평화를 가져다줄 때까지 좀 더 견뎌야 합니다. 제가 제 길을 홀로 갈 수 있도록 내버려 두세요. 저는 전혀 외롭지 않을 것입니다. 저는 모든 고통받는 자들의 친구인 그분을 의지할 테니까요. 그리하여 저는 지상의 행복에는 안녕을 고하고 제 몫의 슬픔을 기꺼이 받아들였기에 가장 행복할 것입니다."

나는 십자가의 얼굴을 쳐다보았다. 나는 그런 이미지에 호의적이지 않았고, 그렇게 모방적이고 얼굴을 찌푸리게 하는 그림을 경멸했다. 그 이미지가 바로 그런 조야한 예이긴 했지만, 그것이 나타내고자 한 의미는 내게 전달되었고 이해할 수 있었다. 고통과 죽음을 축약한 얼굴이 나를 내려다보고 있었다. 하지만 영광의 빛이 그 주위를 감싸고 있었고 내게 그의 희생이 자발적이었다는 것을 일깨워 주었다. 십자가는 거기 그렇게 바위 위에 서 있었다. 많은 대로 가에 선 십자가들이 지나가는 이들에게 헛되이 슬프고 고귀한 진실을 설교하듯이, 그것은 진실의 상징이었다. 그리고 그 진설이란, 기쁨은 목적이 아니라 과정에서 생겨나는 우연한 산물이라는 것, 고통은 고결한 사람들의 선택이라는 것, 그리고 모든 것을 참고 견뎌내는 것이, 잘 견뎌내는 것이 최고라는 것이다. 나는 돌아서서 아무 말 없이 산을 내려갔다. 그리고 숲이 내 길을 가리기 전에 마지막으로 뒤돌아보았다. 오랄라는 여전히 십자가에 기대어 있었다.

꿈에 관하여

(축약본)

… 우리들 중에는 이웃보다 더 오래, 더 풍요롭게 살았다고 말하는 사람들이 있다. 누워 잠을 자면서도 여전히 활동적이었다고 그들은 말한다. 사람들은 기억이란 보물을 되짚어 보기를 즐겨하는데, 이들은 꿈의 기억을 그중 으뜸으로 친다. 이런 사람을 나는 한 사람 알고 있는데 그의 경우는 매우 특별하므로 이야기를 할 만한 가치가 있다. 그는 어린 시절부터 꿈을 많이, 그것도 불편한 꿈을 많이 꾸었다. 열이라도 나는 밤이면, 방이 부풀어 오르거나 줄어들었고, 못에 걸린 옷들이 어떤 때는 순식간에 교회만큼 커지면서 다가오거나, 한없이 작아져서 끝도 없이 멀어져 가기도 했다. 그러면 이 불쌍한 영혼은 그다음에 무슨 일이 일어날지 너무나도 잘 알고 있었기에, 고통의 시작으로 이어질 잠에 빠지지 않으려고 노력했지만 결국 허사였다. 곧 밤의 마녀가 그의 목을 조르고 소리 지르며 잠든 그를 낚아채곤 했던 것이다.

… 그리고 그가 아직 학생이었을 때, 그로서는 결코 되풀이하고 싶지 않았던 꿈속의 모험이 다시 찾아왔다. 그는 내용이 이어지는 꿈을 꾸기 시작했고, 따라서 낮의 삶과 밤의 삶을 따로, 즉 이중의 삶을 살게 되었다. 낮의 삶은 어느 모로 보나 진실된 삶이라고 믿었으나, 그렇다고 밤의 삶이 거짓이라는 증거도 없었다. 그가 에든버러 대학에서 공부했다는, 혹은 공부 중이었다는 말을 했어야 했다. 나는 그것을 계기로 (그럴 인연이었는지) 그와 알게 되었기 때문이다. 꿈과 같은 삶에서 그는 외과 강의실에서 겁에 질리고 불쾌한 마음으로 끔찍한 기형의 모습들과 외과 의사들의 혐오스러운 손재주를 보며 오랜 시간을 보냈다. 잔뜩 흐린 가운데 비가 내리고 안개가 끼었던 어느 저녁, 그는 사우스브리지로 나와 하이스트리트로 접어든 후, 산동네의 첩첩이 쪽방으로 이루어진 건물 문으로 들어갔다. 그러고는 밤새도록 땀에 젖은 옷으로 계단을 오르고 또 오르며 끝없이 올라갔다. 계단이 꺾어지는 곳마다 반사경이 달린 등불이 번득였다. 밤새도록 그는 아래로 내려가는 사람들과 어깨를 스치며 지나쳤다. 거리의 구걸하는 여인들, 피곤에 찌든 큰 덩치의 흙투성이 노동자들, 초췌하고 가난한 남자들, 창백한 여장 차림의 사람들이 모두 그와 마찬가지로 졸음에 겨운 지친 모습으로, 모두 혼자서, 모두 그와 몸을 스치며 그렇게 지나갔다. 결국 그는 북쪽으로 난 창문에서 저 멀리 바다 위로 하얗게 날이 밝아오는 것을 보고는 단숨에 뒤돌아서 거리로 내려온다. 여전히 젖은 옷을 입고, 눅눅하고 수척한 새벽길을 터벅터벅 걸어 또다시 끔찍한 기형과 수술

의 하루를 시작하는 것이다.

 … 이 정직한 친구는 오랫동안 이야기와 함께 잠자리에 드는 습관이 있었다. 그 이전에 그의 아버지도 그랬다. 하지만 그 이야기들은 무책임하게 꾸며낸 것들로, 이야기하는 사람의 즐거움을 위한 것이었지 우매한 대중이나 고집불통 비평가들을 염두에 둔 것이 아니었다. 이야기의 줄거리는 끊기기도 하고, 전혀 예측할 수 없게 변덕을 부리며 이 모험이 중단되고 저 모험으로 넘어가기도 했다. 이 친구에게는 내부의 극장을 꾸려나가는 작은 인간들이 있긴 했으나 그때까지 그다지 엄격한 훈련을 받지 못했기에, 그들은 빈집에 숨어든 아이들처럼 그렇게 무대에서 연기를 한 것일 뿐, 관객들이 가득찬 커다란 극장에서 작품을 공연하는 숙련된 배우는 못 되었다. 하지만 곧 이 몽상가는 단지 재미로 하던 이야기를 활용하기 시작했다. 무슨 말인가 하면, 그가 이야기를 글로 써서 팔기 시작했다는 뜻이다. 그와 그의 작업 일부를 담당하는 그의 내부의 작은 인간들은 이제 매우 새로운 상황에 놓이게 되었다. 이제는 이야기를 잘 다듬고 갈고 닦아 딱 맞아떨어지게 만들어야 했던 것이다. 이야기는 처음부터 끝까지 계속 진행되어야 했고, 또 맺음이 있어야 했으며 삶의 법칙들과도 (어느 정도는) 맞아야 했다. 기쁨은 한마디로 생계를 위한 노동이 되어버렸다. 그에게도 그의 극장에 있는 작은 인간들에게도. 이들도 역시 이 변화를 인지했다. 그는 잠을 자려고 누워서도 이제는 재미있는 이야기보다 출판하여 수익을 낼 수 있는 이야기를 생각했다. 그가 관객석에서 졸고 있을 때에도 그의 내

부에서는 작은 인간들이 돈벌이를 위한 구상을 하며 계속 극을 전개시켰다. 모든 다른 형태의 꿈들은 그를 떠났고 두 가지만이 남았으니, 그는 여전히 가끔씩 아주 재미있는 책들을 읽었고, 여전히 가끔씩 아주 유쾌한 장소들을 방문하곤 했다. 그 장소들 중 특히 한 군데는 그가 몇 달, 혹은 몇 년의 간격을 두고 거듭 가는 곳이었다. 들판에서 새로운 오솔길을 찾거나 새로운 이웃들을 방문하기도 하고 정오와 새벽, 해 질 무렵, 시시각각 달라지는 행복한 계곡의 모습을 바라보곤 했다. 하지만 그밖의 꿈같은 몽환들은 그에게서 모두 사라졌다. 전날의 일들이 일상적으로 뒤섞인다거나, 피부가 벗겨진 머리와 피 흘리는 뼈가 나타난다거나, 치즈 토스트로 만든 아이라는 웅성거림이 들리는 그런 유의 환영은 없어진 것이다. 깨어 있거나 잠들어 있거나 대부분 그는 그저——그든 그의 작은 인간들이든——의식 속에서 출판 시장을 위한 이야기를 만드느라 바빴다. 이 친구에게는 (다른 많은 사람들과 마찬가지로) 사소한 금전상의 부침이 있었다. 은행에서 편지가 오기 시작하고 푸줏간 주인이 뒷문에서 기다리면, 그는 이야기를 쓰려고 머리를 쥐어짜기 시작했다. 그것이 돈을 버는 가장 편리한 방법이었다. 그러면 보라! 즉시 작은 인간들이 그 요구에 분발하여 밤새도록 일을 했고 밤새도록 그들의 극장에 불을 밝히고 그의 앞에 이야기 방망이를 가져다주었다. 이제는 공포에 떨 두려움이 없었다. 날아다니는 심장이며 얼어붙은 두피도 다 지난 일이 되었다. 그는 자신의 솜씨가 훌륭한 것에 대한(모두 자기 힘이라 믿었으므로) 찬사로, 점점 커가는 찬사와 점점 자라나는 흥미, 점점 커가는 환희, 그리고 마침내 벅찬 기쁨으로 환성을 지르며 깨어났다. "됐다, 됐어, 이거면 되겠어!" 그는 이 한밤중의 드라마 앞에 앉아 그런 결실을 얻을 때면, 마치 연극을 보던 클라우디우스와 비슷한 감정으로 중간에 공연을 중단시켰다. 종종 그렇게 깨어나고 나면 실망스러울 때도 있었다. 너무 깊은 잠에 빠져 있었던 것이다. 졸음이 그의 작은 인간들에게 닥쳐오면서 그들도 자기 역할에서 말이 막히고 더듬거리게 되었기 때문이다. 그래서 깨어 있는 사람이 보면 그 연극은 모순투성이로 보였다. 하지만 얼마나 자주 그 잠도 없는 브라우니 요정들*이 그에게 믿음직한 도움을 주었고, 그가 객석에 앉아 한가롭게 즐기는 동안 그가 만들어낼 수 있는 것보다 훨씬 나은 이야기를 제공해 주었는지 모른다.

… 나는 그 생각을 할 때마다 이 질문을 해야겠다 마음먹었다. 도대체 이 작은 인간들은 누구인가? 의심의 여지 없이 그들은 이 몽상가 친구와 가까운 관계였다. 그들은 경제적인 문제에 대한 걱정도 함께 나누었고 은행 통장도 관심 있게 보았다. 그들은 그와 함께 연습했고, 그와 신중하게 이야기 구조를 엮어나갔으며, 이야기 진행에 따라 감정을 만들어나갔다. 그리고 나 혼자 생각이지만, 재능도 그들이 더 뛰어났다. 분명한 것 하나는, 그들이 그에게 연재하듯 이야기를 토막토막 들려주면서도 앞으로 그 이야기를 어떻게 풀어나갈지는 전혀 알려 주지 않을 수도 있다는 것이다. 그렇다면 그들은 누구인

---

* 몰래 집안일을 도와준다는 스코틀랜드의 요정.

가? 그리고 이 몽상가는 누구인가?

몽상가에 관해서라면 내가 대답할 수 있다. 그는 다름 아닌 바로 나이므로. 처음에 내가 얘기했는지도 모르겠지만, 이 말은 꼭 해야겠다. 비평가들이 내 일관된 자기중심 성향을 두고 투덜거리지만 않았더라면, 나는 내 이야기를 좀 더 과감하게 풀어나갈 수 있었을 것이다. 그리고 그 작은 인간들에 대해 말하자면, 그들은 나의 브라우니 요정이라고나 할까. 그들에게 축복이 있기를! 내가 잠들어 있을 때 그들은 내 일의 절반을 해주며, 내가 완전히 깨어 있어 내가 다 했다고 믿고 싶은 나머지 절반의 일도 아마 그들이 해주는 일일 것이다. 내가 잠자는 동안 이루어진 부분은 이론의 여지 없이 브라우니가 한 일이다. 하지만 내가 깨어나 활동 중에 이루어진 일도 단연코 나 혼자 했다는 보장이 없다. 모든 정황을 볼 때, 그때조차도 브라우니의 손길이 갔음이 분명하다. 그래서 내 양심에 한 점 의혹이 생기는 것이다. 나 자신을 생각해 볼 때—내가 나라고 부르는 내 자의식은 송과선*에 있으며 데카르트 이후 어디로 옮기지 않았다면 계속 거기 있을 것이다.—이 '나'는 양심도 있고 통장도 여럿 있는 사람이며, 모자와 부츠가 있는 사람이고, 투표할 권리가 있지만 선거에서 후보를 지지하지 않는 그런 사람이다. 그래서 때로 내가 되고 싶은 나 자신은 그냥 치즈 장수나 치즈처럼 실질적인 존재, 그리고 사실성에 깊숙이 빠져 있는 현실주의자이다. 그런 의미에서 내가 출간한 모든 소설은 브라우니 요정이나 내가 부리는 어떤 마

---
* 뇌의 내분비 기관.

귀, 혹은 보이지 않는 공동 집필자가 단독으로 한 것이어야 한다. 나는 그들을 뒷방에 가둬둔 채 나 혼자 모든 찬사를 차지하고 기껏해야 푸딩이나 나눠줄 뿐이다.(그것까지 안 줄 수는 없는 일이니까.) 나는 그저 뛰어난 조언자에 불과하다, 몰리에르*의 하인처럼. 그리고 나는 내용을 지우거나 자른다. 전체적으로 내가 찾거나 만들 수 있는 최선의 단어와 문장으로 옷을 입힌다. 나는 펜도 잡는다. 그리고 테이블 앞에 앉는데, 그것이 가장 최악의 순간이다. 그리고 그 작업이 모두 끝나면 원고로 편집하여 등기우편 요금을 지불한다. 전체적으로 보면 나도 우리의 공동 사업의 수익에서 내 몫을 주장할 수 있긴 하다. 비록 지금 내가 챙기는 만큼 그렇게 큰 공헌은 못하지만.

어떤 부분이 내가 잠든 동안 만들어진 것이고 어떤 부분이 내가 깨어 있는 동안 쓰인 것인지 예를 들 수 있으며, 따라서 독자는 나와 내 협력자 사이에서 누가 더 찬사를 받아야 하는지 판단해 볼 수 있을 것이다. 이를 위해 나는 먼저 감사하게도 많은 분들이 읽어주신 책, 「지킬 박사와 하이드」를 예로 들고자 한다. 나는 생각할 줄 아는 모든 인간의 마음을 때때로 방해하고 압도하는 인간의 이중적 존재를 강하게 느끼고 있었기에, 그 주제로 이야기를 쓰기 위해, 그리고 그 주제를 담을 매체를 찾기 위해 오랫동안 노력했었다. 한번은 그에 대한 이야기를 쓰기도 했었다. '여행의 동반자The Travelling Companion'라는 제목이었는데, 편집자는 그것이 천재의 작

---
* 프랑스의 극작가.

품이지만 부적절하다는 평을 하며 돌려보냈다. 나는 얼마 전에 그것을 불태워버렸다. 그것은 천재의 작품이 아니라 '지킬'이 쓴 것이었기 때문이다. 그러다 경제적인 문제가 발생했다. 그 일에 대해서는 (우아한 겸손함을 지키며) 이제까지 내가 3인칭 시점으로 언급해 왔다. 그래서 이틀 동안 어떤 이야기이든 구상을 해보려고 머리를 쥐어짜다가, 이틀째 되는 날 밤, 나는 창가에서 어떤 장면 하나를 꿈꾸었다. 그 장면은 그 다음부터 두 개로 갈라졌고, 그중 한 장면에서 하이드가 범죄를 저지르고는 그를 추적하는 사람들 앞에서 어떤 가루를 먹더니 모습이 변하였다. 많은 부분에서 내 브라우니 요정들의 흔적을 찾을 수 있다고 생각은 하지만, 그래도 그 나머지 부분들은 모두 내가 깨어난 상태에서 의식을 가지고 만든 이야기이다. 그러므로 이 이야기의 의미는 내 것이며, 비록 시들어가며 헛되이 이런저런 형식을 시도했지만 나의 황량한 아도니스 정원에 이미 오래전부터 존재했던 것이다. 사실 공교롭게도 도덕성 부분은 거의 다 내가 한 것이다. 내 브라우니들은 우리가 양심이라고 부르는 것에 대해서는 전혀 기본을 갖추지 못했다. 이야기의 배경과 인물도 역시 내가 만든 부분이다. 내가 받은 부분은 세 개의 장면과, 지킬이 원할 때만 되었던 변신이 어느새 저절로 그도 모르게 변해 있게 된다는 아이디어이다. 내가 그렇게 내 멋대로 보이지도 않는 내 협력자들에게 찬사를 보내놓고는 그들의 손과 발을 묶어 비평가들이 퍼붓는 비판의 장으로 던져버린다면 옹졸한 것일까? 특히 가루 약품 부분은 너무나도 많은 사람이 혹평을 했던 대목인

데, 나는 그것이 내가 아닌 브라우니 요정들의 생각이라고 말할 수 있어 다행스럽다. 다른 작품에 대해서도 만약 독자들이 읽을 기회가 있었다면 한마디 하고 싶다. 그다지 변호하기가 쉽지 않은 「오랄라」이다. 그 이야기에 나오는 마당, 어머니와 어머니의 정자, 오랄라, 오랄라의 방, 계단에서의 만남들, 깨진 창문, 손을 깨무는 끔찍한 장면 등은 모두 내가 쓰려고 애쓰는 가운데 한꺼번에 그리고 자세하게 꿈에서 받은 것들이다. 내가 여기에 추가한 것은 집 밖의 장면들(꿈에서 나는 한 번도 마당 너머로 나가 보지 못했다.)과 초상화, 펠리페와 사제라는 두 등장인물, 변변치는 않지만 도덕성이라 불릴 만한 것, 그리고 그 역시 보잘것없지만 마지막 페이지 들뿐이다. 나는 여기서조차 그 도덕성이 내 것이 아니며 받은 것이라 말해야 할지도 모르겠다. 왜냐하면 어머니와 딸을 비교하다가, 그리고 처음에 격세유전이라는 끔찍한 농간을 그리다가 불현듯 떠오른 것이기 때문이다. 때때로 꿈에서 우화적인 느낌이 나는 것은 부정할 수 없었다. 때로는 내 브라우니 요정들이 버니언*의 흉내를 내고 있음을 인정할 수밖에 없었으나, 사실 종교 책자에서 도덕이라 이름 불릴 만한 것은 못 되었다. 윤리적인 편협함 따위도 결코 없었고, 삶의 더 큰 제약들을 말하는 대신 그저 넌지시 알리거나 우리가 시간과 공간의 아라베스크에서 감지하는 것 같은 그런 종류의 느낌을 전달했다….

---

* 존 버니언, 『천로역정』의 저자.

작품해설

지킬 박사의 실험과 하이드로의 변신에 관한 과학적 배경 문헌

로버트 미갤

「지킬 박사와 하이드」는 법률적인 의미에서 '사례'로 표현됐지만, 부분적으로는 당시 '병리심리학'으로 알려진 분야에 대한 소설 형식의 사례연구로 볼 수 있다. 당시의 많은 독자들은 스티븐슨 이야기의 이러한 측면에 호의적인 반응을 나타냈다. 《더 타임스》의 비평가는 직관적 심리 연구가 반영된 것인지 궁금해하면서, 소설의 결말이 비록 미래에 실현될 가능성이 의심스러운 과학을 다루긴 하지만 어쨌든 엄격한 과학적 근거로 모든 것을 설명하고 있다고 해석했다. 스티븐슨의 친구인 존 에딩턴 시먼즈는 스티븐슨의 이야기가 '물리학과 생물학 분야의 과학'에서 발생하는 '개인의 자유를 가치 없는 것으로 만들고 책임 의식을 약화시키는' 과정에 예술적으로 기여한 셈이라고 불평했다. 그리고 오스카 와일드의 비비안은 '지킬 박사의 변신은 마치 의학 전문 잡지 《란셋》에 나오는 글처럼 위험스럽게 읽힌다.'라고 했다. 우리가 그 화학적 변신을 아무리 환상적이거나 신파적이라 생각해도, 스티븐슨이 이상심리학을 표현한 방식이 상당히 그럴듯했기 때문에 당시의 독자들은 그 이야기에 빠져 들었고 겁을 먹었다. 실제로 훗날 스티븐슨의 아내 패니는 남편이 프랑스 과학 잡지에서 읽은 무의식 관련 기사에서 깊이 감명을 받았고, 거기서 이 이야기의 싹을 틔웠다고 기억했다. 이러한 과학적 주제들이 『지킬 박사와 하이드의 기이한 사례』에 매우 중요한 역할을 하기에, 그러한 지식의 실체를 알아보고 지킬의 실험과 하이드로의 변신에 대한 과학적 정황을 설정해 보는 것도 가치 있는 일이다. 서문에서 말한 것처럼, 스티븐슨의 이야기는 공포 소설과 영화에 지대한 영향을 끼쳤지만, 가장 중요한 업적은 그의 중심 '개념'이 특히 통속 심리학 분야에 기여했다는 데에 있을 것이다. '지킬과 하이드'는 공포 소설이나 공포 영화를 넘어서 그 자체로 독립적인 생명력을 지니며, 그 개념은 당시의 사람들에게 즉각적인 반향을 일으킨 것은 물론, 처음 소개된 지 100년이 지난 지금에도 여전히 살아 있기에 우리는 그 개념이 형성된 역사적 조건들을 검토해 볼 가치가 있다. 이를 위해서 우리는 당시의 과학적인, 그중에서도 주로 정신의학적인 문헌을 되돌아보아야 한다. 이미 이를 서문에서 언급했지만, 이러한 정황을 더 깊이 있게 조사함으로써 우리는 스티븐슨의 글 전체에 드러나는 개념들을 확인할 수 있을 것이다. 다음은 후기 빅토리아시대의 정신의학, 범죄, 성(性)과학 문헌에 관한 짧은 에세이로, 소설과 관련된 부분들을 더 자세히 해석함으로써 오늘날의 독자들이 스티븐슨의

'심리학적' 사고를 역사적인 측면에서 이해할 수 있도록 도울 것이다. 이 글이 스티븐슨의 이야기를 조명하는 데뿐 아니라 그 자체만으로도 역사적인 흥미를 느끼는 데 도움이 되기를 바란다.

(1) 이중의 의식

인간은 진정 하나가 아니라 둘이라는 것이다.

스티븐슨의 『지킬 박사와 하이드의 기이한 사례』의 핵심은 자신의 이중성 혹은 더 나아가 다중성에 대한 고민이다. 지킬은 자신의 도덕적 생활에서 일어나는 갈등을 인식함으로써 인간이 갖고 있는 '철저하고 근본적인 이중성'을 인식하게 된다. '내 의식 속에는 서로 갈등하고 있는 두 개의 본성이 있으며, 비록 내가 그중 어느 한쪽이라고 말하는 것이 옳다 하더라도, 그것은 근본적으로 내가 양쪽 모두이기 때문이다.' 그가 저급하다고 판단하는 밑바닥의 자신이 나타날 때마다 그는 '거의 병적인 수치심'을 느꼈고, 이로 인해 과학적 연구에 몰입하게 된다. 그는 연구 중에 테오뒬 리보*의 『기억의 병』(1882)을 참조했을 것이다. 지킬은 자신을 '복합적'인 존재라고 했는데, 이는 리보가 '의식을 가진 인간은 매우 복잡한 상태의 결과물로 복합적이다.'라고 말한 것과 유사하다.

---

* 프랑스의 심리학자. 철학이 아닌 과학과 실험으로 심리학에 접근한 것으로 알려져 있다.

그리고 리보도 지킬과 마찬가지로 이 복합적 존재에 계급 구조를 두어 '가장 높은 존재'가 때로는 '굴복하여' 다른 존재로 대체된다고 주장했다. 여기서 리보는 주로 정상적인 과정을 설명하고 있지만, 그가 '주기적인 기억상실' 또는 건망증의 특성들을 논의할 때에는 헨리 지킬의 경우에 가까이 접근한다. 그는 '두 개의 기억의 진화'를 발견한다. '극단적인 경우 … 두 개의 기억이 각기 독립적으로 존재한다. 하나가 나타나면 하나는 사라진다. … 이렇게 기억이 분리되는 현상의 결과로 한 개인이 — 적어도 다른 사람이 보기에는 — 이중적인 삶을 사는 것으로 보이는 것이다.' 지킬도 이와 비슷한 영역인 정신과 정신의 혼란에 관한 지식의 최전선을 연구한다. 지킬은 화학 실험을 통해 리보가 극단적인 병리학 사례들에서 목격한 것, 즉 '하나가 나타나면 하나는 사라진다.'는 결과를 이루어내게 되며, 이것이 지킬이 하이드를 이용하는 전제, '생각해 보라. ─ 나는 존재조차 하지 않는 인물이다!'가 된다. 과학적 문헌에서 병리학적인 강조를 하는 것은 「지킬 박사와 하이드」의 문맥을 탐색하는 데 중요하게 고려해야 할 사항이다. 왜냐하면 스티븐슨이 화학 약품을 이용해 변신한다는 환상적인 이야기 장치를 사용한 것은 정신의학 문헌에서 기능장애 현상으로 설명한 것을 효과적으로 구현하기 위해서였기 때문이다. 19세기 정신의학이 어떻게 과학 모델을 '도덕적' 문제에 적용시켰는지, 그리고 당시의 기준에 따르면 '도덕적 정신이상'이라는 범주를 통해서 어떻게 지킬을 진단할 수 있는지 살펴보면 이를 더욱 이해하기 쉬울 것이다.

(2) 도덕적 정신이상

그것은 도덕적 측면이었으며, 그 과정에서 나는 나란 인간 속에서 철저하고 근본적인 인간의 이중성을 인식하게 되었다.

래니언 박사가 '그자가 내게 밝힌 부도덕한 행위'를 알고 나서 지킬을 진단했더라면, 지킬이 일종의 '도덕적 정신이상'을 앓고 있음을 발견했을 확률이 크다. 이 개념은 19세기 후반의 정신병리학자 또는 정신병 의사들에게 가장 중요한 관심거리가 되었으며, 기이하고 부적절한 행동을 병으로 진단하는 데 사용되었다. 여기서 '도덕'은 반드시 기존의 윤리적 규범만을 가리키는 것은 아니며(실제 진단에 있어 근거가 되긴 했지만) 보다 폭넓은 의미에서 '행동적인' 변칙들을 뜻했고, 당시 근대 산업사회에서 증가하고 있던 병적인 현상을 분류하는 데 사용되었다. 이 분류의 기초는 제임스 카울스 프리처드가 그의 저명한 논문「정신에 영향을 끼치는 광기와 기타 장애에 관하여」(1835)에서 확립했다. 프리처드의 '사례 3'은 지킬의 경우와 놀랄 만큼 닮았다.

한 남자가 있었다. 좋은 인간관계와 훌륭한 교육 수준, 평균을 뛰어넘는 정신 능력 등을 갖추었고, 부유한 환경 덕분에 선택받은 삶을 누리며 외과 의사가 되었다. … 좋은 교육을 받은 그는 품성에서 가장 중요한 것인 높은 도덕성과 종교적 규범을 지니고 있었고 … 그의 사회적 지위에 요구되는 올바른 행동 규범을 엄격히 따랐다. 그러나 런던에서 맡은 일들을 마친 후, 그는 불행하게도 절제하지 못하고 완전히 자기 성품을 전복시키는 토대를 만들고 만다. 그는 행동을 아무렇게나 했고 주위 사람에게 무심해졌고 그가 속한 사회에 신경 쓰지 않았다. 또 술에 중독되었고 친구들을 믿지 못했으며 돈을 마구 썼고 성질이 비뚤어져 화를 잘 내고 횡포하게 굴었다.

지킬 역시 같은 배경을 가지고 있었고, '그가 속한 사회에 신경 쓰지 않았으며' 또한 '친구들을 믿지 못한' 것으로 보인다. 그는 어터슨에게 자신의 비밀을 털어놓지 못하고 문을 닫아건 채 그를 멀리했다. 어터슨과 래니언 모두 지킬의 기이한 행동과 천박한 친교 성향을 우려했고 그가 미친 것은 아닌지 두려워하기 시작한다. 「지킬 박사와 하이드」는 변호사와 의사의 증언으로 이루어진 '사례'라는 점에서 그들이 그러한 생각을 품은 것은 놀라운 일이 아니다. 지킬의 행동은 방탕에 유혹되고 이끌리는 사례와 그대로 들어맞는다. 그리고 지킬은 곧 하이드가 할 수 있는 짓을 보며 경악하게 되고, '편안한 지킬 박사'에서 자신을 완전히 교정하려고 시도한다. 하지만 더 큰 '갈망'이 생겨나고 결국 '그저 한 사람의 평범하고 은밀한 죄인'의 나락으로 떨어지며, 마침내 통제할 수 없이 하이드로 추락하고 만다. 사례 3 역시 비슷한 양상으로 전개된다. 프리처드는 다음과 같이 설명한다.

그는 (폭음하는) 그런 경우를 제외하고는 대부분 절제된 행동을 했다. … 하지만 흥분된 기분을 느끼고 싶은 갈증이 생기면 천박한 인간들과 어울리고 싶어졌다. 그래서 그는 싸구려 선술집에 가서 아주 질 낮은 인간들 사이에 앉아 술을 들이켜곤 했다. … 그리고 그렇게 이삼십 시간을 마시고 난 후에야 자신이 처한 끔찍한 상황을 확인하면서, 자신이 저지른 어리석은 행동에 수치심을 느끼며 정신을 차리곤 했다.

우리는 여기서 분열된 존재를 본다. 천박한 사람과 사귐으로써 친구들을 당황하게 만들고, 깨어나서는 자신의 행동에서 철저한 이중성을 깨닫는 것이다. 만약 그의 관심사가 외과 분야가 아니고 지킬처럼 화학 분야였다면, 그도 역시 비밀의 약을 만들어 자신의 '부조리한' 존재를 분리했을지도 모른다.

프리처드의 사례에서 우리는 도덕적 정신이상이란 개념의 한 중요한 측면을 확인할 수 있으며, 그것은 또한 지킬의 사례를 이해하는 데도 본질적인 도움을 준다. 지킬의 친구들이 의심했던 대로 지킬에겐 '정신이상'이 있었고, 그 정신이상은 주로 그가 사회에서 차지한 지위에서 비롯된 것이었다. 사례 3에서 우리가 알게 된 첫 번째 사실은 그가 '좋은 인간관계와 선택받은 삶을 누리는 사람'이라는 것이다. 그것이 그가 병적으로 '빈민'의 충동을 느끼게 된 주원인이다. 지킬 역시 '많은 재산을 상속받았고 그밖에도 훌륭한 신체를 물려받았으며 천성적으로 부지런했다. 학식 있고 훌륭한 동료들로부터 존경받는 일을 기뻐했다. 따라서 당연히 명예롭고 빛나는 미래가 보장되어 있었다.' 이에 사례 속의 인물과 마찬가지로 지킬도 자신의 사회적 지위의 정체성과는 반대되는 행동을 하게 된 것이다. 하이드로의 변신은 지킬로서는 도덕적 정신이상 행동을 피하기 위한 하나의 방법일 수 있었다. '만약 각각의 본성을 별개의 개체에 담을 수 있다면, 참을 수 없는 모든 것으로부터 자유롭게 사는 일이 가능해지지 않을까?' 그리고 그는 하이드를 외모에 있어서도, 그리고 실제에 있어서도 더 저급한 육신에 '담고' 더 천박한 동네에 '담았다.' 우리는 빅토리아시대 정신의학 문헌들 속에서 많은 지킬들을 만난다. 따라서 그의 사례를 '기이하게' 만드는 것은 오직 초자연적인 요소뿐이다.

(3) 범죄 책임론

죄를 지은 것은 어쨌든 하이드였고, 하이드 홀로이지 않은가.

일단 갈라내어 분리시키고 나자 지킬은 하이드를 도덕적 정신이상으로 명확하게 진단한다. 커루 살인에 대해 그는 이렇게 언급한다.

신을 두고 맹세하거니와, 정신이 똑바른 사람이라면 어떻게 그런 별것도 아닌 자극에 그렇게 끔찍한 범죄를 저지를 수 있겠는가. 나는 마치 아픈 아이가 장난감을 부수듯 그렇게 비

작품해설 253

이성적 정신 상태에서 발작을 한 것이다.

지킬은 의사로서 가진 진단 특권을 휘두른다. 하지만 그가 그 문장에서 1인칭을 사용한 것은 그 행동뿐 아니라 진단도 자신이 한 것임을 암시하면서 그가 달성하고자 했던 분리를 무너뜨리는 것이다. 그의 '사례'는 궁극적으로 의사이자 심리학 전문가로서의 직업적 능력을 발휘한 자기진단이다. 19세기 말이 되면서 범인이 미친 인간인지 나쁜 인간인지, 범죄자인지 정신병의 피해자인지 결정하는 일에 있어 점차 의학 전문가의 역할이 늘어나고 있었다. 지킬은 이야기의 후반에 가면 하이드의 행동이 교수형에 대한 두려움 때문이었다고 말하며 커루 살인의 책임이 명백히 하이드에게 있음을 암시한다. 따라서 하이드를 도덕적 정신이상이라고 판단한 지킬의 진단은 매우 잘 받아들여져, 하이드는 특별 감옥에 투옥되었을지도 모른다. 실제로 존 에딩턴 시먼즈는 앞서 인용한 편지에서 하이드가 사법 당국에 넘겨졌더라면 '브로드무어 정신병원조차 그를 받아들이지 않았을 것'이라고 주장했다 (맥스너, 1981). '한정책임능력'*은 오늘날 우리에게는 익숙한 개념이지만 당시에는 증명되지 않은, 그 세기 내내 정신의학자들이 오래도록 싸워야 했던 개념이다. 그러한 관심을 통해서 지킬이 '헨리 지킬의 고백'을 남긴 동기를 조명해 볼 수 있을 것이다. 그가 '불행했던 헨리 지킬의 삶에 종지부를 찍으려' 했을 때, 그는 자신의 인생뿐 아니라 자신의 고백, 자신

---

*정신 질병 등으로 감형 대상이 되는 상태.

의 삶을 글로 남기는 일도 마치고자 한 것이다. 그는 하이드에게 어떤 일이 닥칠지 모른다. 그로서는 고백을 남긴 것이 당연한 일이었는지도 모른다. 그렇게 함으로써 의학계 동료들이 그 고백을 읽고 하이드와 지킬의 책임 소재를 판단할 수 있을 것이고, 어쩌면 하이드가 교수형을 피할 수 있을지도 몰랐다. 그는 유언장을 작성하여 하이드란 인간으로서 일종의 사후의 삶을 안락하게 살 수 있게 조치해 놓았으니, 도덕적 정신이상에 대한 사례 연구를 그의 변호사에게 남겨 범죄에 대한 한정책임능력을 증언하도록 하지 않을 이유가 있겠는가.

우리는 이를 있는 그대로 살펴보고, 우리가 지킬과 하이드의 사례에 대해 알고 있는 것을 범죄에 관련한 의학적, 법적 문헌에 비추어 조명해 보기로 한다. 나는 이런 논점들을 이 책의 서문에서 언급하며, 유인원 같고 난쟁이 같아 '도무지 인간 같지 않은' 하이드에 대한 묘사가 야만적 범죄자 유형의 전형으로 간주될 수 있음을 보여 주었다. 이런 관점들을 확장하고, 하이드가 정신의학 또는 다원주의 범죄론의 시각에서 바라본 대상임을 알려 주는 다른 요소들을 검토하는 것도 가치 있는 일이다. 하이드가 상대적으로 젊다는 것은 그가 원시적 단계에 있음을 반영하며, 그것이 그의 비도덕성의 원인 또는 효과이다. 많은 탁월한 학자들은 인간 개개인이 (태아에서 성인으로) 성장하는 과정에서 인간이란 종이 진화해 온 여러 진화 단계의 축소판을 되풀이한다는 것, 즉 생물학자 식으로 말하자면, 개체발생에서 계통발생을 반복한다고 믿었다. 인간 어린아이가 아직 진화가 덜 된 생명체 즉 '유인원'과 동물, 그리고 범죄자와 광인에 더 가깝다고 본다는 뜻이다. 이런 논리는 호환 가능하다. 즉, 만약 범죄자나 광인이 정신 발달 중지의 산물이라면, 그는 개인으로서도(인류라는 종에서와 마찬가지로) 성장이 초기 단계에 중단된 것으로 볼 수 있다는 것이다. 이것이 체사레 롬브로소의 범죄인론(최초의 과학적 범죄론 학파)이 주장하는 바이다. 롬브로소의 딸은 1911년 아버지의 저술을 출간하며 서문에서 이렇게 설명했다.

도덕적 정신이상과 범죄행위의 병균은 인류가 존재하던 초기 단계에서 일반적으로 발견되며, 마찬가지로 성인에게 나타나는 흉측한 모습은 빈번히 태아에게도 존재한다. … 어린아이가 비정상적인 행동을 했을 경우 역시 성인처럼 도덕성의 부족에서 기인하는 것인데, 정신과 의사는 이를 도덕적 정신이상으로 간주하며, 범죄학자는 천성적 범죄자로 간주한다. 그리고 이는 난폭한 잔인성이란 점에서 유사하다.

지킬이 '정신이 똑바른 사람이라면 어떻게 그런 별것도 아닌 자극에 그렇게 끔찍한 범죄를[커루를 살해한 것] 저지를 수 있겠는가. 나는 마치 아픈 아이가 장난감을 부수듯 그렇게 비이성적인 정신 상태에서 발작을 한 것이다.'라고 단언한 것은 자신이 진화가 덜 된 단계임을 지적하며 롬브로소의 추론을 지지한 것이다.

심지어 하이드가 혐오감을 주는 점도 당시 범죄학에서 '과학적' 근거를 찾는다. 당시 저명한 정신의학자 헨리 모슬리는 그에 대해 최고의 표현을 한 바 있다. '분명히 구분되는 범죄 유형들이 있는데, 이들은 퇴화하고 병든 인류 종자이므로 특유의 천박한 신체적 정신적 특징을 보인다. … 그들은 타락한 모습으로 흔히 기형이며 머리 모양이 일그러져 각이 졌다. 그들은 또한 어리석고 음울하고 행동이 느리고 활달한 생동감이 결여되어 있으며 때때로 발작 증상을 보인다.' 지킬을 포함한 모두가 하이드가 가진 외모의 추함과 기형, 그리고 본능적으로 느껴지는 혐오감을 말한다. 이에 대한 래니언과 어터슨의 반응도 그런 지식을 보여 준다. 래니언은, '그에게서 아주 강한 인상을 받았는데, 그의 얼굴에 나타난 충격적인 표정뿐만 아니라, 사람을 압박하고 놀라게 하는, 불쾌감을 불러일으키는' 뭔가를 발견하고는 그를 비정상적 사례연구 대상으로 보려 한다. 변호사인 어터슨은 하이드에게 '직업적' 관심이라 할 수 있는 것을 드러낸다. 하이드의 난폭한 인물 됨됨을 들은 후 그는,

> 진짜 하이드의 모습을 보고 싶다는 매우 강한, 거의 지나칠 정도로 강한 호기심이 솟구쳐 올라 급격히 커져 갔다. 한번만 그자를 볼 수 있다면 이 미스터리가 밝혀지고 어쩌면 사라져 버릴지도 모른다. … 꼭 그런 이유 때문이 아니더라도 한 번쯤 봐둘 만한 얼굴이기도 하다. 인정머리라고는 없는 인간의 얼굴….

어터슨은 하이드를 대면하여 그 미스터리를 풀려 하다가 실패하지만, 그가 이 폭한의 얼굴을 보려 한 데에는 강렬한, 그리고 과학적이고 직업적인 호기심이 있었다. 그러한 호기심을 가진 사람은 또 있었다. 롬브로소는 그의 저서에 방대한 양의 범죄자 사진을 포함시켰는데, 짐작건대 다양한 범죄자 유형의 인류학적인 변별 특징을 보여 주고자 했던 것 같다. 프랜시스 골턴은 '합성사진법' 시스템을 고안하여 범죄성을 눈으로 확인할 수 있는 '정수(精髓)'를 포착하고자 했다. 그는 그 실험 결과를 『인간 재능 연구』(1883)에 실었는데 우리의 연구 관점에서 볼 때 매우 흥미로운 것이다.

찰스 다윈의 사촌이며 우생학*이란 '과학'을 주창한 그는 사회학적 방법론의 선구자이기도 했다. 인간이란 속(屬)에 존재하는 다양한 경향을 분리시키는 프로젝트의 일환으로 그는 여러 '유형'들을 각 유형이 갖고 있는 고유의 특징적 모습을 통해 확인하고자 했다. 이를 위해 다양한 사회유형 — 여러 인종과 사회계층뿐만 아니라 건강한 사람, 폐결핵 환자, 범죄자 — 의 이미지를 수집하여 엄격하게 통계학을 적용한 후, 각 유형의 평균적인 인상(人相)을 결정하려 했다. 그는 각 유형의 인물 사진들을 줄지어 놓고 각 사진을 사진판에 노출시켰는데, 필요한 총 노출 시간을 사진 수로 등분한 만큼 노출을 주었다. 즉, 8장의 사진이 있으면 총 노출 시간의 1/8만큼 각 사진에 노출을 주어 '평균적인' 사진이 사진판에 생성되도록 했다. 골턴의 첫 실험은 범죄자들을 대상으로 행해졌다.

---

* 과학적 법칙을 적용하여 선택적인 번식을 통한 건강한 인구 증가를 주장.

그는 이렇게 설명했다.

사진은 두 그룹에서 찍은 것들이었다. 한 그룹은 살인죄와 폭력 등의 범죄로 중형을 살고 있는 이들이었고, 다른 그룹은 절도범들이었다. 감옥 당국이 신원 확인용으로 찍은 것을 다시 인화한 사진들이었다. … 그들의 본성에 일치하는 비교적 특징적인 범죄자 유형이 확립되어 있음이, 그리고 그들이 현대 문명의 가장 슬프게 일그러진 모습 중 하나임이 불행하게도 사실로 확인되었다.

골턴이 범죄자 유형을 찾고자 했던 것은 하이드를 찾고자 한 것과 같은 성격이다. 하이드는 악의 정수를 상징하고 그것은 그의 혐오스러운 외모에 반영되어 있다. 골턴이 이 '일그러진 모습'을 카메라에 담으려 시도하는 가운데 실험에 사용된 많은 사진들을 보며 느낀 감정은 하이드를 본 사람들이 경험한 감정과 유사하다. 범죄자 사진에 대해 그는 '나는 처음 얼마 동안은 사진에서 받는 느낌을 적절하게 인식하지 못했다. 마침내 나는 그 느낌에 강하게 사로잡혔고, 상당한 노력을 해야만 그 혐오감에 압도당하지 않고 사진들을 다룰 수 있었다.'라고 밝히고 있다. 「지킬 박사와 하이드」의 논리를 따르자면 이는 자연스러운 일이다. 그 역시 지킬처럼 가장 악마다운 유형을 분리하고 추출하여 독립적인 '개체성'을 주기 위한 실험을 고안했기 때문이다. 지킬은 '사악한 본성이 그대로 드러난 육체'를 언급하며, 하이드의 '사람됨'이 마치 사진처럼 그대로 눈에 보이는 인상으로 나타났음을 암시하고 있다. 골턴의 사진 합성 과정도 유사한 것을 시도한다. 어터슨처럼 골턴도 '인정머리라고는 없는' 인간의 이미지를 관찰하고 표현하려 한다. 하지만 그 역시 어터슨과 마찬가지로 이를 적절하게 표현하는 일에 문제를 겪었다.

여러 그룹의 범죄자들로부터 많은 합성사진을 만들었다. 그 사진들은 긍정적이기보다는 부정적으로 흥미로운 결과를 보였다. 악행이 뚜렷하게 나타나지 않고 평균적인 모습의 얼굴들만 나왔다. 각 개인의 얼굴은 충분히 악해 보였지만 그들은 각기 다른 식으로 악한 모습을 지니고 있었고, 그래서 그들의 얼굴을 합해 놓자 개개인의 특성은 사라지고 하류 계층의 일반적인 모습만이 남아 있었다.

여기에는 실망한 기색이 드러난다. 이는 엔필드가 어터슨에게 하이드가 아이를 짓밟은 행위가 '듣기에는 별일 아닌 것 같지만 실제로 볼 때는 아주 소름 끼치는 장면이었다.'라고 항변했던 것과 비슷하다. 골턴은 각 개인은 '보기에 끔찍했다.'고 주장하면서도, 하이드 같은 악의 정수를 찾으려 했던 일이 만족스러운 결과로 나타나지 않았음을 인정해야 했다. 골턴의 문제는 하이드를 묘사하려 했던 사람들이 맞닥뜨린 문제와 비교된다. 엔필드는 '설명하기가 쉽지 않아요. 외모를 보면 뭔가 정상이 아닙니다. 뭔가 불쾌하고 뭔가 아주 혐오스러워요. 이렇게 싫다는 느낌을 받은 사람은 정말 처음이었는데 그 이유를 딱히 알 수가 없어요. … 저로서는 도저히 묘사할 수가 없네요. 그래요, 할 수가 없어요. 설명이 안 되네요.' 라고 말한다. 골턴도 이와 거의 마찬가지로 인정할 수밖에 없다. 가장 독창적이고 발전된 기술과 가장 철저한 수학적 연구 방법에도 불구하고, 그리고 가장 용감한 시도에도 불구하고, 사실에서도 허구에서도 '하이드'는 그 악마성 또는 범죄성의 본질에 대한 시각적 표현은 궁극적으로 드러내지 않고 숨길 수 있게 되었다.

(4) 성도착(性倒錯)

내 안의 악마는 오랫동안 우리에 갇혀 있었고 포효하며 뛰쳐나왔다.

스티븐슨이 『지킬 박사와 하이드의 기이한 사례』를 출간한 같은 해에 독일에서는 더 기이한 사례를 수록한 책이 나왔다. 리하르트 폰 크라프트에빙의 『성(性)적 정신병』(1886; 영어 초판 1892)은 성과학(性科學) 분야의 첫 주요 저작인데, 학문으로서의 이 분야는 19세기 후반이 되면서 정신의학으로부터 새롭게 떠오르게 된다. 욕망에 의한 살인자와 동물 선호자, 노출증 환자와 머리털 페티시즘을 가진 사람에 이르기까지, 빈 대학의 정신의학 신경학 교수인 크라프트에빙이 의학계 동료들에게 제시한 성의 비정상 행태와 이상 현상은 당황스러울 만큼 다양했다. 위의 정신의학 문헌과 마찬가지로 성과학은 범죄와 정신병 사이의 모호한 부분에 집중했고, 특히 성도착을 분류하는 데 관여했다. 성범죄 또는 '비도덕적 행동'에 대해 병리학적으로 접근하면서 연구의 초점도 문제시되는 행동 자체에서 그 행동의 원인에 대한 철저한 조사로 옮겨 갔다. 원인을 연구 대상의 조상, 어린 시절, 심리적 또는 정신적 기질에서 찾으며 우리가 오늘날 인정하는 정신병리학 이론들의 토대를 마련했다. 이는 새로운 과학 분야였고, 크라프트에빙의 책이 새 판본으로 나올 때마다 기이한 사례의 숫자가 더욱 늘어나면서 그 분야도 함께 확장되었다.

이 책을 보면 지킬 박사와 하이드의 '기이한 사례'를 그러한 성적 맥락에서 연구해 보고 싶게 만드는 단서들이 많이 있다. 실제로 스티븐슨의 반박에도 불구하고 여기저기 흩어진 설명들을 종합해 보면 성적인 관점이 부각됨을 알 수 있다. 지킬 박사의 초기 초고를 보면 더 분명한 성적 내용이 발견된다. 남아 있는 가장 오래된 초고에서 지킬은 '그런데 나는 아주 어린 나이부터 은밀하게 남부끄러운 쾌락의 노예가 되었다.'라고 고백한다. 이 문장은 후에 '인쇄본'으로 알려진 원고에서 '그런데 나는 아주 어린 나이부터 어떤 욕구의 노예가 되었다.'라고 바뀌었고, 출간 직전에 다시 정정된다. 뿐만 아니라 우리는 남아 있는 가장 초기 판본에서 지킬이 '밤이 되고 친구들을 따돌리고 나면, 익숙해진 버릇의 단단한 손길이 다시 한 번 나를 내 악행의 수렁으로 밀어 넣었다. 나는 그 악행에 대해 굳이 자세히 밝히진 않겠지만, 법의 시각에서도 죄가 되는 것이며 그 자체로도 혐오스러운 일들이라는 것만 이야기하겠다.'라고 말하고, 하이드를 탄생시킨 후에는 '잔인하고 비천하며 퇴폐적인 악행의 이력으로 뛰어들기 시작했다.'라고 쓴 것을 볼 수 있다. 이런 파편들을 맞춰보면 스티븐슨이 지킬과 하이드의 행동들에 상당한 성애적 요소를 계획하고 있었음을, 그리고 당시로서는 '변태적'이라고 규정된 형태를 암시했음을 알 수 있다. 그들의 언어는 크라프트에빙의 사례들(지킬의 고백처럼 연구 대상들의 고백으로 시작되는 사례가 다수 포함되어 있다.)에서 만날 수 있는 언어와 유사하다. 스티븐슨은 분명 지킬의 사례를 이 범주 안에 두고 있다. 아주 어린 나이부터 남부끄러운 쾌락에 중독 또는 노예가 되었다는 암시는 거의 명백하게 자위행위를 고백하는 것이며, 그것이 훗날 '범죄적인' 악행을 저지르게 되는 씨앗을 뿌린 것으로 나타난다. 단단한 '손길'의 버릇은 일종의 이중적 의미지만 당시 독자들이 볼 때 이 고백이 의미하는 것은 단 한 가지였다. 젊은이들이 '중독된' '은밀한 악행'과 '남부끄러운 쾌락의 노예'라는 표현은 1840년에서 1900년 사이에 출간된 '자위'에 대한 엉터리 논문 어디에서나 흔히 나오는 표현들이었다. 스티븐슨은 현명하게도 설명을 모호하게 하기 위해 그의 이야기에서 이런 공공연한 언급들을 삭제했다. 후에 '어떤 욕구'라고 강조한 것은, 널리 퍼져 있던 자위행위라는 '악행'을 넘어서는 변태 또는 변태적 성향을 뜻하기에 실제로는 더욱 파멸적인 것이었다.

지킬의 '범죄적 악행', 또는 '어떤 욕구'가 무엇이었는지 추측하는 것은 무의미한 일이다. 특히 출간된 판본에서는 이에 대한 언급이 상당히 약해졌기 때문에 더욱 그러하다. 여기서 우리는 지킬이 '내가 위장한 모습으로 추구하고자 했던 쾌락은 앞서 말한 것처럼 품위 없는 처신 정도'였다고 항변하는 것을 발견할 수 있다. 더 이상 범죄도 남부끄러운 일도 아니라는 것이다. 지킬은 평범하고 은밀한 죄인일 뿐 빈의 법의학자의 연구 사례가 될 정도는 아니다. 그러나 하이드에 대한 지킬의 관점을 보면 우리는 그 성과학 책을 다시 한 번 꺼내 들게 된다. '그러나 에드워드 하이드의 손으로 행해지는 행동들은 곧 극악무도하게 변하기 시작했다.' 구체적인 예가 나온다. 하이드는 '다른 사람에게 고통을 주는 데서 짐승 같은 탐욕을 느끼며 쾌감을 마셨'고, 저항도 못하는 댄버스 커루의 몸에 폭력을 휘둘러 '한 대 한 대 칠 때마다 환희를 맛보았다.' 그리고 뒤로 가면 '살인으로 신경이 곤두섰고 고통을 주고 싶은 욕망으로 가득했다.'라고 묘사된다. 하이드의 행동은 크라프트에빙이 그해에 『성적 정신병』에서 '사디즘'으로 분류하는 증상들에 대한 설명에 가깝다. 크라프트에빙은 그 증상을 마르키 드 사드*의 이름을 따라 사디즘이라 명명하고 '색욕과 결합한 적극적 잔인성과 폭력'으로 정의한 후 다음과 같이 설명한다.

> 사디즘은 과도하고 극악무도하게 극단화된 현상으로 ── 정상적 조건에서도 기초적인 행태가 가능하다. ── 특히 남성에게서 육체적인 성적 질병을 동반하며 … 사디스트의 행동은 [때때로] 충동적인 행위라는 특징을 나타내고 … [그리고] 그 극악무도함의 형태가 다양하여 애정을 가진 대상에게 느끼는

변태적 본능의 힘도 각기 다르고, 잠재할지도 모르는 대립되는 생각들의 힘도 달라서, 근본적인 윤리 의식의 결함, 유전적인 결점, 정신이상 등에 의해 다소 약화되는 것이 거의 대부분이다.

사디즘이 정상적 본능의 '극악무도한' 표출이라는 개념에서 지킬이 자신의 '품위 없는' 처신을 언급하는 방식이 연상된다. 즉 많은 사람들이 대중 앞에서 과시할 수 있는 쾌락도 하이드의 손으로 행해지면 '극악무도하게' 변하곤 했는데, 이것은 아마 지킬의 '병적인' 수치심 때문이었을 것이다. 여기서 우리는 정상적 충동이 병적으로 극단화된 것을 볼 수 있으며, 이는 성과학 분류에서 비도덕성의 기초가 된다. 하이드는 사디스트와 마찬가지로 '충동적으로' 잔인한 행위를 저지른다. (명백한) 도발이 없었는데도 그는 '고릴라 같은 분노'로 커루를 공격했다. 또, '한 번은 어떤 여자가 내 생각에 성냥처럼 보이는 것을 그에게 내밀며 말을 걸었다. 그는 여자의 얼굴을 때렸고 여자는 도망갔다.' '살인으로 신경이 곤두서고 고통을 주고 싶은 욕망으로 가득한' 하이드는 때로 '욕망에 의한 살인'이라는 교과서적 설명과 거의 맞아떨어진다. 그의 행동이 극악무도해진 것은 지킬이 하이드를 자유롭게 놓아줌으로써 도덕적 억제라는 '대립되는 생각'을 포기해 버렸기 때문이다. '내 안의 악마는 오랫동안 우리에 갇혀 있었고

---

*소설과 철학적 명상집에서 남에게 고통을 주는 데서 느끼는 성적 쾌락을 묘사했다.

포효하며 뛰쳐나왔다.'

 스티븐슨이 『지킬 박사와 하이드』를 출간하고 2년 후, 하이드와 매우 유사한 악마가 포효하며 런던의 거리로 뛰쳐나왔고, 사람들은 스티븐슨이 묘사한 비정상적 심리를 적용하고 견고히 할 기회를 얻었다. 우리가 처음에 언급했던 것처럼, 스티븐슨의 이야기가 끼친 가장 큰 영향은 지킬과 하이드가 하나의 개념이 되어 이야기가 출간된 직후 대중적 전설의 일부로 자리 잡았다는 것이다. 여기서 우리는 그 개념의 출현을 목격할 수 있다. 1888년 9월과 11월 사이, 런던의 이스트엔드에 있는 화이트채플 주변에서 여러 명의 창녀가 살해된 후 범죄 용의자가 사라진 사건이 발생했다. 죽은 창녀 중 다섯 명은 한 남자의 소행이었다. 그는 '베어 죽이는 살인자 잭'으로 불렸는데, 이는 희생자에게서 내장을 들어내는 그의 잔인한 수법을 빗댄 것으로, 그 스스로 자신을 그렇게 불렀다고 알려져 있다. 그는 잡히지 않았으며, 그가 잔학한 행동을 저지르는 동안에는 물론이고 그 후에도 그의 정체에 대한 추측이 무성했다. 그리고 아직까지 그 추측은 계속되고 있다. 지속적으로 대중에 회자되는 추측의 형성과 전파를 간단히 살펴보면, 우리는 스티븐슨이 전하는 이야기의 진정한 상상적 호소력과, 내가 확립하고자 시도했던 법의학 정황 속에서 그의 소설이 차지하는 위치를 판단해 볼 수 있다.

 처음에 사람들은 화이트채플의 살인자가 런던에서 가장 가난한 지역인 그곳 출신일 것이라 믿었다. 당국에서는 흔히 범죄를 도시 빈민가와 연결하기 마련이었고, 따라서 잔인한 창녀 살해범도 으레 그 지역의 범죄 성향과 빈곤을 드러낸 것이라 믿었다. 방치했기에 생긴 인과응보라는 것이다. 그러나 9월 8일자 《펠멜 가제트》(이보다 4년 앞서 스티븐슨의 「시체 도둑」을 게재)의 사설은 몇 가지 흥미로운 가정을 하고 있다.

오늘 아침 일어난 살인에서는 조급함이라든가 두려움의 흔적을 볼 수 없었다. 그는 우선 여인의 목을 거의 머리가 절단될 정도로 깊이 잘라 죽였고, 배를 갈라 내장을 꺼낸 다음 미국 인디언의 야만스러운 이야기가 연상되는 방식으로 그 내장들을 버렸다.
… 인간 속에 잠재해 있던 역겨운 야만성의 가능성을 새롭게 일깨운 이 사건은 자기만족적인 낙관주의에 충격을 안겨주었다. 우리는 문명의 진보가 빗장과 창살을, 사회적·도덕적·법적인 것을 불필요한 것으로 만들었다고 생각하고 있었지만, 실은 그것들이 우리 인류의 하이드가 우리들 가운데 모습을 드러내는 것을 막아주고 있었던 것이다. 상당히 현실화되어 진짜 인간의 모습으로 나타난 것으로 보이는 하이드가 아직 화이트채플에서 잡히지 않았다. 빈민가에서 우리가 키우고 있는 문명의 야만인들은 적의 두피를 벗겼던 수 인디언처럼 피로 손을 물들이는 것이 가능하다.

사회적 단절이라는 측면에서 지킬의 실험은 성공적으로 보일 수 있다. 사람들이 범인을 정신의학 문헌에서 볼 수 있는 원시적인 범죄자 혹은 문명 속의 야만인으로 상상하고 있기 때문이다. 어느 전문가의 표현대로 '오랜 야만인 유형으로의 회귀'는 '오래전이 아닌 바로 19세기에 생겨났다.' '수백 명' 중 하나인 하이드는 사회 상황의 필연적인 부산물로 보인다. 하지만 글쓴이가 스티븐슨의 권위를 빌리고자 한 것이라면, 우리는 하이드가 보이면 지킬도 그 가까이에 있을 수밖에 없음을 인정해야 한다. 사설은 계속된다.

하지만 우리는 이 사건의 살인범이 빈민가 출신이 아니더라도 놀라지 말아야 한다. 범죄의 포악성과 희생자의 직업에 비추어 볼 때, 우리는 피에 굶주려 잔인함을 즐기며 그에 자극받아 움직이는 사람을 추적해야 한다. 그러한 잔인함은 고삐가 풀린 채 최악의 욕망에 탐닉하는 사람에게서 나타나는 것이다. 평민 신분의 마르키 드 사드가 화이트채플을 돌아다니고 있는지도 모른다. 만약 그렇다면, 그리고 그가 즉시 체포되지 않는다면, 우리는 머지않아 끔찍한 살인 명부에 또 하나의 사건을 추가하게 될 것이다.

순수한 충동과 무서운 폭력 — 빈민가에서 자란 사람이 사악해지는 경우 — 그리고 성적인 사디즘 사이에는 분명한 차이가 존재하는 것으로 보인다. 사디즘 경향에서는 (성적인) 동기를 확인할 수 있으며, 따라서 살인이 계속될지도 모른다는 두려움도 존재한다. 살인자의 사회계층을 재설정한 것은 (평민이라고 한 것은 상대적인 것으로 단순히 평범한 사람을 뜻한다.) 하이드가 사실은 지킬임을, 혹은 지킬 속에 포함된 존재임을 암시하는 것이다. 이 암시는 이틀 후 같은 신문에 다시 등장한다. '특별 단신'에서 다음과 같이 희망을 표현하고 있다.

경찰과 그들의 조수들은 '무시무시하게 생긴 악한'처럼 보이는 사람들에게만 그들의 주의를 한정하고 있지 않다. 공포의 방을 차지하고 있는 사람들 중에는 동네 목사, 국회의원, 산모 간호사처럼 생긴 사람도 많이 있다. 우리는 토요일 신문에서 살인자가 육욕의 광증에 사로잡힌 사람일지도 모른다는 것을 말했고, 그러한 믿음으로 생각이 많이 기울었다. 육욕의 광증은 자주 피를 부르는 제어할 수 없는 형태로 나타나기 때문이다. 사디즘은 미치광이 마르키에서 유래된 용어인데, 다행스럽게도 대부분의 사람들에게는 낯선 개념으로 그들은 단순한 방탕함이 그렇게 끔찍한 결과를 초래할 수 있다는 가능성을 믿기 어려워한다. 마르키 드 사드는 74세의 나이로 정신병원에서 죽었는데 … 그는 상냥한 모습의 신사였다. 따라서 화이트채플의 살인자도 그런 모습일 가능성이 충분히 있다고 본다.

이 글이 말하는 바는 하이드, 즉 흉악한 신체로 표현된 악마의 화신을 찾는 것을 중단하고 주위를 둘러보라는 것, 심지어는 존경스러운 사람들 가운데 범인이 있을 수도 있다는 것이다. 그리고 외모를 신뢰하지 말라는 것이었는데, 이것은 스티븐슨의 소설이 뿌리내린 주제이기도 하다. 곧 화이트채플의 살인자에 대한 지킬과 하이드의 이론은 반향을 얻게 된다. 10월 6일 토요일, 두 건의 살인이 더 발생한 후,《이스트 런던 애드버타이저》가 다음과 같이 추론한다.

용의주도하게 계획된 이들 사건에서 우리는 많은 것을 고려해야 한다. 우선 살인자가 좁은 의미에서의 미치광이인지, 단순히 광증 경향이 있는 사람은 아닌지 생각해 보아야 한다. 그가 그런 경향만을 지닌 채 자기 자신과 주위 사람들에게 겉으로 보이는 모든 것을 충분히 통제할 줄 아는 능력이 있어서 아무런 의심도 받지 않고 존경받는 사람들과 교류하고 있는 것은 아닌지 의심해 보아야 한다. 그는 분명 자신이 원할 때는 언제나 혼자 있을 수 있을 것이며, 그것이 범죄 은폐에 필요한 유일한 조건이다.

하이드의 모습은 점점 더 평범한 사람의 모습, 존경받는 사람의 모습으로 변해 가면서 점차 더 불분명해진다. 광적인 성향을 가진 사람이, 정기적으로 분노를 폭발시켰다가 원래의 존경받는 위치로 사라질 수 있는——지킬의 표현을 빌리자면 '거울 위의 입김처럼'——그렇게 사라질 수 있는 사람이 쉽게 알아볼 수 있는 빈민가의 '야만인'을 대신하게 되었다. 이제 지킬이 가장 개연성 있는 모델이 된 것이다. 따라서 10월 13일, 같은 신문은 다음과 같이 쓴다.

어느 날 나타났다가 사라지곤 하는 화이트채플 살인 사건에 대한 이론들 중 가장 그럴듯한 것은 지킬과 하이드 이론이다. 즉 살인자는 이중생활을 하는 사람이라는 것이다. 한편에서는 존경받고 나아가 신앙이 깊으며, 다른 한편에서는 법을 무시하고 잔인하기 짝이 없다. 그는 두 개의 거주지가 있고, 아마도 결혼은 한 사람일 것이며, 어느 모로 보나 단 한순간도 의심받을 만한 인물이 아닐 것이다.

그리고 더 나아가 이렇게 쓰고 있다.

고든 브라우니 박사가 미트르 스퀘어에서 발견된 여인을 검시한 증거에 따르면 살인자는 의심의 여지 없이 상당한 해부학 기술을 가졌다고 한다. … 우리는 이제 그가 솜씨 좋은 해부학자라는 것을 분명히 알 수 있다. [인용자 강조]

이제 범인은 야만적인 악한에서 존경받는 사람으로, 거기서 의학을 직업으로 하는 사람이라는 결론에까지 이르렀다. 잭의 변신은 지킬의 변신을 거꾸로 행하거나, 또는 래니언이 목격한 광경을 반복하는 것이다. 그 후 '베어 죽이는 미치광이 의사' 이론이 세워지고, 크리스토퍼 프랠링의 말을 빌리면, 이 이론은 '언론에서나 일반 독자들 사이의 평가에서나 가장 큰 인기를 얻게 되었다.' 진실이 무엇이든, 잭은 런던의 이스트엔드가 아닌 웨스트 출신이며 의학과 연관이 있다는 추측은 오래도록 지속되었다. 잠재적 용의자에 대한 목격도 이 유형과 일치하게 되어, 의사가 가지고 다니는 커다란 가방이 용의자의 필수적인 요소가 된다. 실제로 스티븐슨의 소설을 극화한 연극이 8월부터 런던에서 상연되고 있었는데, 범죄에 대한 억측에 기름을 붓는다는 이유로 공연이 내려졌다는 말도 있다. 《데일리 텔레그래프》는 이렇게 말한다. '이 현명한 젊은 배우는 경험을 통해 지금 런던에서는 공포물을 무대에서 보고 싶은 생각이 없음을 깨달았다. 문 밖에만 나가도 우리를 겁에 질리게 할 일들이 많이 있다.(프랠링, 1996)' 「지킬 박사와 하이드」는 실제로 나타난 유사한 사건으로 빛을 많이 잃었다. 스티븐슨의 창작물은 부분적으로는 범죄 이론과 정신의학에 의존하며, 어느 비평가가 썼듯이 '당시의 성과학과 같은 분야로' 전진했고, 법의학적 사고에 새로운 것을 되돌려주기도 했다. 즉 지킬과 하이드라는 인간 본성, 이중생활을 하는 연쇄 살인범이 태어난 것이다. 그리고 이제 지킬과 하이드는 스티븐슨의 창작물을 떠나 독립적인 생명력을 지니게 되었다.

로버트 루이스 스티븐슨
ROBERT LOUIS STEVENSON

1850년 에든버러에서 태어났다. 부유한 토목기사의 아들로 태어난 그는 아버지의 뒤를 이어주길 바라는 가족들의 기대와는 달리 에든버러 대학에서 법학을 공부했다. 그는 도시의 직업 계층이 요구하는 장로교의 관습에 거세게 저항했고, 그로 인해 부모와 갈등을 겪었으며, 그 후 체면을 내세우는 중산 계급이 가지는 잔인성과 위선을 혐오하는 자유로운 보헤미안을 자처했다. 20대 초반 심각한 호흡기 질환에 걸린 후 남은 인생 내내 그로 인해 깊은 고통에 시달렸으며 그즈음 작가로서의 삶을 살겠다 결심을 굳힌다. 1879년 캘리포니아를 여행하던 중 열 살 연상인 미국인 패니 오즈번을 만나 결혼한다. 그 후 건강에 좋은 환경을 찾아 헤매다 사모아에 정착하고, 1894년 12월 3일 그곳에서 숨을 거둔다.

스티븐슨의 작가 이력은 처음 에세이와 여행기 작가로 시작되었으나 『보물섬』(1883)과 『납치』(1886) 출간 후 액션과 모험 소설 작가로 명성이 굳어졌다. 『납치』와 그 속편 『카트리오나』(1893), 『발란트래의 거장』(1889)을 비롯하여 「심술궂은 자넷」, 「명랑한 사람들」같은 단편들은 그의 과거 스코틀랜드의 문화에 대한 지식과 향수를 드러내주는 작품들이다. 스티븐슨이 자란 칼뱅주의 성장 환경은 그에게 운명 예정설에 의한 의무와 악의 존재에 대한 매혹을 심어주었다. 『지킬 박사와 하이드』에서 그는 인간 정신의 어두운 측면을 탐구했으며 『발란트래의 거장』의 거장 캐릭터는 '그가 악에 대해 아는 모든 것'을 갖춘 인물로 그려졌다. 생애 마지막 몇 년 동안 스티븐슨의 창작 영역은 상당히 넓어져서 『팔레사 해변』은 콘래드와 몸의 작품을 연상시키는 장면들이 소설화된 것이었다. 죽는 순간 로버트 루이스 스티븐슨은 로맨틱 역사 소설이자 그의 일생에서 가장 고통스러운 경험이었던 아버지와 아들의 갈등을 다룬 『허미스턴의 둑』이라는 작품을 집필 중이었다.

서문 로버트 미갤

고딕소설과 빅토리아 시대의 법의학에 대한 연구로 웨일스 대학에서 박사 학위를 받았다. 그후 옥스퍼드 대학의 머튼 칼리지에서 박사후 과정 3년을 거쳤다. 1997년 펭귄 클래식 시리즈의 에디터가 된 후 현재는 런던에서 컨설턴트로 일하고 있다.

그의 저서로는 '에브리맨 페이퍼백' 판의 오스카 와일드 시선집과 옥스퍼드 대학 출판사에서 나온 빅토리아 시대의 고딕소설 연구에 관한 책이 있다. 그는 펭귄 클래식의 『도리언 그레이의 초상』을 편집하기도 했다. 현재 왕립예술협회의 회원이다.

옮긴이 박찬원

연세대학교와 동대학원에서 불문학을, 이화여대 통번역대학원에서 영한번역을 전공했다. 옮긴 책으로 『벤자민 버튼의 시간은 거꾸로 간다』, 『아가씨와 철학자』 등이 있다.

READ MORE IN PENGUIN

조르주 페렉

『사물들』

    제멋대로 흐르게 놔둔 시큰둥한 성향이
    어디로 자신들을 이끌지 그들은 몰랐다.
    그저 흐르는 시간이 대신 선택해 주었다.

20세기 프랑스 문단의 천재 악동으로 꼽히는 조르주 페렉의 『사물들』은 스물을 갓 넘은 실비와 제롬이 사회에 진입하기까지의 과정을 그린 소설이다. 1960년대 프랑스 사회에 대한 사회학적 보고서라고 할 수 있을 정도로 당시의 사회상을 압축적으로 묘사하는 한편, 도시적 감수성을 절제된 언어로 표현한 수작으로 평가받는다. 클래식의 전통을 이으면서도 지극히 현대적이며, 소설적 재미를 잃지 않는 감각적인 글쓰기는 오직 페렉에게서만 찾아볼 수 있는 매력이다.

    부유함을 갈망하는 청춘들의 빈곤을 진정 아름답게 그린 작품
                                                      _ 롤랑 바르트

READ MORE IN PENGUIN

찰스 디킨스
『두 도시 이야기』

"최고의 시절이자 최악의 시절, 지혜의 시대이자 어리석음의 시대였다. 믿음의 세기이자 의심의 세기였으며, 빛의 계절이자 어둠의 계절이었다. 희망의 봄이면서 곧 절망의 겨울이었다."

    18세기 후반 런던과 파리를 배경으로 펼쳐지는 이 작품은 혁명이라는 정치적 격변기를 압축적으로 담아낸, 찰스 디킨스의 야심 찬 역사소설이다. 런던은 소박하고 안정적인 삶을 영위해 나가는 고요한 도시인 반면, 파리는 얼굴마다 굶주림이 쓰여 있는 가난한 사람들의 도시, 거대한 저항과 민중의 울분이 소용돌이치는 공간이다. 인물들의 역동적인 삶은 거대한 역사 속의 대조적인 두 도시를 넘나들며 갈무리되어, 누구도 시대와 무관할 수 없게 만든다. 작가는 궁핍했던 민중의 삶에 가까이 다가가 투쟁과 저항을 생생하게 그려냄으로써, 역사의 중심에서 잊히고 소외되었던 이들의 삶을 건져 올렸다.